MINGUO TONGSU XIAOSHUO
DIANCANG WENKU

民国通俗小说典藏文库·冯玉奇卷

鸟语花香

冯玉奇◎著

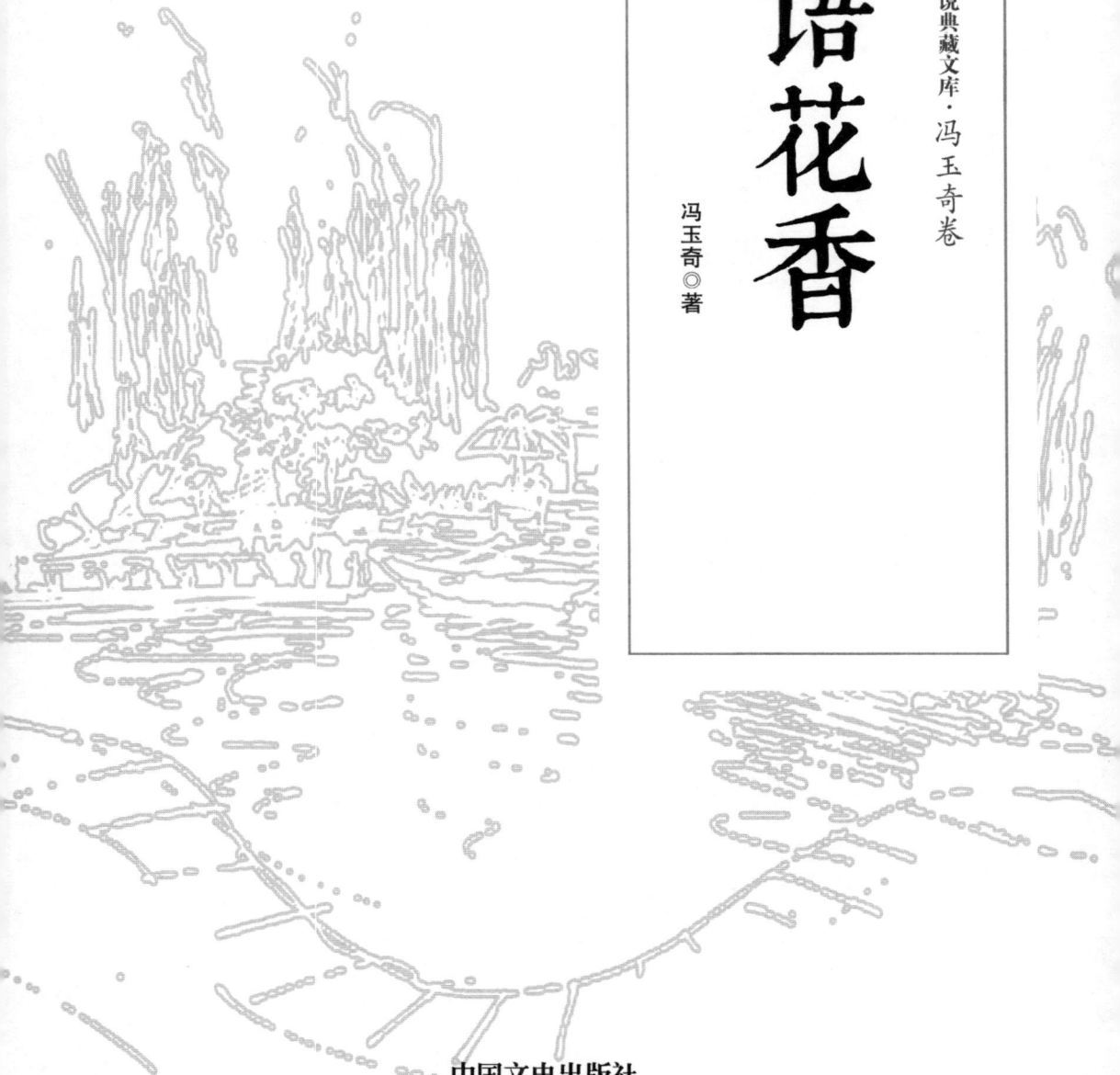

中国文史出版社

目　录

1

第一章　平地风波棒打鸳鸯两分离

　　一线曙光从黑漫漫的长夜里突然破晓了，院子里一阵鸡啼喔喔的声音击破了四周的寂寞。在还不到一分钟之后，这就见门幔掀起，室外走进一个十八九岁的少妇来。她穿着一套元色洋布的袄裤，脚下一双元色的布鞋，腰间还围了一方灰色的布儿，沾有几处污渍，显然她早晨起来是已经做了许多的事情了。那少妇的服饰虽然是这么朴素和粗陋，但她的人儿却并不像服饰一样庸俗。她有一头乌油滑丝的美发，虽没有烫成什么美国最新的瀑布式，可是却梳得十分的光滑，脸庞儿有些像鹅蛋，白里透红，在上面安置着整齐的五官，自有一股子令人感到妩媚的风韵。因为她全身是黑色的缘故，所以更显得她皮肤白皙一些。她跨进房中后，悄悄地走到窗旁把窗帘布拉开，轻轻地推开窗户，就有一阵轻柔的晨风吹到身上，是感到很爽朗而且很轻松的。这已是草长莺飞三月里的天气了，阳光从地平线上升起，照临在院子里外几株桃红柳绿的顶盖儿上，愈显得娇媚的色彩。她抬起头望着天空蔚蓝得像块青布，只觉云淡天青、鸟语花香，春天到底是个可爱的季节！她微含了笑窝儿，默视了一会儿，回过身子来的时候，只见对窗的床上那一个俊美的少年，也是自己唯一安慰的丈夫克强，还沉沉地酣睡得香甜。因为梳妆台上那架小座钟已指在七点三十分了，所以她再也顾不得地走到床边去，俯了身子向他低声地唤道：

"克强，克强，时候不早了，你该起床了。"

睡在床上的克强经过她呼唤之后便哎了一声，似乎还没有睡畅的样子，伸手揉了揉眼皮，望了她一眼问道：

"采苹，有几点钟了？"

采苹见他倦懒的神气，忍不住抿嘴一笑，说道：

"八点快到了，你要再睡下去，回头叫学生子们来拉你起床，这才难为情哩！"

克强哟了一声，慌忙从床上披衣坐起，说道：

"已八点钟了吗？那你为什么不早些儿喊我呀？"

一面说，一面把眼睛望到桌子上去，见长针还在七与八之间的阿拉伯字母上，这才放下了心，向她白了一眼道：

"采苹，你真是个谎话者，还只有七点半就说八点钟，倒叫我吓了一跳哩！"

采苹笑道：

"你倒不要怨我骗你，假使我不说得晚一些儿，只怕你还不肯起床，回头时间不早，你又急得早饭都来不及吃，匆匆就到学校里去。这样子饿着不是容易伤身子吗？"

说着话已把他的皮鞋拿到床边来，克强跳下床来，采苹蹲下身子给他系皮鞋的带子。克强对于爱妻这几句话，并那种多情地服侍的情形，心头当然非常感动，而且在感动之中更有说不出的可爱，这就低下头去把嘴凑到她颊边去闻香。采苹因为要给他系鞋带子，倘欲躲避，时间越发慢了，也只好让他顽皮了一会儿，笑嗔道：

"你这人真待你好不得，瞧我蹲了身子已是多么吃力，你还要向我淘气哩。"

说时已把鞋带子系好站起来，秋波逗给他一个妩媚的白眼。克强笑了笑，也跟着站起意欲去拉她的手儿，但采苹已很快地走到房外去了。克强扣上了中山装的纽子，走到窗口旁透呼了一会儿空气，只听采苹在身后叫道：

"克强，洗脸了，洗好脸快吃稀饭吧。"

克强回身见她早已把一盆脸水放在桌上，遂匆匆地洗脸漱口。待他洗漱完毕，采苹已把稀饭盛出。克强问道：

"母亲吃过了没有？"

采苹道：

"吃过了，她在念经。"

克强道：

"那么你就跟我一块儿吃吧。"

采苹点点头，遂又盛上了一碗稀饭。两口子在对面桌旁坐下了，在吃稀饭的时候，克强望着爱妻红晕的娇靥，低低地说道：

"采苹，我心里有一句话时常要想问问你，但我始终没有向你问过……"

采苹见他沉着脸儿，好像很怀疑的神气，一时芳心也别别一跳，凝眸含颦地望着他，不待他说下去，就说道：

"你有什么话那就只管问好了，只要我心里坦白，终可以回答你的。"

克强摇头道：

"并不是我疑心你做了什么事，因为我从学校一回家，只要是走进母亲的房中，她就会唠唠叨叨地说你待她不好。我想家里也没有妯娌、小姑，只有你们婆媳两个人，为什么还要起摩擦呢？几次我想责问你，但是瞧了你那种稳重幽静的样子，似乎又不像是这种不孝的人，所以我终感觉到奇怪。昨夜吃过晚饭你洗

3

碗去了，我走到母亲房中坐坐，她又说你待她不好，时常拿话冲撞她。我想她老人家，年纪老了，什么事情终不免有些儿背了，我们做儿媳的似乎应该原谅她一些，即使她说错了，我们也就承认她是对的，反正口头上的话原没有什么要紧。你肯对母亲好也就是对我的好，要知道母亲今年已是五十八岁的人了，能有多少年再活在世上。采苹，我知你也肯听从我的话，把对待母亲的态度改过一些儿来吧。"

采苹听他絮絮地说了这一篇话，在这些话中虽然没有向自己重言呵责的意思，不过他听了母亲的话已经承认我是个对待婆婆不好的人了，一颗芳心自然是感到万分委屈，她想淌下泪来，但是她到底又觉得不敢。于是只好忍熬住了，微微地叹了一口气说道：

"你是一个纯孝的人，当然希望我也能够和你同样的孝顺母亲，我即使是一个不识字、不明理的女子，当然也不会把自己丈夫的母亲相待甚苛的。况且我是没有父母的人，孤苦伶仃，在本身确实也很需要长辈的疼爱，那么你的母亲也就是我的母亲，我如何还会待她不好。虽然我是没有进过什么学校，但幼年时在父亲教导之下，也知道了一些做人的礼节。语云：仁者，老吾老以及人之老，幼吾幼以及人之幼。那么何况我和你是体肤相亲、骨肉相痛的夫妇关系呢？克强，你应该相信我，虽然我和你也只不过做了一年半的夫妇，然而你终可以瞧得出我是否是这么一个不孝的女子。假使我在你面前有什么违背天良的话，那我一定没有好的结果……"

说到这里，只觉无限悲酸陡上心头，眼皮儿一红，那泪水便再也忍熬不住地落下来了。克强听她也絮絮地说了这许多话，又见她粉脸是笼上了无限哀怨的神色，秋波向自己逗了一瞥之后泪水便落了下来，心里这就又疑惑起来了，难道母亲向我说的全是意外的风波吗？不过一个做长辈的人终希望儿媳和睦的好，岂肯在儿子面前搬弄些是非出来呢？于是怔怔地问道：

"那么母亲说的是完全委屈了你吗？我想母亲也没有三男四女，统共只有一儿一媳，照理，你把她视作亲娘一样，她也应该把你当作亲女儿一般，如何她还说你丑话？所以我终感觉到好生奇怪。"

采苹伸手拭了拭眼泪，说道：

"我也不敢说是母亲委屈了我，不过我对母亲，自问良心，终没有对待她丝毫的错处。至于母亲为什么要这么憎恨我，终怪我自己命苦。自从进了你家之后，她老人家竟会跌了一跤，把腿儿跌坏了，因此恨我这人不吉利，好像是我把她害了似的。唉！这叫我还有什么话好说呢？"

克强听到这里，方才感觉到采苹确实是太受委屈了一些了，摇了摇头，不免也微微地叹了一口气，说道：

"苹妹，你也不用伤心，你应该原谅我的苦衷，我并非是一定责你的不是，我想只要你始终对待母亲好，她自然也会慢慢地想明白过来的。"

采苹知道丈夫是爱自己的，她心里非常的感激，秋波脉脉含情地瞟了他一眼，频频地点了点头，说道：

"我谅解你的苦衷，照你的处境，一个是母亲，一个是妻子，这是多么为难呢！"

正说到这里时，钟喤喤地已经敲了八下，克强于是把饭匆匆地吃毕，抿了一下嘴唇，拿了教科书匆匆地到学校里授课去了。采苹自从知道母亲在克强面前时常说自己的不好，她心里在十分伤心之余，也感到十分的恐惧，虽然夫婿是这么温文，但有了这么一个好多事的母亲在从中作对，这日后终不会有好的结局。所以她那一碗吃剩的稀饭再也咽不下去了，深深地叹了一口气，不禁又暗暗地淌了一会儿眼泪，但又恐被母亲撞见，所以拭了泪痕，拿了碗筷到房外去了。

下午吃过饭，张老太在她一间小小的佛堂里做功课，胡采苹独个坐在客堂里低垂了粉脸在干针线活，四周是静悄悄的，一丝儿声息都没有。忽然院子里有人高声地嚷着道：

"张大嫂在家里吗？"

随了这句话，就见一个十六七岁的姑娘走进室中来。采苹抬起头去望，原来就是隔壁高大叔的女儿高文娟，遂忙起身含笑招呼道：

"二妹，你找我什么事？午饭可曾用过了吗？"

文娟走到她的身旁说道：

"没有什么事，我想问大嫂剪个拖鞋的花样。你这花样很好看，是谁穿的？克强大哥吗？"

她说着话见采苹手里也正在刺拖鞋，于是拿过来瞧了又瞧，又向她低低地问。采苹点了点头说道：

"是的，这个花样我倒还留着一双，二妹既然瞧中意了，你就拿了去吧，不过你得告诉我绣给哪个穿的，是你那口子吗？"

说着一面拉了她手儿坐下来，一面望着她咻咻地笑。文娟被她说得粉颊儿浮上了一朵玫瑰的色彩，秋波白了她一眼笑道：

"嫂子又跟我开玩笑了，谁是我那口子呢？"

采苹拿了花样本子，一面找花样，一面说道：

"那你还要赖什么？我常听你爸爸说你在五岁那年不是就配给蒋姓为媳妇了吗？后来他们搬到上海去住了，听说这孩子，如今还在读大学哩。所以我说妹妹将来真好福气呢！"

文娟听她这样说，粉脸儿却没有一些喜悦的颜色，反而微微地叹了一口气。采苹已找出了花样，见她叹气的神情，倒是愕了一愕，笑道：

"干吗叹气？你有这么一份好夫家，难道还有什么不称心吗？"

文娟摇了摇头说道：

"嫂子，你知道什么，这种盲目的婚姻简直是害人不浅哩！"

采苹益发奇怪道：

"那是什么话，好好儿的婚姻干吗说害人不浅，这叫我倒有些不明白起来了。"

文娟拿了采苹拣出的那双花样，望着愕住了一会儿，却并没有作答。采苹拍了怕她的肩儿低低地道：

"二妹，你和我就像亲姊妹似的，你应该告诉我知道一些，难道对方有什么变化了吗？那么当时做媒的是谁呢？"

文娟这才低低地道：

"听说在我五岁那一年，他们还是租我家屋子住的，当初他们就要求爸爸把我给他们做媳妇，爸爸他这人的脾气就喜欢人家奉承他，听了几句好话儿，什么事情都答应人家的，于是也没有什么媒人拣个日子，办了几桌酒，算给我们订过婚了。谁知不到一年他们就到上海去做生意了，是个朋友把他介绍到一家银行里去做事情，这几年来据说着实多了几个钱。起初他总时常有信给爸爸，在这两三年中信就少了，爸爸问孩子们婚事怎么样，因为自己年纪老了，所以该早些儿圆满了，也好放一桩心事，不料他们却推说儿子还在读书，结婚两字根本还谈不到，终得儿子大学毕了业才能大家商量结婚呢。我想这话就有些靠不住，他们发了财，自然嫌憎我们穷了，反正没有什么媒人，所以这事情将来少不得就有变化，还不是害人不浅吗？"

采苹见她年纪轻轻倒是很细心，想得周到，遂笑道：

"那也不过是你猜想而已，我想这是你过于多心了，一个人要如这么势利，那将来要好也不会好的。二妹，那么你那口子叫什么名字？比你大几岁了？"

文娟道：

"谁知道他叫什么名字，我只记得他的小名叫阿猫，如今在大学里念书，当然不会再叫阿猫的名字，不过一个女孩儿家终不好意思问爸爸说自己夫婿叫什么名字，年纪好像大了我三年，大概是二十岁吧。"

采苹点点头，沉吟了一会儿说道：

"论年龄原也不大，他们说待大学毕业时再结婚这句话若说他们理由错，这倒也不能说。你怕他的父亲会嫌你们穷而变卦，这个我倒相信是不会的，但有一层我给你真的很担心，就是怕阿猫这孩子在上海大学里一读书之后，人就变了。你想，大学里男女同学一块儿读书，若彼此恋爱起来这可不是糟了吗？"

文娟听了，明眸哀怨地向她逗一瞥感叹的目光，低低地道：

"我何尝不想到这一层呢！不过糟也糟不到什么地方去，无非取消了这个婚约也就罢了。"

文娟话虽这么说了出来，可是她感觉大有些儿心酸的滋味，眼皮一红，大有凄然泪下的神气。不过她觉得一个女孩儿为了这些事而伤心，在一个邻居的面前是不太好意思了一些，所以她竭力又装出毫没悲哀的样子，一撩眼皮把话又转过来问道：

"你的婆婆呢？在睡午觉吗？"

采苹摇了摇头把双手合上，嘴儿掀动了几下笑道：

"还不是干那一套正经事。"

文娟瞧着神情，倒也不禁扑哧一声笑了，悄声儿道：

"真也奇怪了，上了年纪的人就喜欢干这一套把戏的，我相信自己假使年纪老了永远也不会吃斋念佛的。"

文娟这句话就说到采苹的心眼儿上去，她一面干着针活儿，一面说道：

"可不是，我也这么想，说起我婆婆真也好可怜的，她又结识了一个庵堂里的尼姑，今天说她有晦气，明天又说她有灾难，要烧香做功德消灾，因此便闹个不亦乐乎。我说这种冤枉钱实在花得叫人有些肉痛，实实在在年纪老了，买些东西吃吃，补补身子，这倒是最实惠的事情，如今她老人家去了实际，追求虚浮，真叫人劝也劝不醒的。"

说到这里，忍不住又微微地叹了一口气。文娟道：

"这也没有办法的事情，只好由她去了。嫂子，耽搁了你许多的时候，谢谢你，我拿了花样走了。"

说着身子已是站了起来，采苹把她手儿拉住了笑道：

"忙什么，我一个人也正寂寞，你给我多聊天一会儿再回去。"

文娟道：

"我也得干活儿去，明天再来好了。"

采苹于是站起身子来送她。文娟道：

"我可不是客人，嫂子还送出来干吗?"

采苹笑道：

"俗语道，公到婆家也是客，二妹如何不能算为客人呢?"

两人说笑着已是到了院子的门口，文娟和她一点头便匆匆地走了。采苹方欲关上院子的门，忽见那个静空师太又来了，她向采苹叫道：

"奶奶你别关门，我来向老太太问安哩！"

采苹见了那光头的男不男女不女的尼姑，她心头就会激起一阵可憎的恶感，遂冷冷地说道：

"静空师太，你到我家来玩只管玩，可是在老太太的面前就少说几句流年不好，月季不利，有灾难有晦气的话，因为少爷是完全不相信的。老太太手里钱花多了，明天少爷不许你上门的时候，大家倒反而弄得不好意思了。"

静空师太听了采苹这几句话，脸儿不由得微微一红，只好强含笑颜地说道：

"奶奶，你说这话还以为我是骗了老太太的钱吗？其实这是罪过的，尤其我们出家人更不应该做那些骗人钱财的事情，这个奶奶请尽管放心是了。"

采苹也不顾和她多说话，一面掩上院子门，一面便自管走到卧房去了。静空师太见采苹走后，便噘了噘嘴，冷笑了一声，暗自骂道：

"你这没知没识的小娼妇，你婆婆欢喜这么样，瞧你奈何我不得呀！"

一面叽咕，一面遂悄悄地走进佛堂里去。老太坐在佛像的面前敲着小小的木鱼，口里不住地念佛，她见了静空师太，认为是唯一的良友，于是回过头去把手向她一摆，点了点头，表示请她坐下的意思。静空师太知道她没有念完一篇经，她是不肯开口的，这当然一则是怕罪过，一则是舍不得丢了这半篇经，因为念到一半时候说话，那以上一半念的经就要不值钱。于是她也点了点头含笑在桌子对面坐了下来。等张老太念完了经，方才停止敲木鱼，把热水瓶拿过倒了一杯茶送到静空师太的面前，微笑道：

"老师太，你来得正好，这几天我真想念你哩。"

静空师太一面道谢，一面眉花眼笑地说道：

"老太太，我何尝不想念你，一天之中至少也得念上十多遍哩。无奈李家老太太叫我消灾，王家老太太又叫我忏悔，因此我就忙得透不过气来了。"

张老太听了，叹了一口气说道：

"这个年头儿兵荒马乱，屈死的冤鬼真也不知有多少，所以谁家不是有着小病小痛的。上月我叫老师太消了灾后，果然身子爽快得多，胃口也开起来。但这一个月可又不好了，一会儿头痛，一会儿腰酸，我想不知又是什么晦气碰到了，终要做些功德结结缘分才是哩。"

静空师太听了这话，那真是求之不得的事情，遂忙说道：

"老太太，你自己若不说出来我也要向你告诉了，因为我给老太太推算过这个月的月季又不好，犯了天狗星的咬，所以就有头痛腰酸的现象了。只要我给老太太消了灾，保证老太太脚轻手健，饭也吃得下，觉也是睡得熟哩。"

张老太听了好不欢喜，咧开了瘪嘴笑了一笑，忙问道：

"那么这次不知又得花多少钱才可以消灾呢?"

静空师太摇了摇头，故意客气十分地说道：

"这次我不要老太太花一个钱，算我给老太太尽一些义务吧。"

张老太忙道：

"这是不可以的，常言说得好，得人钱财，替人消灾。没有拿出钱财如何能消得了灾呢? 况且又有香烛供菜等费用，难道我还要老师太自摸腰包不成，多少不论，我终要拿出一些才对的。老师太，这儿二十元钱你别给我客气，就收下了吧，一切都费你心，只要我太太平平，往后待我克强发了财，一定重重地谢你哩!"

说着话把手伸到怀中去摸出四张五元的钞票,这是平日里克强给她的零用钱,老太太千省万省地省下来,很慷慨地送到静空师太手里去。静空师太半推半就地终于收了下来,一面又竭力地说些祈祷着老佛爷保佑老太太身子健康的话。这时张老太忽然又想起了一件事向静空师太说道:

"你详梦会不会?我昨夜做了一个梦真有些儿奇怪得很。"

静空师太在张老太面前可说是无事不会的,所以含笑点头说道:

"我稍许会一些儿,老太太且告诉我你到底是梦见了什么啦?"

张老太道:

"我是天天吃斋念佛的人,从来也没想到要吃肉的,不料在梦中我竟好像要吃肉而叫人杀起猪来,但不知怎么的一忽儿见那猪变了一个妖精向我腿上一口咬住,我心里这一吃惊便大叫了一声,原来是做了一个噩梦。这梦不知是好是歹?老师太能告诉我一些知道吗?"

静空师太沉吟了一会儿,低低地问道:

"你家不知可有属猪的生肖吗?"

张老太忙道:

"有的,不就是我的媳妇嘛,怎么啦?难道我和她是相冲的?"

静空师太心中因为恨着采苹,所以便欲设计害她,支吾了一会儿故意低低地道:

"老太太,并非我搬弄是非,非要你们婆媳之间不和睦,但这是命中的事情,所以我不得不告诉你一些知道,不过你千万别推在我的身上。"

张老太暗想：采苹这妮子一定是个白虎星和我相冲的，不然何以她一进门我的腿就跌折了，这还不是我被她害的吗？于是立刻急急地道：

"老师太，你放心，我决不会推在你身上的，你告诉我了，实在是救了我的一条性命哩。怎么啦？这媳妇和我冲得很厉害吧？"

静空见她很慌张的样儿，故意还慢吞吞地说道：

"奶奶这人的外表很美丽，很能干，但实际上她的命却很坏很苦的，老太太，你听了不要生气，她实在是一个八败命哩！"

张老太听了哟了一声，惊慌地说道：

"原来她的命这么坏，那可怎么办？我被她冲死倒还是个小事儿，克强这孩子有了这一个妻子，终身不是被她连累了吗？老师太，这媳妇真正不吉利，一进门我就跌折了腿，当时我就疑心她是一个白虎星，如今被老师太一说明，这就更觉得对了。你瞧别人家的媳妇多好，进了门总欢欢喜喜地身上有了身孕，她这只狐狸精只会迷丈夫，却不会生育的，我满想抱个孙子官儿，可是她的肚子终不会大起来。真是家门不幸，会娶了一个白虎星，这……这……便如何是好呢？"

静空师太听她这样说，遂又把她安慰了一会儿，说道：

"事到如此，也没有什么办法，不过我在佛爷面前一定给老太太祈祷，也许她的命运会慢慢地转变过来的。"

张老太听了很感激地道：

"老师太，你这人大慈大悲真也是一个老佛爷，假使你在佛爷面前能够祈祝这只白虎星早些死了，那我家就会发达起来了呢。"

两人说了一会儿，因时已不早，生恐克强回来，静空师太便告别回去了。张老太待静空走后，不禁呆呆地出了一会儿神，心里真有说不出的担忧，暗想：一份人家有了一个白虎星的媳妇在着，这如何还会好起来呢？但愿观音大士慈悲为怀把这只白虎星早些赶跑了，假使死的不跑，活的终也要把她赶走了才好。但是克强这孩子偏不信命运的，他被这只狐狸精迷倒了，恐怕未必肯听从我的话，那叫我再想个什么办法来好呢？正在十分烦闷的时候，却见采苹走了进来，低低地叫道：

"母亲，中午一些蔬菜都吃完了，晚上你爱吃什么，芋艿红烧还是白煮？青菜和竹笋合烧好不好？"

张老太这时见了采苹，正仿佛是见了仇敌一样的可恨，遂冷笑了一声，回过身子，恨恨地白了她一眼说道：

"何必来问我这些事，你难道是死人不成？我家有了你这只白虎星，便再也不会好起来了。"

采苹没头没脑地被她这一顿大骂，真的是还弄得莫名其妙，因为一个做长辈的骂小辈的终也有一个道理，要如无缘无故地开口白虎星闭口扫帚星，这到底叫任何人也忍不住这个委屈的，所以采苹气得两颊绯红，全身有些儿颤抖，情不自主地冷冷说道：

"母亲，媳妇又有什么地方待错了你老人家了，干吗好好儿的又骂了起来。我想母亲吃斋念佛是慈悲为怀的，当然对待媳妇也是十分的疼爱，如今开口闭口骂，归根结底又说不出一个理由来，这样你纵然吃了一辈子斋，念了一辈子经，恐怕也是没有什么大效力的吧？"

张老太听采苹这么说，不免恼羞成怒，这就猛可地回过头来，站起身子把她平日手中拿的拐杖却向采苹身上狠命地打了过去。采苹冷不防着了打，慌忙把身子退过一旁，犹听张老太口中叨叨不绝地骂道：

"你这只狐狸精，你迷倒了克强，你逞威风了吗？我家可不稀罕你这只白虎星，你有人你只管跟着走好了，不要害我跌折了腿不算，你还想害我的命吗？"

采苹自落娘胎以来，可从来也没有受过这样大的委屈，她气愤得几乎哇的一声要哭出来。但是她又觉得在这一个野兽似的母亲面前哭泣，这是更暴露了自己的弱点，且愈增加了她的得意，于是她又忍熬住了悲痛，冷笑了一声说道：

"这可不是奇怪？母亲，你莫非是发了神经病吗？你这么无礼，你还像是一个做人长辈的样子吗？我有人只管跟人走，我有什么人呢？哼，那不是益发有趣了吗？瞧你活了这一把年纪的人，想不到竟是不吃饭的一样……"

采苹愤愤地正在说着，万不料克强会一脚跨进来。克强从学校里回家必定先到母亲房中去报到的，也原是他的一片孝意，谁知他一脚进房，就听见采苹说母亲不吃饭的一样。因为张老太的身子是向房外的，所以她先瞥见了克强，于是她也乱撞乱颠地哭起来，说道：

"你听听，我活了这一把年纪了，没有人教训我，倒讨你一个太婆来教训我吗？我不吃饭的，你吃饭的？这是哪里来的媳妇，简直是没有王法了！我让你也好，算我白养了一个儿子，我就到外面做叫花婆子去，也是我养了儿子的下场……"

说到这里，便号啕大哭不止。克强见母亲捶胸顿足的样子，可知她老人家实在气愤到了极点的缘故，一时心中暗想：采苹这女子倒真不是一个好人，在我面前说得那么贤孝，谁知我不在面前她就这么冲撞母亲，这就无怪母亲时常在我跟前要告诉了。在起初，克强的心中终以为母亲年老难以侍候，所以对于采苹也有爱怜之意，今日因为是亲眼目睹的事情，这还用再分说吗？所以他也恼怒起来，为了要消母亲心头的气愤，所以他竟不问三七二十一走了上去，伸手在采苹颊上就是啪啪两下耳刮子，恨恨地道：

"你这女子，还像是个做媳妇的身份吗？我母亲不吃饭的，那么是吃什么的呢？我只把你当作了好人，谁知竟是个口是心非、大逆不孝的妇人，我还要你何用？你给我快滚，快滚出去吧！"

一面说，一面还把采苹的身子向外乱推。采苹真也可怜，她想不到自己会受了这么大的冤枉，她觉得是痛心到了极点，所以再也没有向克强作明白的解说，也边哭边说道：

"好好好！你们母子一起虐待我，无非欺侮我是个没爹娘的女子，唉！我走，我就走！反正你有本领再讨个好媳妇去侍奉你这个吃斋念佛心如蛇蝎的好母亲！"

说到这里，把秋波逗给克强一个无限哀怨的目光，身子就向外面匆匆地奔了。克强会动手打采苹的耳光，原也是一时气糊涂了的缘故，如今听她这么说，心中倒不忍起来。因为采苹确实是个没爹娘的姑娘，孤苦伶仃，自己实在不应该动手打她。我是个教育界的人呢，可不是码头小工，岂能打起妻子来？所以他非常懊悔，意欲把她喊住了，但又觉得前后太矛盾，恐怕母亲心中不自在，因此他又愣住了一会儿。张老太见儿子望着房门外出神，好像大有舍不得的意思，这就愈加撞哭着道：

"克强，你把这个好媳妇去拉回来吧，我让她不要紧，叫我拆散了你们这一对好姻缘，我做娘的罪恶不是也太深重了吗？"

说到这里，把身子也撞了出去。克强听母亲说的分明是气话，于是忙把她身子抱住了，说道：

"母亲，你快不要这个样子，那叫我做儿子的也不是太难为了吗？我想采苹未必会走的，她一定是回到房中去的。母亲，你身子才好些，又受气，叫我们做小辈的如何说得过去，快躺到床上去休息一会儿吧。这样不孝的媳妇，即使她真走了，也随她去是了。"

张老太被克强带拉带抱地躺到床上，叹了一口气，泣道：

"媳妇是比不了儿子，她要气死了我才肯罢休哩。"

说着连连地咳嗽不止。克强于是倒了一杯白开水，亲自服侍张老太喝了两口，并又安慰她道：

"母亲，你也别气了，自己身子保重一些吧。到底又为了什么事情呢，她竟胆敢这么冲撞母亲？"

张老太听儿子这么问，少不了又添油加醋、滔滔不绝地诉说了一阵，一面说道：

"说起来你又不相信，我是给她算过好多命，没有一个不说她是八败命、白虎星的，所以她一进门我就跌折了腿，幸亏我的福命大，所以终算还不至于跌死，你瞧李家媳妇、王家媳妇姨奶奶不都怀了喜，她呢？一年半的日子了，可曾大过肚子吗？我真担心着你和她夫妇做下去，不知会不会被她克死。"

克强听母亲又来了这一套，心里不免有个反感，望着桌子上那架座钟却是默不作答，暗自想道：采苹最后说的"你这个吃斋念佛心如蛇蝎的好母亲"这句话叫人有些疑心，莫非母亲对采苹有不像做长辈的地方，所以采苹会说她不吃饭的吗？于是他站起身子向张老太说道：

"时候不早，也应该叫采苹烧菜煮饭去了，若这样闹下去，大家要闹到什么地步才肯罢休呢？"

张老太听儿子的话锋不对，知道儿子是不能忘情于采苹的意思，一时把自己欲离去采苹的话便再也说不上来了。但克强摇了摇头却把身子已走出上房去了，心中就想：母亲刚才告诉我的话也不能全相信，我得向采苹去问个仔细。假使采苹在母亲那里确实已受了委屈的话，那么又遭了我的打，她不是要气得愤不欲生了吗？唉！人家一个孤苦无依的姑娘，我也不得不去安慰她一番的。一面想，一面已步进自己的卧房。这时已六点半敲过，太阳早已沉沦了，房中已笼罩了一层薄暮。克强见采苹不在房中，还以为她躺在床上哭泣，于是走到床边去瞧，谁知床上也没有采苹的人儿，他这才开始焦虑起来。回身正欲出门去找，忽然瞥见梳妆台上放着一封信，没有信封，只有一张信笺。克强也来不及点起油灯，遂拿在手里急急地瞧着下去：

克强哥哥如握：

自从吾和你结婚到现在，已有一年多的日子。在这一年多的日子里，我们固然没有半句龃龉，至于动手相打，这当然更不用谈起了。然而不幸得很，这一幕人间的惨剧终于在今天展开了。在展开这幕惨剧之前，最后我得向你说几句话，这几句话我本来还不敢说而且也不忍说，但事到今日情势之下，我是不得不向你说了出来，也好使你明白我这一个女子并不像你刚才所说的那么刁滑和可恶。在这里，我不怨天也不尤人，我只恨我自己命苦命薄，所以才会得到这样悲惨的下场。唉！那我还有什么可说的呢？

确实我自己也承认，真是个不祥之人。还只有我和你结婚不久，母亲会跌折了腿儿，以致使她老人家的心中对我有了一个深刻的恶感，所以她骂我白虎星也好，骂我扫把星也好，我都并不否认，我除了默默地偷弹眼泪之外，我从来没有在你面前说过一句怨语。这在你当然是知道的，因为我不忍为了一个妇人而伤了人家母子的感情。俗语道：娶了妻子，丢了老母。这在我是多么罪孽深重呀！在我的心中，以为我纵然是受了一百廿四分的委屈，但只要你能够谅解我，可怜我，我还是感到无限的快乐和安慰。母亲已是将近花甲之年，真如你所说，能有几年再活在人世。难道我连这一些忍耐都没有了吗？不过我虽向母亲有讨好之意，而母亲对我却无爱护之心，如此逆水行舟，叫我如何还能讨好上去呢？我在一再忍受之下，母亲今日竟然以杖相击，毫无怜悯之意。

窃思妹身虽贱，然平日一生无错，故自落娘胎固未尝受父母之呵责也。今父母双亡，孤苦伶仃，正需他人之爱护，而稍慰其心。不料安慰未得，且又遭侮辱，羞愤之余，遂也回嘴几句，讵意巧被吾哥所聆悉，以为妹冲撞哥之母亲属实，竟掌频与妹，赶妹速滚。妹在此双重压迫之下，一寸心灵，安能经此深重之刺激？思维再三，觉母亲之虐待于妹，其委屈尚可忍受。今哥亦认妹为不孝之妇，则妹心之苦衷更欲向谁诉说？

嗟夫！人海茫茫，知音何觅？不如一死了之，以得到最后归宿为乐事耶。别矣！克强！妹今虽死，非妹寡情，不欲与哥践白头之约。怎奈何妹不死，将重苦吾哥为不孝之人耳！妹死之后，哥可再娶一贤德之夫人，以侍奉母亲之晨昏，则妹虽在九泉之下，当亦含笑瞑目矣！

哥亦胸中雪亮者也，母亲不幸之惨遭折股，其果系妹之罪恶乎？倘哥认妹亦乃一白虎星者，则今日之妹死，可谓得其时矣！言念及此，心碎手颤，书不尽言意，临别依依，不胜凄惶。

书中多有冒渎之处，还希谅鉴是幸。

薄命人　采苹挥泪绝笔

克强念完了采苹这一封留别的绝命书之后，方知采苹的回嘴，是因为母亲无理由先以杖相打她的缘故，一时觉得我也不问情由地打她耳光实属不该之至，她在受了这样的委屈之下，如何不要愤不欲生呢？克强在这么悔恨之余，他的眼泪忍不住扑簌簌地滚了下来，觉得采苹太可怜了，太委屈了。他拿了信笺，情不自禁向房外发狂似的奔了出去，口中还大声地叫道：

"采苹！采苹！"

第二章　晴天泪涟缠绵病榻独自眠

张克强这一阵子向外狂奔，他的脑海里没有别的印象，只想象着采苹在做最后一刹那的悲惨之一幕，所以他神经恐怖得已经有些失了常态。当他奔到院子里的时候，见院子门是开得很大的，想到自己回家的时候是曾经把门合上的，于是他更肯定采苹已经不知到什么地方去了。在他那颗悔恨与焦灼混合的心灵，此刻愈仿佛要从口腔里跳出来了。天空是已经呈现了灰暗的颜色，四周迷糊得有些不大清楚，显然夜色已降临了大地。克强也不顾东西南北地奔了一阵子，口中还大声地喊着"采苹"。他自己也不知经过了多少路，忽然在一个院子里走出一个姑娘来，她见克强边奔边喊那种紧张的神情，芳心倒是吃了一惊，立刻迎上去，叫道：

"克强大哥，你……大嫂到什么地方去了？怎么你在满街地乱嚷呀！"

克强被她一叫住了后，神经方才回过原有的知觉，定睛向那姑娘一望，原来正是采苹闺中腻友高文娟，心中一酸，泪水就夺眶而出。因为这种家庭纠纷的事情实在难以告人，所以他自不免愕住一回。但他立刻又浮上了一个感觉，慌忙拭去了泪痕，说道：

"二妹，采苹不知可在你家里吗？"

21

文娟见克强泪眼盈盈，好像要哭而又不敢哭的神气，向自己急急地问。她原也是个细心的姑娘，乌圆眸珠一转之下，心中也早已明白了七八分，遂摇头说道：

"大嫂没有到过我的家，怎么啦？家里发生什么吵闹的事情了吗？"

克强因为要护全彼此的面子关系，所以只好放缓了口吻，说道：

"也没有什么吵闹，你不知道采苹的脾气也是刁得很的……这可奇怪，既然没有到过你的家，那么她到什么地方去了呢？"

文娟见他支支吾吾，好像又说不出隐痛似的，这就暗想：既然没有什么大吵，你何必要这样着急？而且我也知道采苹若没有受到过分的委屈，她未必会出走的。于是忙道：

"大嫂和你吵了嘴，还是和你母亲呀？我想大嫂的脾气是再好也不能的了，今天她突然出走，大概她是实在忍受不下去了。真也奇怪，午饭后我还到你的家问大嫂要了一双拖鞋花样，怎么一忽儿就闹得这般地步了呢？"

克强听文娟这几句话中，至少包含了一些嗔怪自己、代替采苹抱不平的成分，不过人家说得也实情实理，所以他不但无话可对，而且更加感到悔恨万分。他悔恨的是不该打采苹的耳光，因为采苹的出走，就是连我都不能谅解她内心所受的委屈，所以她感到人海茫茫，一无知音，而起了厌世之心。那么换言之，采苹假使真的自寻短见，还不是我硬生生地把她杀死吗？想到这里，心痛若割，不禁哇的一声哭了出来。文娟对于克强这一下子的情形，倒是出乎意料之外。但克强却没有回答，立刻背过身子向那条河流旁边过去了。文娟认为克强这举动不免有些失了常，她怕因此会闹成人间的惨剧，她那颗芳心里是激起了同情的悲哀，这就情不自禁猛可地把克强身子拉住了，秋波脉脉含情地瞟了他一眼说道：

"大哥，你此刻预备向什么地方去乱闯？大嫂的娘家又没有什么人，你到哪儿去找她呢？你且定一定神，回头我给你向邻居们家中去问问吧！"

克强听文娟这么安慰，心里自然万分地感激，遂淌泪说道：

"我怕采苹今天会闹成什么自杀的，所以我非去找她回来不可。"

文娟听他这样说，芳心别别地一跳，暗想今天这事情一定是闹大的了，但她口中还安慰着道：

"大哥，我想大嫂不是那种没知识的人，她决不会把自己生命轻易去送的。但是你要找她，也无从找去呀！"

克强内心是说不出的苦，他又不能把自己打采苹耳光，并采苹留下一封绝命书的话，向文娟告诉。所以他是只有淌着眼泪，摇头道：

"不，不！我今夜一定要把她找回来不可。"

说着话，身子又向外面走。文娟似乎非常不放心，因此跟着他也向前走。克强的走是没有目的的，从东村奔到西村，从南村奔到北村，却是奔得连自己也说不出一个所以然来。可怜文娟却莫名其妙地跟他在全村兜了一个大圈子，走得两脚都生疼起来，但连采苹的人影子也不见。这时天空已经紫青的了，一轮光圆的明月也在浮云堆中掩映而出了。克强站在那条河流的旁边，望着水银荡漾着一般的河水，他想采苹也许是葬身鱼腹了吧？于是他悲痛已极不禁掩面失声而哭了。文娟到底是个富于感情的热心姑娘，她被克强一哭，想起来采苹待自己种种的好处，于是她也呜咽起来。两人泣了一会儿，还是克强先止住了哭，回身问文娟道：

"二妹，采苹是完的了，唉，我杀死了她，我害了她，我的罪恶恐怕宇宙间再也不能容忍于我吧。"

文娟听他这样说，生恐他也起了什么厌世之念，于是收束了泪痕，向他柔声儿地道：

"大哥，你别那么说，我想大嫂未必会自寻短见的，她今天的出走，也无非是一时的气愤。虽然她娘家没有什么亲戚，不过终有几个朋友认识的，也许她是在人家那儿暂时住下了呢。"

克强听了，深深地叹息了一口气，他摇了摇头，忍不住又泪如雨下，意欲把这封信拿给文娟瞧，但又怕文娟瞧了责骂自己无情，所以他始终鼓不起这个勇气。文娟虽然很想问一问今天到底为了什么事而吵闹的，不过凭了克强的神情而猜想，显然是他母亲太虐待了采苹，人家一个儿子的地位，终不好意思宣布母亲的不是，所以他刚才只是不肯告诉。于是自己不便追究，遂又劝慰他说道：

"大哥，你且不要伤心，还是回家去休息一会儿吧，也许大嫂已回家了那也说不定哩。"

克强觉得事到如此，也没有什么其他的办法，遂点了点头说道：

"二妹，真对你不起，倒累你也奔波了一阵子。"

文娟道：

"我和大嫂情同手足，听了这个消息还有个不痛痒相关的吗？但愿上天保佑她平安无事吧。"

两人一面说着话，一面已离开了河流旁边。两人并肩地向村里走了过来，先经过的是文娟的家门口，文娟在清辉的月光下，媚意的俏眼儿向克强望了一眼，低低地道：

"大哥，你上我家坐会儿怎样？"

克强摇头道：

"谢谢你，我不坐了。"

文娟道：

"那么你千万不用过分地伤心，因为事到如此，伤心亦是没有用的，我们终得慢慢儿设法把大嫂找回来才是的。"

克强深感她的多情，遂重重地点了一下头，说声"我知道，二妹再见"，他便回转身子，急匆匆地又奔回家里去了。文娟眼瞧他的身子在黑暗里消失了后，夜风吹送在身上，感到有阵无限的凉意，不自然地微微地叹了一口气，这才移着步子自回到屋子里去。见里面已亮了盏油灯，爸爸坐在桌边抽旱烟，好像很生气的样子，在自言自语地说道：

"这孩子真是淘气，干活的人儿又跑得影踪都没有的了。"

文娟听了，忍不住笑着道：

"来了来了，爸爸，你饿了肚子吗？"

高阿民一见了女儿，便又把旱烟在地上连连敲了两下，唉了一声说道：

"你这孩子，一年大如一年了，还是这么糊里糊涂的，到哪儿逛去了呢，怎么还要这许多时候？你不是在做饭吗？要不是我闻到了一阵焦气把饭锅子拿下了，那锅子饭准会烧成灰哩。"

文娟听了这话，方才猛可地理会过来了，这就啊哟了一声叫起来，跳脚道：

"这可怎么办？爸爸，你别生气了，张大哥家里闹成人命案哩！"

高阿民听她这么说，遂也丢过了饭焦的事情，睁大了眼睛急急地道：

"你说的什么话？张大哥家里发生了什么乱子了？干吗好好的就闹成人命案呀？"

文娟叹了一口气说道：

"张大嫂不知怎么就离开张家了，张大哥怕大嫂去自寻短见，所以急得全村乱找。我因为可怜大嫂的身世孤苦，所以也帮着大哥找了一会儿，但却没有大嫂的影儿。"

高阿民听了皱起了双眉，说道：

"不知到底又为了什么事情呢？"

文娟撇了撇嘴说道：

"还不是那老婆子磨难人吗，我想大嫂这样的好性儿，若不是压迫得急了，恐怕还不肯走哩。大哥不肯告诉我，一定是这老婆子做了十恶不赦的事情呢。"

高阿民也微微地叹了一口气说道：

"这老婆子也太想不明白了，统共也只有一个儿媳还吵闹些什么呢？阿苹这媳妇儿，谁不知道是个贤孝的，假使阿苹真的寻了短见，我想她要再娶个像阿苹这么好的媳妇，只怕是提了灯笼满街地去找，也是找不着的了。"

文娟恨恨地道：

"老不死就不会死的，现世报，真不知她是什么心眼儿，就爱拆散自己儿媳的一头好姻缘，唉！"

骂到这里，又叹了一口气，方才回身到院子外把饭菜去端了进来，盛了饭，父女两人坐在桌边默默地吃饭。高阿民忽然有所感触地说道：

"配女儿也真不容易，像张大哥那么的人才，就是我有第二个女儿的话，我也愿意配给他。但孩子虽好，偏有这么一个恶婆娘，可见天下的事情，真没有称人心意的了。譬如说你的婆家吧，如今在上海发了财，孩子又在大学里念书，这是多么叫人欢喜，可是又担心着人心势利，会赖掉这头婚姻的。虽然天下的事情没有这么容易，不过我怕就怕在没有一个媒人可以作证据，就是打官司也发生困难哩。”

文娟听了这些话，却噘着小嘴儿冷笑了一声，说道：

“用得着打官司吗？谁稀罕他，他们有钱有他们的，有钱的人难道就说头上生了角不成？”

高阿民听女儿志气高傲的样子，倒笑了起来，说道：

“你倒不在乎吗？”

文娟道：

“当然，大学里念书的未必个个是大好老……”

文娟因为说得很毅然，但既说了出来，她倒又害起难为情，觉得一个女孩子家和自己爸爸直接谈起婚姻的事情，这究竟不太好意思了一些，因此她垂了粉脸，却感到有一阵子热辣辣地发烧。高阿民却叹着道：

“话虽这么说，但在一个女孩儿的心里，终不免是多刻画了一条痕迹，况且你的年龄一年一年大起来，也不是多耽搁着人家终身吗？”

文娟这才又抬起粉脸，秋波逗了他一瞥哀怨的目光，但口里兀是说道：

“那也无所谓痕迹两个字，我可不曾嫁过去，那算得了什么？说到我的年龄，还只不过十七岁哩，爸说我大，我却嫌自己太小，爸性急什么？就算再过十年吧，只不过二十七岁哩，难道爸倒不需要女儿我多给你做几年的伴儿吗？”

高阿民听了女儿这几句话，心中倒是深深地感动起来，望着女儿像四月里蔷薇那么美艳的娇靥，点了点头说道：

"你这话说得是，我实在也少不了你，唉，你的妈终死得太早一些儿了。"

因了高阿民这一句话，害得文娟倒又淌下眼泪来了。这晚文娟躺在床上，思绪是十分复杂，一会儿想采苹不知可曾回家了没有，抑是真的去自寻短见了？一会儿又想起自己的婆家，不知真的会赖婚吗？即使他们不会赖婚，那阿猫在外面不知会不会爱上了别个女同学？因为心头想的都是些不如意的事情，所以她是感到做人的烦恼，忍不住暗暗地落了一回眼泪。

次日起来，文娟在院子里生旺着炭炉子，一面心中却只管想着采苹，意欲到张家去探问探问。但是自己是个已字人的女孩儿家，和张大哥常在一处说话，少不得要被外界笑话的，所以她始终鼓不起勇气，只有在家里暗暗地记惦。每一份人家，终有一份人家的事情，虽然说文娟也只不过父女两个人，但家中琐琐碎碎的活儿倒也不少，文娟要如不停手的话，也就一刻都不能闲过来。所以她一直忙碌着，忙到吃过了午饭还是不得有空，因为饭后少不得又要洗碗洗筷子揩台子地忙碌着。把一切舒齐了，她方才倒了一盆脸水，预备洗一个脸，不料这时却见李大嫂、王婶娘等一班邻居走进来，说道：

"高二姑娘，你知道了没有，张大哥的媳妇儿跟人跑了。"

文娟见这一班人，知道都是爱管人家闲事的人，吃饱了饭大家哄在一块儿，说东村的李家媳妇好，说西村的赵家婆婆凶，一天到晚忙个不了。可是她们消息也真灵通，张大哥家里闹的事情居然又知道了，于是让座倒茶，自己又一面问着道：

"你们怎么知道的？谁说张大嫂跟人跑了？"

王婶娘把那个两片厚唇一掀，笑道：

"二姑娘虽住在村子里，可就像外村人一样，什么事情都不知道的，人家满村子里都晓得了，你还蒙在鼓里呢。"

文娟拿了手巾擦脖子，秋波斜乜了她们一眼笑道：

"你们别称大好老，这回我可比你们知道得详细哩。"

众人听她这么说，于是齐声地问道：

"真的吗？二姑娘你怎么知道详细的？张大嫂跟了谁走的？脸儿俊不俊，难道张大哥还及不来他的俊美吗？"

文娟摇了摇头，很生气地说道：

"你们这班人也真是无赖，为什么红口白舌的就喜欢冤枉人呢？可怜张大嫂在这老太婆的手下真不知受了多少的委屈，你们还冤她跟人跑哩！"

众人被文娟这一顿埋怨，倒又弄得目瞪口呆，说道：

"那么依你所知道的，到底是怎么一回事情呢？"

文娟叹了一口气，于是把昨晚张大哥满街找寻大嫂的话向她们告诉一遍，而且又道：

"大哥恐怕大嫂寻了短见，所以急得哭了起来，你们想张大嫂要如真的跟人跑了，张大哥如何还会担忧她去自寻短见呢？所以眼见是实，耳闻是虚，这么一进一出，对于张大嫂的名誉可真了不得。"

李大嫂哦了一声说道：

"那么照此说来，张大嫂准是受了很大的委屈，负气走了，因为张老太逢人告诉说她媳妇是跟人跑了，说张大嫂在做姑娘的时候就不太规矩的。"

文娟听了这话，气得跳脚，恨恨地骂道：

"这老太婆心思倒是毒的，虐待了媳妇，还给媳妇担了这么一个罪恶的名誉，真正叫人气死了。人家说愈是吃斋念佛的老太婆，心思愈刻毒龌龊，这话真是不错的。所谓一只手拿香，一只手拿枪，我想这种人死起来，上天堂固然谈不到，恐怕还要打入十八层阿鼻地狱里去受苦哩。"

众人听了，倒忍不住又笑了一阵。李大嫂道：

"二姑娘平日和张大嫂最要好，那也就无怪你要抱不平的了。"

说着大家又笑了一会儿，方才各自分散了。乡村里这一班人的心理，大都有一种特点的，这特点就是喜欢大惊小怪地起哄，最好村子里会发生几件稀奇古怪的事情来，那么好叫她们大家当作茶余饭后谈话的资料。张大嫂跟人跑了，这是一件多么够人寻味的风流事，所以李大嫂、王婶娘、赵阿姨无不感到兴奋，好像这一件事对于她们自己有了重大的关系，所以见了面就议论纷纷，有的感叹，有的叫羞，有的喊作孽，真是非常热闹。不料现在一听文娟告诉并非是跟人跑的，原是为了受不住婆婆的虐待，所以负气走了。这一来，把她们兴趣都扫完了，因为乡村里对于婆婆磨难媳妇的事情，再不算什么稀奇，这当然是为了普遍的缘故，比不得一个媳妇私偷汉子跑了研究起来比较有滋味得多。

文娟见她们很失望地一哄而散，窥测她们的意思好像还有些嗔怪自己不该去纠正这一件事情的真相如何。假使张大嫂是真的忍不住虐待负气走了，最好将错就错还是误作张大嫂偷了汉子跑了的好，这样大家又可以起哄半个月，甚至于半年多还在口边当作笑话讲。文娟在这样感觉之下自然十分感叹，不过她也很希望能够多知道一些关于张大嫂下落的消息，所以在梳洗完毕之后，她便匆匆到张大哥家里来探问。

张老太没有知道昨晚文娟和克强是一块儿到各处去找过的，所以她一见了文娟，还是对别人一样地告诉，眼泪鼻涕地哭起来，说道：

"二姑娘，那真是一件令人意想不到的事情，采苹这贱人会跟人跑了，你瞧瞧她平日多稳重、多贤德的，谁知她表面上贤惠，心眼儿龌龊，竟不知廉耻地卷逃了。现在我是把她赶出了，她若再回来，我也不能承认她是我家的媳妇，可见天下的事情，真是知人知面不知心的了。"

文娟听了她这一篇鬼话，觉得此心肠有甚于蛇蝎者，实在令人可恨可杀，但是也只有恨在心头，表面上不好给采苹辩护，遂问道：

"那么大嫂走后，难道就连一些消息都没有吗？"

张老太尽哭也觉得不好意思，遂收束了泪痕说道：

"这一走后还会有什么消息了吗？不要脸的白虎星，我倒希望她走得愈远愈好呢！"

文娟暗自骂声"你这老不死的，真正没有心肝呢"。但表面依然平静了脸色说道：

"那么张大哥呢？他上学校里去了吗？"

张老太听她提起克强，她的眉毛儿又皱了起来，叹道：

"我这克强孩子也真痴心，他竟病了起来，全身发烧躺在床上哩。唉，那可不是叫我发急吗？"

文娟听了也吃了一惊，暗想：你自己倒真是个白虎星哩，好好儿的一份家庭就喜欢闹得鸡犬不宁的才高兴了。于是叹了一口气说道：

"那可怎么的好？你老人家不是也该劝劝他吗？假使他们夫妇仍是要好的话，你老人家也就马虎一些儿罢了。"

张老太忙道：

"二姑娘，你这话奇怪了，我是日日祈祷着，但愿他们小夫妻和和睦睦，没有争吵的事情发生，这我做娘的瞧了多欢喜。如今这贱人跟人跑了，那还有什么说的吗？唉，二姑娘，这真是家门不幸，所以才会娶了这么一个白虎星，她一进门我的腿儿就跌折了，颠三倒四的家里就一刻都不得安静。"

说到这里又唉声叹气地连连发恨。文娟道：

"如今大嫂既已走了，你也不用再去气她了，倒是大哥的病终该给他请个大夫瞧瞧才是呢。"

张老太道：

"我何尝不这么想，但克强这孩子偏又拗执成性，一定不要请什么大夫，这可真叫我没有了法儿。二姑娘你倒和我一块儿进去瞧瞧他，也许你劝他几句他就会听从你话的，因为你们平日不是很说得来吗？"

文娟在采苹的房中虽也进去过好多次，不过进去的时候克强终不在房中的，暗想：如今大嫂出走了，大哥一个人躺在床上，我一个女孩儿家怎么好意思就进去瞧他呢？不过别人家做母亲的既这么说，我若拒绝了，那叫人也不高兴，况且我对克强原很同情，心里也正欲去瞧望他一次呢。文娟在这么感觉之下，遂点了点头，和张老太一同步进克强的房中去了。走进房中，文娟见克强躺在床上，两颊果然绯红得厉害。张老太步近床边向他低声儿地道：

"克强，你此刻觉得怎么样了？高二姑娘来瞧望你了呢。"

克强本来是微闭了眼睛，听了母亲的话，遂把眼睛睁了开来。只见文娟老远地站在房中的桌子旁边，微蹙了柳眉，明眸脉脉地向自己凝望，于是向她点了点头，微微一笑，表示很感激她的意思。文娟被他一笑之后，身子由不得向前挨近了几步，站在张老太的背后轻轻地叫道：

"大哥，你觉得有什么地方不舒服吗？口渴了没有？"

克强见她十分关怀自己，可见她对我是非常同情，于是说道：

"也没有什么地方不舒服，只是胸中苦闷着罢了，二妹，多谢你记挂着我……"

说到这里不知怎么的，心中一酸，那眼泪就滚了下来。文娟被他这么一来，一颗芳心也好生难受，颦蹙了翠眉，沉吟了一会儿，良久方说得一句道：

"大哥，你也想得明白一些，自己身子保重些吧。"

张老太接着忙道：

"二姑娘这话真不错，这贱人既然无情无义地抛着你走了，可见她对你是根本没有夫妻恩情的了，你还为她生病，那你不是成了傻子吗？妻子要多少有多少，明儿照样再娶个好的给她瞧瞧，看她以后还有脸儿再进门来。"

克强听了，望了文娟一眼，却是摇头默不作答。文娟理会他的意思，虽然很欲向他安慰几句知心着意的话，但碍着张老太在旁，又觉得说不出口，遂低低地道：

"大哥，你此刻饿了没有？若肚子饿了，胸口也会感到难受的。"

张老太忙道：

"可不是，昨晚没有吃一些东西，今天早饭午饭也没有吃过一些，唉，你难道为了这个不知廉耻的女人就情愿抛弃了我年老母亲活活地饿死吗？"

说到这里，免不得又撞哭起来。克强见母亲这个神情，心头愈加感到做人的乏味，所以悲伤万分，泪水便像泉水涌了上来。文娟实在忍熬不住，遂推了推张老太的身子，说道：

"老太太，你快不要这个样子呀，大哥可不是个这么的人，

33

他如何肯作践自己的身子呢？你这么一来，叫他心里不是更难受吗？"

克强听了暗想：想不到自己亲生的母亲还不及一个邻居的姑娘呢。于是叹了一口气，泪水更如雨下。张老太这才停止了哭泣，但兀是唠叨着道：

"说来说去，终是我这个老不死不好，我若早些口眼一闭，还受得了这些苦吗？唉，在克强心中想着总是我做娘的太凶，无奈我也不曾赶走她，她自己跟人走了，叫我还有什么办法？克强若是舍不得，你也尽可以叫人设法把她找回来，反正我养了一个儿子也是白费心血的。唉，断命你爹死得太早，不然这个难人我也用不到做的了。"

说着又捶胸大哭起来。克强听她又拉扯到已死了近十年的爸爸身上，一时真弄得啼笑皆非，因此额角上的热度愈加高升上来，他觉得在这个环境下做人，倒不如死了干净得多。文娟听不过，遂忙又劝住了张老太说道：

"老太太，你假使疼爱着大哥的，那么你终也得原谅大哥的苦衷。大哥是病得很厉害，他如何还受得了烦恼？所以老太太这些话此刻也不用再提起了。我瞧大哥平日是很纯孝的，他绝不会和老太太有什么不好过的意思，我想大哥这时也饿了，老太太还是去给大哥热一些粥来吃是正经。"

文娟这几句话才算把张老太劝住了，她拭了拭眼泪说道：

"他要如不和我心眼里难过，他会生这个病吗？"

克强在床上哭起来道：

"妈，你这话叫我太伤心了，一个人生病难道会喜欢生的吗？"

文娟也向张老太道：

"老太太，你这话也太过火了，大哥绝不是那种人的，你还是快热些粥来吧，我们终希望大哥早些儿痊愈才好。"

张老太道：

"那么二姑娘给我克强做一会儿伴，我去热稀粥来。"

文娟点点头，张老太遂走到房外去了。克强待母亲走后，不禁深长地叹了一口气。文娟又走近了一些，望着克强火炭一团似的脸儿，温和地说道：

"大哥，你身上的热度很盛吧，别难受了，自己身子要紧。"

克强淌泪说道：

"我觉得做到像我这么的人是再伤心也不能的了，所以我倒希望能够就在这一场病中把生命幻灭了，也省却了许多的烦恼。"

文娟被他说得心酸，眼皮儿也由不得红起来，安慰他道：

"你别这么说，你的年纪轻啦，难道为了家庭中一些事情就丢了你一生的前途了吗？这当然是太不值得了。"

克强道：

"家庭中吵闹原是避免不了的小事情，不过采苹这一走之后，生死未卜，那关系就重大了。假使采苹真的为我而死了的话，那叫我还有什么脸儿再做人呢！"

文娟叹了一口气，亦觉得黯然神伤，遂悄悄地又问道：

"那么昨日的吵闹又到底是怎的起因？大嫂走的时候你为什么不拉住她？况且，我想大嫂她也不会毅然地就出走了呀。"

克强听她这样问，泪水又大颗儿地落了下来，于是伸手在枕底下把采苹那封留别的信取出交到文娟的手中，说道：

"这些事连我都莫名其妙，你且瞧了采苹那封信吧，你就可以明白一半的了。"

文娟听了，慌忙把信接过来，只低头念了一遍，当她念到

"思维再三，觉母亲之虐待于妹，其委屈尚可忍受，今哥哥亦认妹为不孝之妇，则妹之苦衷将更欲向谁诉说？人海茫茫，知音何觅"，文娟到此，为采苹身世孤苦得可怜着想，泪水泉涌。待瞧到"倘哥亦认妹乃一个白虎星，则今日之妹死，可谓得其时矣"之句，她已不忍卒读，遂泪眼盈盈地向克强瞟了一眼，包含了嗔怪的口吻问他道：

"大哥，并不是我怨你太糊涂一些，你不问青红皂白的就动手打人，这你实在是太错了。大嫂和你结婚到现在也有一年半的日子了，那么有了一年半的同居生活的经验，难道你还不明白大嫂是个怎么样性情的女子吗？这在你似乎枉为是大嫂的丈夫了。照大嫂信中所说，她受了母亲的委屈是情有可原，受了你的委屈使她感到没有一个知音，人生是太孤单一些了，怨不了大嫂忍心出走，她实在是太可怜一些了。"

文娟说到这里，泪水潸潸而下。克强的心头是更加疼痛，却是闷声儿地哭了出来，说道：

"我确实是太不应该了，在我所以打采苹的意思，也无非给母亲心中气平一些的缘故，谁料到事至今日，母亲还这么挖苦我。我在采苹妹面前固然是结了怨恨，在母亲的面前又得不到一些好感，唉，两面都不讨好，我做人还有什么趣味呢？"

说到这里，声泪俱堕，接着又道：

"苹妹平日性情更要稳妥一些，昨日不知怎么的也发了小性儿，我以为她是回屋里去哭的，万不料她在愤怒之下，真的留书走了。"

文娟叹了一声，把信笺依然给他藏到枕下，说道：

"你也不能怪大嫂发了性子，你们母子一同打了她，还叫她快滚，那么她若不走的话，岂不是成个死人了吗？照情理上说，你们也不该这么对待大嫂，在人家心中想，也无非欺负大嫂娘家没有人罢了。"

文娟末后这句话又说到克强的心眼儿里去，这就悔恨到了极点，忍不住失声而哭。经这一哭之后，热度更甚，头昏目眩，内心真有说不出的难受。文娟生恐加重了他的病体，遂又安慰他道：

"事已如此，哭也没有什么用处，就是哭死了吧，也不能把大嫂哭回来了。不过大嫂写这一封信的时候，原也一时之愤怒，她既出了家门之后，我猜想她是绝不肯轻易去死的。因为她也是个明达的人，人死有重于泰山、轻于鸿毛者，无缘无故地死那不是太没有价值了吗？所以我料她过几天仍旧会回来的。大哥身上有病，只宜静养，不能自寻烦恼地尽管伤心，所以你也只好放宽一些儿吧。唉，天下本无事，庸人自扰之。然而话又得说回来，大哥到底是太孝顺一些儿了。"

说到这里，顿了一顿接着道：

"孝顺父母这并不是一件不好的事情，然而我们也得瞧情形而论的，委屈了母亲固然不可，委屈了妻子当然也不能太以过分，终要两得其平，那么给人家心中也过得去一些了。"

克强听文娟这么说，真觉句句动听，遂点头说道：

"二妹这话是极，我因一念之错以致弄到如此地步，唉，苹妹若能回来还能减去我的罪恶，不然我之罪不可赎矣。"

正说话时，张老太盛了一碗粥进房拿到床边，低低地道：

"克强，我服侍你吃一些儿好吗？"

克强这时只觉全身发烧，内心如焚，头脑涨疼若劈，所以如何还吃得下东西，连摇了摇头，闭眼只管呻吟。张老太一摸他的额角，只觉十分烫手，遂吃惊地道：

"怎么热得这一份儿模样了？二姑娘你倒也来试一试他的热度看。"

文娟虽然有些羞涩的意思，但她到底是把纤手按了上去，果然像火炭似的一团热辣辣得厉害。克强虽头痛得发昏，可是他的感觉还很灵敏，觉得文娟的手是很软绵绵的，于是睁眸向她望了一眼。文娟颦锁了眉尖，把手很快地缩了回来，低低地道：

"依我之见，还是快请个大夫瞧瞧是正经。"

克强这回听了却不再拒绝，张老太也感到病势不轻，急得没了主意地搓着手儿说道：

"二姑娘，你说是哪一个大夫好？我又不知大夫是住在哪里的，往常我有了病终是求菩萨吃些仙方医好的，如今叫我一个人真没有主意，唉，这便如何是好呢？"

文娟道：

"老太太你也别发急，前儿我爸病了，是徐明光医生瞧好的，假使你也认为好的，就是我给你们去请一次好了。"

张老太忙道：

"既然你爸病了也是他瞧好的，这还有个不好的吗？二姑娘，你这样帮了我的忙，我真不知该怎么来报答你才好哩。"

文娟道：

"老太太别说那些客气话，我们也是多年的邻居，有道是远亲勿如近邻，互相帮忙的地方将来少不得有哩。那么准定去请徐明光大夫，我走了。"

她一面说着话，一面也不及张老太回答，身子已是匆匆地奔出房外去了。张老太自念着道：

"二姑娘真是个挺热心的人，只可惜她已经是有婆家的姑娘了。"

躺在床上的克强，对于母亲这两句话似乎包含了某些作用般的，他有些难受，但这时因为他头痛得厉害的缘故，所以他不暇去思索，握着拳儿却在自己的额角上连连地捶敲。

经过半个钟点之后，文娟和徐明光大夫匆匆地来了。张老太见徐大夫是个年约五十的老者，于是忙着招呼，给他坐到克强的床边。文娟见梳妆台上有一本书，遂拿过放在床沿边给克强枕了手腕。徐大夫遂给克强诊脉息，看过舌苔，又问了几句病情，说道：

"这是内伤积郁、外感风邪而引起，宜先祛风邪为主，我且开个方子给世兄服一剂后再看情形如何。"

文娟听他说得很有道理，遂把笔墨纸砚放在写字台上让徐大夫开了一张方子，然后谢了诊金，送他走出。待大夫走后，文娟又回到房中说道：

"你们听大夫病原说得很对，所以这剂药服下后也就好起来了。"

说到这里，又走到床边向克强低低地道：

"大哥，你四肢没有出汗吧？"

克强有些忘其所以，他把文娟当作了采苹，伸过手来点头道：

"你摸我的手，一些儿汗也没有哩，而且两脚又觉得怪凉的。"

文娟见他这个模样，也只好把他手儿握了握放下了说道：

"这是因为四肢不和的缘故，只要脚手有了汗，那热度也就会退去的。"

这时张老太又嚷着道：

"二姑娘，对不起，撮药的事情可又要劳你的驾了。"

文娟道：

"没有关系，老太太，那么你把炭炉子生旺了，回头我把药一撮来也就可以煎起来了。"

张老太点头答应，遂取了五元钱一张钞票交给文娟，又连连地道谢。待文娟把药撮来，张老太在房中也就生旺了炭炉子。文娟道：

"这剂药一元五角六分，还找了三元四角四分，我怕药剂很苦味，所以又给大哥买了二角钱冰糖块。"

张老太忙谢道：

"真难为二姑娘想得周到呢，连叫你跑了两次，也够辛苦了，快息息吧。"

文娟道：

"那辛苦不了什么。老太太，药罐子放在什么地方呢？不是还该盛些清水来吗？"

张老太道：

"药罐子还在厨房里，二姑娘怕找不到，我去拿吧。"

说着把身子又走了出去。张老太一走，房中是只剩了两个人，文娟站在桌旁，只管透着一包一包的药味。忽听克强低低叫了一声二妹，文娟回眸望去，秋波向他盈盈地一瞟，柔声儿问道：

"大哥，你要什么吗？"

克强所以叫文娟的意思，原是向她说几句感谢的话，如今被文娟一问，他倒又说不上来了，愣住了一会儿之后才想出了一个主意，说道：

"你把那张药方给我瞧瞧吧。"

文娟这就不得不走近床边去把药方子递给了他，说道：

"徐大夫的医理倒很不错，但是大哥的病我以为一方面固然靠药力的帮助，同时一方面却要大哥自己医治了。自己怎么医治呢？就是暂时终不要再过分地伤心烦恼，因为一个已经有病的人再加上了伤心和忧愁，那喝药不但无效，而且还会加重病体的。大哥，在事实上说，大嫂受了这么大的委屈负气出走，至今生死未卜，这大哥固然要伤心，就是在我们友谊的地位，也感到十分的难受。那么在我一味地劝你不要伤心，这似乎是我太不近人情了，因为这一件事再不伤心和忧急，这还能算是个至性的人吗？不过话也得说回来，俗语说一句，没有了身子，就没有了一切，这是短短很简单的两句话，从可知道保重身子实在是比保重一切最珍贵的东西还要紧万倍哩。所以大哥若病倒了之后，不但再不能为大嫂伤心，而且也更不能设法去寻找大嫂了。所以我的意思，在病中的时候把一切烦恼和伤心都丢了开，待病痊愈了的时候我们再努力地做那应该做的事情。大哥，你听了我这一篇话，不知也觉得然否？"

克强对于文娟这一篇多情而温柔的话，实在可说是感到心头爱入骨髓了。他没有工夫再去瞧那药方，他猛可地把文娟手儿紧紧地握住了，用了恳切的目光脉脉地望着文娟微含赧然的娇靥，沉重地说道：

"听君一席话，胜读十年书。二妹，你真不只是一位良医，我这病一方面固然需要药力的帮助，而一方面实在是二妹的恩典呢。二妹，我心中也说不出什么感激的话，我唯有祈祝你前途光明，永远得到健康和幸福。"

文娟听他这么说，一颗芳心也不知是悲是喜，含了浅浅的微笑说道：

"大哥，你别说那些感激的话，常言说得好，与人方便即与己方便，今天我给你帮了一些小忙，将来我有什么困难的地方，少不得也有请大哥帮忙的时候，你说是不是？"

　　文娟说到这里，俏眼儿逗给他一个妩媚的娇笑，因为生恐张老太进房来了，所以放了克强的手，她回过身子又走到桌旁边去了。克强心中说不出是什么滋味，他见了文娟的多情使他更会想起了采苹的可爱和可怜，于是他别转了脸儿，把两行热泪也终于像蛇行般地直淌了下来。张老太把药罐子盛了清水拿进来，文娟把药味已完全地透齐了，遂倒入药罐子里，又放到炭炉子上去。因为张老太是跌折了一条腿，也不知是自己不小心呢，还是为了太迷信的缘故，所以走路很不便当，至于蹲到地上去那是更为吃力，因此煎药汁的这件事，又得文娟蹲了身子在炭炉子旁小心地照顾着不可了。

　　太阳的光从梳妆台上慢慢地退到窗口旁去，显然它已向西山去休息了，黄昏降临了大地，房中也已笼上了一层暗淡的薄暮了。文娟把药汁煎好倒入饭碗，覆了一层碟子，上面又安放了一把剪刀。在经过十五分钟之后，文娟觉得药汁是凉得差不多的了，意欲自己端着服侍克强喝药，到底感觉不好意思，因为自己究竟是个已字人的女孩子，那不免是失了姑娘的身份。这就向张老太说道：

　　"老太太，你该给大哥喝药的了。"

　　张老太似乎正在想什么心事，听了文娟的话这才醒过来似的点点头，于是端了那碗药汁走到床边去，向克强唤了两声。克强睁开眼睛，见房中已很灰暗的了，母亲拿了药碗在床前，文娟却站在母亲的身后明眸含情地只管凝望着自己。克强虽然病得很昏沉，但是他心中还很清楚，觉得母亲仿佛是个木人，连喝药了还是文娟先关心到。于是微微地仰起了身子，谁知一阵眼花，再也

42

不能支撑，那头儿又倒向枕上去了。张老太道：

"我扶着你起来吧。"

说着把药碗又放在桌上，她将两手抱起克强的身子，克强的头儿也就靠到母亲的怀中，在这个情势之下，文娟当然又不得不尽一份拿药碗的义务了。遂亲自将药碗凑到克强的嘴边，低低地道：

"烫不烫嘴的？"

克强喝了一口，摇了摇头，微张了眼皮向她望了一下。文娟懂得克强心中的意思，他是十二分感激着自己的。不料在这时忽然院子外有人高声地嚷道：

"文娟，文娟，你这妮子一天到晚逛在人家，连自己的家都不管了吗？"

克强听出那是高大叔的声音，这就很焦急又很抱歉地说道：

"二妹，你快回去了吧，唉，我们真也糊涂，天黑了大叔一定饿了肚子，真也怨不了他发脾气了。"

文娟听爸的口吻有些生气的样子，心中也就着了慌，但是克强还没有喝完药汁，我如何就丢下走了。于是她表面上还是竭力地镇静着态度，把药碗依然凑到他的嘴边低低地道：

"不要紧，爸爸这人就爱扯高了嗓子说话，叫人听了倒像他是生了气，其实他就是这一个脾气。"

张老太道：

"二姑娘，你把药碗交给我吧，害你父女俩闹了嘴，我们心里怎交代得过。"

文娟道：

"哪里就闹了嘴，没有多少了，大哥喝完了再说。"

克强因为心里着急，虽然那药汁是苦味得难以下咽，这会儿他也管不得许多的，就咕嘟咕嘟地一口气喝了下去。待喝完了药汁，那额角上已是冒出无数点汗珠来了。文娟一面还拿开水给他漱口，一面笑道：

“才喝下你瞧就出汗了，明天准会好起来了。”

克强点了点头说道：

“谢谢二妹，别把你爸等急了，快些儿回去吧。”

文娟似乎也觉得没有自己的事了，遂说声再见，她便急急地走出房外去。待走到房门口的时候，忽然她又想到了一件什么事，把一只脚缩了回来说道：

“老太太，大哥口里嫌苦，冰糖放在梳妆台的小抽屉里面。”

张老太这时正扶着克强躺下身子，听了这话遂说声知道了。这才听到文娟一阵噔噔的脚步声，想来已奔到院子外去了。克强觉得文娟会待自己这么的多情，那真是有些出乎意料之外的，但凭了她末后这两句话，可见她身子虽欲回家去了，但她那一颗芳心中还是在关怀着我，唉，叫我怎么报答她才好？

在克强心中感激的时候，文娟已奔到院子门口了。高阿民正欲提高了破喉咙再叫喊，一眼瞥见文娟由内出来，遂又放低了喉音说道：

“逛了一整天还不够吗？张大嫂可曾回家了没有？”

文娟听爸爸这两句话虽然还有嗔怪的意思，但语气到底缓和了许多，遂索性把小嘴儿一噘，逗给他一个娇嗔，说道：

“我又不跟人逃了，满街地乱嚷干吗？让人听见了像个什么意思。”

高阿民听女儿反过来埋怨自己，倒望着她笑起来了，说道：

“我不嗔怪你，你倒反而埋怨我了，你自己想想，下午出去后直到天色黑了还不回家，家中炉子也熄了，饭都没有烧，我肚子又饿了，还不叫我急吗?"

文娟听被克强一猜便着，这就扑哧的一声笑了出来，于是加快步伐先奔回家里去了。高阿民想想女儿到底是令人可爱的，他的脸上也浮现了一丝浅浅的微笑。待阿民走进自己家的院子，见文娟在屋檐下已生旺了炉子，她向阿民逗了一个淘气的媚眼，笑道:

"爸，你且不要性急，再去呼两筒旱烟，保准可以给你吃饭了。"

说着话拿了米淘箩便去淘米了。阿民又好气又好笑，遂也踱进屋子里去了。果然阿民在椅子上呼了两筒旱烟，想了一会儿心事之后，文娟端了一盘饭菜走进来了，她笑道:

"爸爸，你瞧快不快?"

阿民把旱烟管放下，走到桌边笑道:

"快是快的，但我已饿了不少的时候了。"

文娟把饭菜搬出放在桌子上，拿过了碗盛了两碗饭，秋波向阿民一瞟，抿嘴笑道:

"那么爸干吗不早些儿来喊我回家呢?"

阿民在桌旁坐下，握了筷子正想往嘴里划饭，听她这么说，忍不住也笑道:

"我以为你太阳落了山总该回来了，不料你还没有回家，我这才急起来。起初只知你在李大嫂家里，谁知没有你的影子，再到王婶娘的家中，王婶娘也没有在家。我再找到张老太的家，终算把你找到了。你一下午难道全在他家吗? 大嫂回来了没有? 你在他家做些什么事情呢?"

文娟一面也坐下吃饭，一面说道:

"大嫂没有回来。张大哥病得很厉害，老太太急得没有了主意，家中人手又少，她老人家又是一拐一拐的，所以恳求我给他代去请大夫、撮药，我就帮了他们一下午的忙，就只觉一转眼之间天色就夜了，真也快的。"

高阿民听了，叹了一口气，说道：

"这就是因为没有事情忙，家里太安静了，所以欢喜闹出一些事情来忙碌忙碌。"

说到这里，顿了顿，向文娟望了一眼又悄悄地道：

"孩子，你也太糊涂了，一个人能够帮助人家，虽然这也是一件好事情，但你也得瞧情形而行的。张大哥病了，他是个年轻的小伙子，而且大嫂又没有在家中，你是一个已字人的女孩，怎么可以在他房中走进走出呢？虽说你是一片热心和好意，但外界人言可畏，倘若捕风捉影般地纷纷议论起来，那你的名誉可要紧呢！再说村中人也有向上海来往的，他们这种人的嘴就快，若传到蒋家的耳中，倒叫他们更可以借口作为赖婚的缘故了。所以我劝你以后千万还是别到张家去为妙，知道了没有？"

阿民说到后面，向她又郑重地叮嘱了一句，表示你这并非是儿戏的事情。文娟被父亲这么一说，她的粉脸就涂上了一层红晕的色彩，沉吟了一会儿，把小嘴儿一噘说道：

"我在张大哥房中进出，原有张老太太一块儿在着的，那怕什么？议论是议论，事实是事实。俗语道：真金不怕火，怕火不是金。只要我们于心无愧，人家说的也就全是放屁了。"

高阿民听女儿这么说，把眉毛儿一皱，说道：

"你这孩子就一味地拗执，一些也不懂人情世故的。他们爱管闲事的，只要有一些因头，他们就会无风三尺浪，倘使他们把这事播扬开去，我瞧你还见得了人吗？"

文娟偏是个好胜的姑娘，她是不服气，冷笑了一声说道：

"凭什么见不了人，我偏见见他们，看造谣的人害羞还是我害羞。"

　　阿民拗她不过，由不得叹了一口气说道：

　　"我是一片好意忠告你，你偏把我的话当作耳旁风，要知道我和你争论是没有用的，我也不会给你传扬出去，只是防着别人家口中不干净罢了。"

　　文娟这就不再回答，低了头吃饭。因为彼此没有说话，室中空气又显得很沉寂，仿佛像睡过了一样的安静。

　　这晚文娟睡在床上，比昨夜更加翻来覆去地不能合眼，她想着父亲晚饭时的那一篇话：确实我已经是个配了人家的姑娘，对于张大哥一个年轻的男子，似乎不应该有这么亲热的举动。想到这里，她脑海里浮上了和张大哥握手的情形、服侍他喝药的情形，她觉得这是一片互助的精神呢，抑是包含了一些儿女情长的成分？她问自己，但连自己都回答不出一个所以然来。不过她相信自己在当初的时候，实在是因为同情张大嫂而连带同情了张大哥，如今服侍了张大哥一下午的病中之后，不知怎么的，她竟对于张大哥起了爱怜的成分。因了爱怜的缘故，使她一颗芳心里滋长出了一些情感来了，她想，万一张大嫂真的寻了短见，可怜张大哥真不知要伤心到如何地步呢！假使没有一个知心着意的人儿去好好地安慰他，那么他的生命一定要在烦恼和伤心的苦海中幻灭，这样一个年轻而且有思想、有才学的少年，一旦久郁而丧生，这是多么的可惜，多么的叫人不忍！所以我顾不得什么人言可畏，我一定要努力地劝慰他，虽然我是一万分地祈祷着张大嫂终有回来和他团圆的一天，但在大嫂还没有回来之前，我终得尽我的责任使张大哥不灰心、不气馁，依然振作精神地做一个人，那么将来大嫂回来之日，她心中也会万分地感激我呢！

文娟的芳心中既然打定了这个主意，所以她并没有听从父亲的话，第二天下午吃过饭，仍旧走到张家来瞧望克强。因为院子里的门是开着的，她遂悄悄地挨身而入，反而给他们关上了。在她心中以为老太太此刻必定也在克强房中的，所以便匆匆地步到克强的房中来。不料张老太却没有在里面，只有克强一个人躺在床上出神。她意欲回身退出，到了张老太那里之后再一同到这儿来探望克强，谁知克强听了脚步的声音，他回眸已瞥见了文娟的人儿，于是很欢喜地叫道：

　　"二妹，真是抱歉得很，累你昨天忙了一下午不够，还挨了大叔的骂吧？"

　　文娟被他已经叫住了，觉得若再回身退出，那倒反而更不好意思了，所以索性大大方方地走到床边来，乌圆眸珠转了转，摇头抿嘴一笑，低低地道：

　　"爸是不会骂我的，大哥你今天热度可全退了吗？"

　　克强点头笑道：

　　"全退了，二姑娘，你摸摸我的手，不是和常人一样了吗？"

　　说着又把手儿从被窝内伸了出来，文娟这时猛可想到自己昨晚的自思自忖，她想不再去和他握手，不过克强的手已伸到自己的面前，她就再也没有勇气去拒绝。她把她前一分钟不到的主意打消了，终于把他手儿握了握，微红了脸儿一撩眼皮说道：

　　"热度倒是退了，而且也有了手汗，所以我说这个徐明光大夫的医理就不错，昨晚上可曾吃过一些稀粥吗？"

　　克强握着她软绵绵的手儿却有些爱不忍释，所以还把她握紧了一些说道：

　　"昨晚也没有吃过，直到今天早晨热度一退，才觉得肚子有些空空地饿起来。"

文娟被他紧握了手儿不放，一颗芳心是跳跃得厉害，她的粉颊儿只觉得有些热辣辣的感觉，她要缩回了手，所以不得不想一个主意，笑道：

　　"可见那是完全好了，大哥，你要喝杯开水吗？"

　　克强点了点头，于是只好把她手儿放下了。文娟忍不住暗自好笑，遂在热水壶里斟杯开水拿到克强的口边。克强且不喝茶，明眸向她粉脸呆望了良久，低低地道：

　　"二妹，你这一份儿情义对待我，我心里记着你是了。"

　　文娟听他老是这么说，芳心像小鹿般地撞个不停，暗想：难道他的心中和我也有同样的感觉吗？经此一想，她的粉脸仿佛笼烟芍药，又若出水芙蓉，真有说不出的娇羞好看，妩媚可爱极了。不过她还竭力平静了脸色，显出洒脱的态度，嫣然笑道：

　　"大哥，你别说这些话吧，因为我同情你的遭遇，所以我才不顾一切地来给你一些安慰，因为我希望你不要太以灰心而丧失了自己光明的前途。我想你是一个有作为的青年，将来少不得还能给国家社会干些儿事情，那么你假使因此而消沉了志气，这对于国家社会不是丧失了一个有用的人才了吗？大哥，无论一件什么事情，我们不要瞧得太准确，因为变化起来也许使人有意想不到的奇妙。比方说大嫂留了这封绝命书走了，在你心中想来，以为她是必死无疑了，然而我猜测着她未必会这么轻易地死去，因为死的动机是只有在五分钟之内而决定的，在经过这五分钟之后，死的主意完全会动摇的，除非是特种势力下而无法避免的死，这当然又作别论。这没有什么别的缘故，因为蝼蚁尚且惜生命，何况是一个人呢？所以在无必要之前而可以避免死去的话，谁也不愿意就这么死去，我说大嫂也没有到死的必要时间，故而我肯定相信，将来大嫂仍有和大哥重圆的一日，不知你也以为我这话对吗？"

　　克强听她絮絮地说了这么一大套的话，在这一篇话中显然她是在向我表白她的待我好没有涉及丝毫的儿女之情，完全是激发于人类的一片互助的精神。是的，二姑娘是已经有婆家的人了，当然她是不能再和人发生爱情了。于是他开始感到自己的惭愧，不过这也不能怪自己的无赖，因为在这样的痛伤失意之余，居然又有这么一个多情而貌美的姑娘来安慰我、鼓励我，我固然不敢有爱上她的妄想，然而人是有情感、有知识的动物，对于这一个姑娘岂能无动于衷吗？这就感动得又淌下泪来，说道：

　　"二妹，你真不愧是个博爱的姑娘，你的爱是太伟大了！我一定听从你的话，我不灰心，我不气馁，因为你是热烈地期望着我能够为国家社会干些事情，那我如何可以不振作精神，埋头苦干，来安慰你那个小小的心灵？采苹这次出走，若没有死去，这当然是我的万幸，即使不幸的话，我也不为她而再消沉了自己的志气。因为采苹平日的思想和抱负也是非常伟大，我若因此而郁成病死去，这不但抵不去我的罪恶，而且更叫我永世羞见天下的人士。所以我唯有努力我的事业，创造一条光明大道，那么采苹虽死，她也一定能够饶恕我的了。"

　　克强话虽这么说了出来，可是他的颊上也沾了无数的泪水，他的话声是不住地颤抖着，带了哽咽的成分，脑海里浮上了采苹倾人的娇靥，心坎儿爬上了采苹种种多情的好处，他只觉有刀在割一般的疼痛。文娟被他这么一来，手里拿着的一只茶杯也抖动起来，于是又放到梳妆台上。她眼皮儿一红，也陪着落了几点悲酸的热泪，柔和地道：

　　"大哥，干吗又伤心了？大嫂一定会回来的。"

　　克强点了点头，这才拭了颊上的泪水说道：

"但愿能够应了二妹的金口，这当然是叫人谢天谢地的了。"

两人正在安慰着说话，只听见张老太走进房来，她见了文娟便咦了一声笑道：

"二姑娘什么时候来的，我却一些儿也没有知道哩。"

文娟和克强慌忙收束了泪痕，稍微离开了一些床边，红晕了两颊微笑着道：

"不多一会儿，我以为老太太也在大哥房中，所以就一直地到这儿来了。大哥今天热度退完了，想是全好了，真叫人欢喜的。"

张老太笑道：

"可不是，昨天全亏了二姑娘一个人料理着，我们十分感激的，后来二姑娘回家后，你爸爸可曾埋怨过你？"

文娟摇头道：

"没有，我就知道我爸的脾气，找不到我的人就扯高了嗓子着急得好像我逃跑了，但见到了我之后，他也就一句都没话的了。"

张老太笑道：

"这也是你爸疼爱你的意思，可见做父母的对待儿女终是无微不至的了。"

张老太这句话的意思就是表示自己也非常疼爱克强，但听在两人的耳内却起了一个反感，暗想：对待媳妇就可以虐待的了？要知道哪一个媳妇不全是人家女儿来做的。两人心中虽这么想，但嘴里是不曾说出来。文娟生恐爸爸再找人，所以她不敢久坐，在谈了一会儿之后，就告别回去了。

文娟走后，张老太向克强望了一眼，低低地道：

"二姑娘真是很好的，又美貌，又会料理家事，只可惜她已给了人家，否则倒也是个好姻缘。"

克强对于母亲这句话是第二次听到了，于是他再也忍不住起来了，说道：

"妈，你本来难道预备做月老去吗？是谁家的孩子呢？"

张老太怔了怔说道：

"我给谁家孩子去做月老？那我可没这么空闲，我说的就是你。"

克强原也早知道母亲说的是自己，所以这么问一句，无非故意叫母亲说得明白一些罢了。于是他立刻沉着脸儿很冷峻地说道：

"妈，你这话奇怪了，我是有妻子的人，怎么还可以和人结婚，这不是太荒谬了吗？"

张老太哼了一声说道：

"你还要这个泼辣的贱货吗？她会狠心地出走，可见她已经有野心的了。"

克强道：

"那是我叫她滚的，所以她才走了，说起来原是我的不好，如何能够怪她有野心呢？"

张老太道：

"你当时说的无非一时的愤怒，她就是出走了一天，第二天也该回来了，为何直到今天不见她的影儿？可见她也不希望再在我家做媳妇了。女子有这么硬的心肠，不料你还一片痴情呢！"

克强叹道：

"妈，你不知道可怜采苹也许是已经不在人世的了。"

张老太听了这话倒是一呆，忙道：

"这话又是打哪儿说起的？她要如肯死的话，她也不会这么忤逆不孝了。"

克强不再向母亲辩白，他觉得母亲和采苹真是前世的冤家，就含了一颗惨痛的心终于默默地淌下眼泪来。张老太见他淌泪不答，遂也不再劝他，自管回上房里去，倒累克强又暗暗地伤了一会儿神。

光阴匆匆，转眼之间不觉已有十天，克强的病体完全复原，照常到学校去教书，但采苹却从此没有回来，消息沉沉，杳如黄鹤。在克强的心中，肯定采苹已经不在人世了，所以他万念俱灰，十分的悲伤。只有文娟和他见面时，向他柔和地安慰了一番。春天过去了，夏天也消逝了，包含了凄凉意味的秋天悄悄地踏进了宇宙。克强望着天际的浮云、半空的落叶，他是多么怀念啊！他除了淌着眼泪之外，只有唉声叹气地苦闷着，只有和文娟见面的时候听到她温柔的安慰，瞧到她甜蜜的娇笑，方才解去许多的烦恼。然而这也不过在一刹那之间的，离开了文娟之后，他心头更是增加无限的空虚和悲酸。从春天到秋天，遥长地有了半年多的日子，互相的慰藉不但让克强心中慢慢地生出了感情，就是文娟也有些欲爱上他了。可是为了旧礼教的束缚，把他们两人心头的热情终于镇压在各人冷静的理智下，所以这在彼此更有无限的痛苦。

张老太见克强的人儿只有一天一天地瘦削，心里不免十分忧愁，于是她决定预备给克强再娶一房媳妇以安慰他的心。但是丑陋的姑娘克强不会喜欢，才貌好的姑娘人家怕这个恶婆婆，所以做家长的都不肯配给他。在这样尴尬的局面之下，这一房媳妇当然是很不容易娶的了。这已经是深秋的季节了，在黄昏时候，村中的景象更显得悲凉一些，文娟因为要问张老太讨一绞粉红色的线，所以匆匆地走到张家来。她一脚步进屋子，就见王家的婆婆满脸含笑地在和张老太说话，只听她道：

"张老太，这个婚姻准是好的，那姑娘不但容貌长得漂亮，而且还在城内中学里念书的呢！"

文娟知道是在给克强做媒了，不知怎么的，她只觉一阵酸气触鼻，心中顿时感到悲伤起来了。

第三章　喜讯传来哀怨芳心怕听人间圆

　　王家婆婆是个挺热心挺爱管闲事的人，她东跑跑西走走，专门打听谁家有好的姑娘，谁家有好的孩子，那么她就要动脑筋，非把这头婚姻拉成功不可的。在她手里拉成的婚事，确实是不少了。所以村子里的人，认识王家婆婆是个真正的月老，因为她是专门管理少男少女婚嫁事情的。她自从知道张大嫂出走了之后，心里就有了做媒的动机。但是一则为了没有好的姑娘，她知道张大哥那么一个风流翩翩的男子，丑陋的姑娘当然是不会要的。一则还怕张大嫂再回来，事情难免成了尴尬的局面，所以她迟迟不敢冒昧。如今已隔别了半年多的日子，张大嫂想来是不会回来了，而且她听张老太平日的口气，就是张大嫂再回来，她也不承认是她家媳妇了，所以她觉得这是一个绝好的机会。

　　天下的事情，权利和义务终究是相等的。普通一般人所谓尽义务，他在某一部分至少是可以得到一些权利的，否则老实说一句话，天下真没有这样的好人。王家婆婆吃饱了饭，东奔西走地给人家成其好事，人固然是热心，但说穿了讲，她也是为了自己。因为她做成功了一头婚事，在男女两方少不得进账了两笔谢媒钱，那么她的热心也是为了金钱。这倒不能鄙视王家婆婆的思想，世上的人哪一个不为金钱在挖空心思终年奔波地忙碌呢！这天，她兴匆匆地到了张家，一见了张老太就满面堆笑地连说恭喜恭喜。张老太一面倒茶，一面让座，也笑着道：

"王家婆婆，我这一年来真是晦气星高照，哪里还来什么喜呀？"

王家婆婆道：

"你夏秋两季月季不利，入了冬的季节，准给你诚信满意。我今天来是给大哥做媒，这个姑娘提了灯笼再也找不到第二个，若说成了立刻就结婚，说不定明年你老人家便可以抱孙子官儿了。"

这几句话倒是句句撞入张老太的心坎儿上去，她笑得咧开了嘴儿，说道：

"我也早有这个意思了，无奈这孩子一味地拗执。现在你既有好的姑娘，我再也不管他答应不答应，一定非给他娶了亲不可。那么你快说给我听，到底是谁家的姑娘呢？"

王家婆婆听了心里欢喜万分，笑得眉花眼笑的，说道：

"张老太，这个婚姻准是好的，那姑娘不但容貌长得漂亮，而且还在城内中学里念书的呢！"

就在这时候，高文娟一脚跨进。张老太遂招手说道：

"二姑娘，你快来听吧，王家婆婆给我克强来说亲了，你也给我大家来作个主意。"

文娟听她这么说，也只好平静了脸色，含笑在张老太身边坐下了，说道：

"不知姓什么的？她在中学里毕业了吗？"

王家婆婆原也认识文娟的，而且知道文娟已有了婆家，遂告诉道：

"就是西村里沈三爷的女儿，她的名字叫作爱娜，今年十九岁，才从什么……培德女子中学毕业的。人儿是长得挺美丽的，性情又好，粗细活儿也是一把抓，而且她的爸爸沈三爷也是体面，家里着实多了几个钱。我想张大哥又是个能干的少年，沈三爷没有儿子，就只有爱娜一个女儿，说不定大哥将来还有许多帮助的地方呢。"

张老太对于王家婆婆末了这几句话倒是动了心，暗想：没有儿子，很有家产，那倒可以人财两得了。于是忙笑道：

"还只有十九岁，比克强小三年，上三格倒很相对的，不过我家没有什么家产，只怕高攀不上吧？"

王家婆婆笑道：

"你老人家也别闹什么客套了，况且沈三爷和沈小姐都很开通，什么事情都文明，对于贫富观念是早已打消了，只要孩子长得有出息也就是了。我想像大哥那么的人才，我老太婆瞧了也喜欢，她们女儿家瞧了还会不动心爱上他吗？"

张老太听了，不禁笑起来说道：

"王家婆婆，你也是愈老愈风流了，难道活了六十开外的年纪，见了我的克强你就动起心来了吗？"

张老太太这两句话说得大家都笑出了眼泪水来，王家婆婆笑了一会儿，遂又说道：

"大哥也是个学校里文明的人，他假使先爱交一个朋友的话，那倒也没有关系，几时约一个地方给他们自己认识认识，谈得投机就马上结婚，彼此若不中意这头婚姻也就作罢，不知老太太也赞成吗？"

张老太因为文娟坐在旁边不作声，遂回头望了她一眼，说道：

"二姑娘，你瞧怎么样？"

文娟微微地一笑说道：

"我说那当然很好，不过旁人说好也没有用，终要大哥答应了才是，王家婆婆，你说对吗？"

　　王家婆婆点了点头说道：

　　"二姑娘这话很不错，但是你们终得劝劝大哥。我想一个年轻的男子，一旦失却了爱妻，他是多么痛苦，如今又有个美丽的姑娘给他做妻子，他如何还会不喜欢吗？照我的猜测，大哥多半是答应的。"

　　张老太道：

　　"那么回头我问问克强的意思，不过既然有这么一头好婚姻，我无论如何终要给他娶了来不可的。"

　　王家婆婆连说：

　　"准定这样，那么我明天再来听个回音。"

　　说着她的身子站起便告别走了。这里文娟向张老太讨了一绞丝线也管自回家，走在路上，低了头儿不免暗暗地思忖：张大哥这回结了婚，我是再不能和大哥有握手的亲热举动了，因为这个沈小姐当然比不了采苹，也许她是个好妒的女子，那么叫我和大哥说一句亲热话都不敢了。唉，我待大哥的这一份儿的情分到底是白操了一场的心。想到这里，她感到空虚的悲哀，黄昏的秋风是包含了肃杀的意味，尤其吹送到文娟的脸上，只觉寒意砭骨，她已情不自禁地淌下泪水来。就在这个当儿，忽然有人低低地唤道：

　　"二妹，你一个人在什么地方呀？"

　　文娟因为是低了头儿在走路，当然瞧不到那唤自己的是谁，不过她的听觉是非常的灵敏，这怪熟悉的口音还不知道他是克强吗？于是把手儿撩上去很快地揉擦了一下眼皮，微抬起粉脸，装出毫没有哀怨的神色，嫣然地一笑道：

"哦，是大哥吗？刚从学校里回来？我是问老太太讨一绞丝线哩。"

克强见她虽然满脸堆了妩媚的笑容，不过她眼帘下兀是沾了丝丝的泪痕，因为时间局促的缘故，文娟来不及拭干净，所以不免露出一些破绽来了。克强当然很奇怪，走近了一步，微蹙了眉尖，低声地问道：

"二妹，你干吗不高兴？淌过了眼泪吗？"

文娟见他是真的发现了自己的泪水了，遂很快把手抬上去又拭了拭眼皮，秋波向他一瞟，微笑道：

"好好儿干吗淌眼泪？因为风很大，一阵灰沙吹上了脸，把手揉着眼睛就揉红了。"

克强听她这么说，似乎还有些将信将疑，因为他老远就见文娟低了头儿一步一步地走，那走路的姿势是显得那么的颓丧和沉重，要不是心中有了不如意的事情，绝没有这个现象的。所以他沉吟了一会儿又说道：

"莫不是我母亲有什么话儿得罪了你吗？"

文娟忙笑道：

"大哥又胡猜了，你妈待我像亲生女儿一般，如何还得罪我？我真的被灰沙吹进了眼，所以才落泪的，谁骗你呢！"

克强道：

"那么你怎的就回家了？同我再到家里去坐会儿吧。"

说着便去拉文娟的手，文娟在平时总让他握一会儿的，此刻却很快地挣脱了，笑道：

"我还得干活儿去呢，明天见吧。"

她一面说，一面把身子向后退，和克强招了招手儿却匆匆地奔回家里去了。克强站在街树下面，眼瞧着文娟娇小的身子在眼帘下消失了后，他不知怎么的感到了一阵凄凉，忍不住微微地叹了一口气，移着沉重的脚步向自己的家门口走去。心中不免暗暗地想：二妹今天一定有不如意的事情，否则是绝不会这样态度对待我的。但她又有什么不如意的事情呢？想来一个人终有一个人的不如意，比方说二妹虽已有了婆家，不过他们是远住在上海，而且这孩子在大学里念书，婚事悬宕着下去，将来少不得有什么变化。虽然即使他们有赖婚之意，我和二妹情投意合，原也很是要好，倒也不去愁它，只是眼前死不死，活不活，真把人家女孩儿的终身耽搁住了，这在二妹心中想来岂不是第一件不如意的事情吗？想到这里，连带想到了自己，真比二妹更要不如意得多。唉，采苹难道就这样结束了她的一生了吗？我太对不住你了，我太对不住你了！克强暗暗地自语了这两句话，眼角旁也展现了晶莹的一颗。

回到了家里，先到自己的卧房把那本教科书放在写字台上，望着桌上那个小镜框内采苹的小影出了一会儿神，他又深长地叹了一口气。就在这时，张老太走了进来，满脸含了微笑叫道：

"克强你回来了。"

说着话倒了一杯热茶给他放在桌子上。克强见母亲脸有喜色，遂勉强笑了一笑点头道：

"今天又冷得多，妈该多穿一些衣服上去吧。"

张老太道：

"我连丝绵背心都穿进里面了，冬天里真不知怎么办呢，年纪老了，火气也大不如前，真是一年不如一年了。"

说到这里，大有老来无用徒伤悲的样子。克强道：

"俗语说初冷冷死人，其实到了寒冬的季节倒也不过如此呢。妈，我想你该进一些补品了，去年吃了人参再造丸之后，身体到底健康得多，今冬准定也服这个。"

张老太道：

"我也不要进什么补了，只是你在这半年中真不知瘦削了多少呢，所以你该进一些补才是。"

克强叹道：

"我是不相干的……"

在克强这一句话后面显然是有意未尽，不过他没有表白出来，无非内心感到痛苦罢了。张老太也许是明白儿子的意思，她沉吟了一会儿说道：

"我也知道，你这半年来的生活太感到痛苦了，但是她狠心不回来，那又有什么办法？难道为了她你就不再娶妻子了不成？你娘是已近花甲之年，眼瞧着别人家都是儿孙满堂，我连一个孙儿都没有，这是多么难受！所以我的意思也该再娶一房媳妇，那你心里有了安慰，我也有孙子官儿可以抱了，这岂不是好？如今王家婆婆来给你说亲，是西村沈三爷的女儿，名叫爱娜，今年十九岁，比你小三岁，她还是什么……高中毕业的呢。"

克强听到这里却不待她再说下去，就连连地摇头说道：

"妈，你的意思也未始是错的，不过你没有知道现在的法律，采苹虽然是出走了，不过她和我夫妇关系还没有断绝，在没有断绝夫妇关系之前我再娶妻子，这便是犯了重婚罪，所以这个是万万也使不得的。"

张老太听了冷笑了一声，说道：

"什么重婚轻婚，我可不明白，她一辈子不回来，你难道就一辈子不娶妻子了吗？这个白虎星难道还要害我家绝了后代吗？那么她卷逃出走，就没有罪了吗？哦哦，有了，你怕犯重婚罪，那么你不是可以登报把她先脱离了关系吗？"

张老太不知怎么的触动了灵机，居然给他想出这一个办法来。克强所以这么说，原是借此推脱的意思，不料今听母亲如此说，他倒是吃了一惊。暗想：假使采苹还活在世界上的话，她瞧到这一则声明，可怜她不知又要伤心到如何的地步呢，而且反而增加了我的罪恶，这是愈使不得的。遂忙说道：

"这也不必声明，我想她也许已经不在人世的了。"

张老太道：

"既然她已死了，你还怕谁来告你的重婚罪吗?"

克强被她问住了，呆了一会儿说道：

"就是她真的死了，我也不忍心立刻就娶。"

张老太这就生气道：

"哼! 她是个什么贤德的媳妇，你做丈夫的倒替妻子守起节来。那么我问你，我辛辛苦苦地养大了你，为的是什么? 古人道：不孝有三，无后为首。难道你真愿意你的祖宗绝了香火吗?"

说到这里，气急得便哭了起来。这么一来克强慌忙站起身子，拍了拍母亲的肩膀，赔着笑脸说道：

"妈，你快不要伤心呀，我也并非是一辈子不再娶妻子，因为我觉得现代的女子终没有好的，所以我想挨迟两年罢了。"

张老太见儿子软化，这才收束了泪水说道：

"好的妻子尽多着，这次母亲给你娶的一定是贤德貌美的，你且不要插嘴，让我告诉完了你再说话。"

克强于是退回椅子上坐下，静静地听母亲告诉道：

"沈小姐生得非常的美丽，性情、学问全好得很，她的爸爸没有其他的儿女，所以他对你也会当作儿子一般看待。你不知道她家很有些钱的，那么你将来在事业上不是大有帮助的地方吗? 老实说，做教员生活太清苦，你做一辈子恐怕也不会有出息哩，这样一头好姻缘你还不喜欢，那么你还等什么样的姑娘呢？"

克强笑了一笑说道：

"我和妈想的念头齐巧是相反的，妈以为对了一份有钱的亲眷是头好姻缘，我却以为大大的不好。因为她出身是有钱人家的小姐，物质的享受不用说，当然是舒服惯的，我试问母亲，我一个做教员所得的薪水是否能够养得活她？要知她进了门嫌这个不好，嫌那个不好，那到时候母亲固然痛苦，我的难堪自非笔墨能形容的了。所以贫穷人家的姑娘我倒还可以答应，有钱人家的小姐我一个穷小子委实不敢妄想，因为那不是娶妻子，倒好像是挑了一副千斤担，这是断断使不得的。"

张老太听儿子这么说，倒也觉得很有理由，因此自不免沉吟了一会儿。不过她对于"人财两得"四个字始终是着了迷，遂忙又说道：

"你这话虽然说得是，但也不能一概而论的。据王家婆婆告诉我，他们父女都极开通文明的，只要孩子品学兼优，有钱没钱倒不成问题。老实说我家虽没有一万八千，但有你这么一个人才，恐怕胜过万贯家财了，因为家产是死的，人是活的。也许你这次结了婚倒发了财，这是说不定的，难道你会一辈子这么平庸吗？假使你嫌沈小姐有什么缺点的话，王家婆婆说还可以先给你们交一个朋友，大家认识认识，我想着再好也没有了，她的性情脾气不是都可以知道了吗？"

克强因为在还没有知道采苹生死两路的真相之前，他终不忍心背了采苹，所以任母亲说得那么动听，他还是摇了摇头说道：

"也许发财这两个字是属于理想的，所以我认为这头婚姻终是不太妥当的。"

张老太听他兀是不答应，这就恼怒起来，说道：

"你横不答应竖不答应，这不是明明在和我作对吗？假使你认为要母亲死了以后再娶的话，那么我就立刻去死了，也免得你等着心焦。"

一面说一面淌泪，一面便把身子站了起来。克强到底是个纯孝的人，他怕母亲真的会闹出人间的悲剧来，所以急得把她手儿拉住了，连连地叫道：

"妈，你这算什么话，叫我儿子还有脸颜再做人吗？我就答应了你，我就答应了你，不过最好能够给我们先交一个朋友。"

在克强所以说这几句话，他心中原也有一个盘算，他想在交朋友的时候可以得罪这个沈小姐，使沈小姐心中对我失了望，那么这头婚姻也就可以不成功的了。但张老太当然不知他心中存的这一个计划，因为他已答应下来，所以又感到非常欢喜，点头微笑道：

"先交一个朋友原本答应你的，你还何必把它当作条件谈，那么事不宜迟，这星期日下午我们就约她在东村宋家花园里面会面可好？那边风景很好，有座桌也可以泡茶喝，你以为怎么样？"

克强委委屈屈地点了点头，含了一眶子热泪终于勉强地答应下来。第二天王家婆婆来听回音，张老太笑道：

"答应是答应的，不过他说最好先交一个朋友。现在我的意思是在星期日下午，大家在东村的宋家花园会面，请你去向沈三爷接洽一声，假使他们一见倾心，这头婚姻也就稳稳地可以成功了。"

王家婆婆一听，不由大喜，遂连连说好，笑道：

"今天还只有星期二，倒是怪心焦的，不是离星期日还有五天吗？"

张老太笑道：

"你倒比他们还心焦。但我这孩子除了生病是必不得已的外，其他任你什么要紧事他都不肯请一天假的，所以是只好在星期日的了。"

王家婆婆笑道：

"也好，星期日就星期日吧，反正那日子终会到来的，那么一言为定，我要和沈三爷去说妥了。"

张老太点头说好，一面送她出外。在送到院子门口的时候，她忽然附了王家婆婆的耳朵，低低地说了一阵，又皱了眉头悄悄地说道：

"你瞧这事情怎么办？"

王家婆婆沉吟了一会儿，忽然笑道：

"那是容易办的事情，我儿子在报馆做事，叫他拟一个脱离关系的启事在报上登了出去，岂不就完事儿了吗？"

张老太听了大喜，笑道：

"这样好极了，那么我把这一件事就拜托你去办理了，待报纸登出后，你拿一张给我藏着，至于多少费用，待登出后我一并交给你是了。"

王家婆婆连说没有关系，她便兴匆匆地走了，可是心中却在暗暗地盘算着，登报这一项事情至少又可以揩一些油的了。

光阴是像流水一般地消逝过去，不知不觉的已是到星期六下午。克强坐在写字台旁呆呆地想着高家的文娟，真也奇怪，自从那天在路上碰见了后，至今四天来却没有见过她的面，我问母亲，母亲说也不见她来过，那么难道她也病着吗？不过回想那天碰见她的情形很是可疑，因为我发现她的颊上沾有丝丝泪痕，这样猜测起来，一定母亲有什么话儿得罪了人家，所以人家生了气，从此不高兴来走动了。克强在这个感觉之下，心里免不得有些怨恨，因为二姑娘和我们是客客气气的邻居，而且自己病中全亏她竭力帮忙，这样一个多情、热心的好姑娘，我们实在感激还来不及，如何再可以去得罪人家呢，这不是太没有心肝了吗？想到这里，忍不住微微地叹了一口气。但这时候张老太又走进房来，向克强脸上望了一会儿，说道：

"克强，明天下午是相亲的日子了，你长了这么长的头发，怪不好看的，此刻快去理一个发吧。虽说不是做新女婿去，但爱美到底也是人之天性，况且这也是礼貌呢。"

克强对于相亲这件事，因为并没有意思，所以根本不放在心上，如今被母亲这一提才记得了，不免微蹙了眉尖说道：

"这个星期日实在没有空，我想再下一个星期好吗？"

张老太听了这话，又恨又气地叫了一声：

"什么？那可不是儿戏的事，我和人家已经约好了，你怎么又推三阻四起来？克强，你到底存的什么心眼儿，是不是把我气死了你才甘心了吗？"

克强见母亲又急起来，只好忍痛说道：

"我去我去，谁又说一定要下星期，无非说一句罢了，现在既然已经约好在明天，当然是明天的了。"

张老太叹了一口气说道：

"为了你的婚姻，真不知叫我受了多少的气呢，那么我叫你理发去你该走了呀。"

在这个情势之下，克强是无法再拗执的了，他站起身子披上了一件薄呢的大衣，低了头匆匆地理发去了。当深秋的风扑送到脸颊上的时候，他心头激起了一阵无限的悲哀。克强从理发店舒齐出来，回家的途中经过了高文娟的家门口，他心中想念起二妹，不禁停止了步，望着院子的门，却是愣住了一会儿。因为文娟是个已给人的姑娘了，而自己又是个正失妻的青年，那么我进屋子里去探望她，在她爸的心中想起来不知会不会疑心我有什么，所以这事情也透着有些儿困难。克强迟疑了一会儿之后，却鼓不起这个勇气。他向前又走了两步，但他脑海里立刻又浮上了一个感觉：二妹对我是多么的关怀，她的关怀虽然不能辨别究竟是否有儿女情爱的作用，然而她的爱到底是伟大的，我且不管她爸的心里对我是怎么猜想，只要我心中坦白，她心中纯洁，彼此完全像手足的爱一样，那么我实在是应该进去望望她的，好在我和大叔也认识，难道就不能说是来望大叔的吗？

这样一想，他把身子又回了过来，步到院子门口的旁边，伸手轻轻地一推，不料院子的门没有合上，却是推了开来。克强慢步地走了进去，当他跨进屋子里的时候，谁知里面一个人影子也没有，克强在待了一会儿之后，遂不禁连喊了两声：

"高大叔！高大叔！"

随了这两句喊，只见高阿民匆匆地从房中走出来，他好像已经知道这喊的人就是克强，所以还未见到克强之前就先含笑叫道：

"你张大哥吗？真是难得请过来的，快请坐，快请坐！"

克强见他这样客气，遂也微微地欠了身子说道：

"高大叔，好久不见，你身体好？"

说着话，彼此坐下来。阿民给他斟上一杯茶，望了他一眼问道：

"学校里功课很忙吧？大概又要放寒假了。"

克强道：

"算来还有一个月光景。这几天气候转冷了许多，一不小心就容易生病的。"

他因为不好意思直接地问文娟的人儿在哪里，为什么不见他，不过他心里猜测文娟一定是有着病，所以他故意把话锋转到这个上面来，他的意思是最好让阿民自己先说出来。果然高阿民听了这话后就微蹙了眉尖，说道：

"可不是，我的文娟就病了好多天了，真是叫人烦恼得很。"

克强暗想，那真是不出我之所料，遂忙问道：

"哦，二姑娘真的病了好多天了，怪不得母亲说有好多天不来我家玩了，她老人家心中就怪记惦的，不知大夫可曾到这里？"

忽然院子里又有人高喊道：

"高大叔，你在家吗？我爸喊你玩骨牌去，不知可有闲吗？"

高阿民一生并没有嗜好，就爱抹骨牌，尤其这几年老了没事消遣，更爱玩这种东西，所以一听喊声就知道是汪家的小狗子，于是还不见他人儿就答道：

"去的去的，我马上就来，叫你爸等会儿吧。"

小狗子这就没有再进屋子里来，他叮嘱了一声"大叔，准定马上来"，他便匆匆地走了。高阿民笑道：

"小狗子的爸也是挺爱玩骨牌的。"

克强这就站起来身子笑道：

"年老的人解个闷儿也很好，那么大叔请便，我原该回去了。"

高阿民似乎很不好意思地搓了搓手笑道：

"叫他们多等一会儿没有关系，张大哥难得过来，多坐一会儿走吧。"

克强道：

"大叔别客气，我明天也可以来坐的。"

高阿民道：

"真怠慢了你，对你不起，否则文娟也可以招待你，偏偏她又生了病。"

正说时，忽听房内文娟的声音道：

"爸爸，你又玩牌去了，叫我一个人多寂寞，我也起床来了。"

高阿民忙道：

"你怎么刚好一些儿就要起床了？"

文娟在里面道：

"那么爸别去玩骨牌。"

高阿民笑起来道：

"你这妮子倒来管束我，我已答应人家了，如何还可以不去？"

说到这里回眸见克强尚站着没走，遂灵机一动笑道：

"张大哥在这儿，他妈记挂你，人家特地来看望你的，请大哥和你谈会儿解闷好吗？"

文娟对于克强在家里，原早也知道的，在她心中当然也很愿意和克强见见，今听爸这么说可正中下怀，遂笑着道：

"张大哥在家吗？多谢老太太记挂我哩！"

高阿民道：

"张大哥，你若没有事，不妨进去瞧瞧文娟，她是好动的，睡了四五天就睡腻了。"

克强知道大叔为了自己要玩牌，所以这次会叫我到他闺女的卧室里去，真也是特别地成全了。自己这次来的本意老实说一句，就是希望能够和文娟见见面，不过自己是个年轻的男子，文娟可是个姑娘，在她爸的面前怎么可以说我进去瞧瞧她呢？不料现在叫我进去瞧望文娟的话，会出在做她父亲的口中，那真所谓是求之不得的事情，遂微笑道：

"我也想望望二姑娘，上次我在病中多亏她热心帮忙，真仿佛是我亲妹子似的，所以我真感激得很。"

高阿民听他说亲妹子，可见他心中也竭力在避免彼此的嫌疑，因为张大哥素来以诚实出名的，当然在他心中就很放心，于是领了克强走进文娟的房中。见文娟已靠在床栏的旁边，身上也披了一件衣服了，阿民道：

"如今张大哥和你聊天一会儿，你就不用嫌冷静了。我走了，张大哥你多坐一会儿吧。"

说着，身子已是向房外走。文娟待父亲走后，秋波向克强一瞟，把手一摆笑道：

"大哥，你坐，瞧我爸这人只要有牌玩他就什么事情全都不管的了。"

克强听文娟这几句话中好像含有这一层意思，假使不是为了玩牌去，恐怕我俩在房中绝没有会见的时候呢。于是一面坐下，一面笑了笑说道：

"二妹，我四天没见你到来，我就猜到你有些不舒服的了，不知患的是什么症候？听说徐大夫已瞧过两次了吗？"

文娟被他这么一问，她清秀的粉脸儿上就笼了一层红晕，低低地道：

"也说不出是什么病症，徐大夫说终是受了一些感冒吧，其实我已好得多了，只不过身子懒怠。"

克强见她娇羞万状的意态，又听她这么说，心里觉得她这病就患得有些儿奇怪，遂笑道：

"你胃口怎么样？我想你身子瘦弱，大概是过于勤劳的缘故。"

文娟见他今天好像是才理了发，所以那头发是梳得光光的，脸庞儿也更白皙了一些，因为是感到绝美的缘故，她芳心中终会激起了一阵爱意，笑着道：

"说胃口也还不错，每餐也有一碗可以吃，有时候总想添一些，可是却不敢多吃。大哥，老太太身子好吗？"

克强听她这么说，那还有什么病呢，这就益发感到奇怪了，说道：

"妈倒很好，二妹多天没来，因为是走惯了，几天不见好像就怪冷落似的，所以母亲时常记挂你。今天星期六，下午没有事，所以我就来看望你，不料你真会在生病。"

文娟抿嘴笑道：

"可不是，我也常想念的，明天大概是可以起床了。"

克强道：

"你还没有完全复原之前，终该多休养几天才是。二妹，你身上热度是没有了吧？"

文娟很想说你倒来摸摸我额角，可是这句话到底始终鼓不起这个勇气，遂点头道：

"热度昨天就退了，大哥，你喝茶吗？"

说着伸手去拿桌子上的热水瓶。克强这就站起身子忙阻拦着她说道：

"我在外面大叔已给我喝过了，二妹，你别忙吧，自己有了病还管我，岂不是我反累了你。"

文娟待到缩回了手，却又被克强握了去，于是俏眼逗了他一眼，嫣然笑道：

"我也不累什么的。大哥，那么我不倒茶，你就请坐呀。"

克强原想多握一会儿，但经她这么一说，只好又放了她的手，退到椅子上去坐下。两人就这样呆呆地坐了一会儿，克强见文娟头发蓬松，两颊白净中微带有些黄色，这是因为病了几天，兼之没有洗脸涂脂的缘故，这意态仿佛像病西施一样，更增加了一种令人感到妩媚的风韵。克强望着她笑了，文娟秋波斜乜着他也不禁笑起来，却又问道：

"大哥，你笑什么？"

克强被她这一问，真不好意思起来，因为自己为什么笑实在也说不出一个理由来，于是只好反问她道：

"那么二姑娘为什么笑呢？"

文娟听他反问自己，遂乌圆眸珠一转，抿嘴嫣然地一笑说道：

"我笑是因为代大哥欢喜，不久我们不是又可以吃喜酒了吗？"

克强听她这么说，倒不禁为之愕然，望着她带了些顽皮成分的粉脸呆住了一会儿，暗想：她在病中是谁告诉她的呀？于是笑道：

"二妹，你说的是什么话？谁告诉你，难道你又要吃我的喜酒了吗？"

文娟瞟了他一眼，撇了撇嘴笑道：

"大哥，你还瞒我哩，你不要当我躺在床上就不知道了，可是我家里装有无线电。是不是王家婆婆给你说亲的，那位新嫂嫂姓沈名叫爱娜，年纪十九岁，还是城里培德女子中学毕业哩。"

克强再也想不到她会知道得这么详细，一时奇怪得半晌说不出话来。文娟见他木然的样子，这就扑哧地一笑，淘气地说道：

"可不是我知道得详细吗？"

克强点头道：

"详细极了，真奇怪，母亲对于什么学校还缠不清爽，谁知二妹还知道得更仔细，那可不是叫人不解。"

文娟知道张老太年纪老记不清了，所以忘记了学校的名字，她感到有趣，这就抿着殷红的小嘴，只管哧哧地笑。克强道：

"二妹，你告诉我到底是谁告诉你的呀？"

文娟却并不回答，只是笑着。克强好不纳闷，忙道：

"干吗老是笑，叫我闷得难受吗？"

文娟这才一撩眼皮，说道：

"没有谁来告诉我，四天前我就比你还先知道一些呢。"

克强是个机敏的人，听了这两句话心里还有个不明白的吗？忍不住哦哦响了两声，笑道：

"是了，王家婆婆给我做媒那一天你一定也在我家里玩，想起来不就是路上碰见你的那一天吗？"

文娟一时却顾不到这许多，所以含笑点了点头。但克强心中由不得浮上了一个感想：那天我见文娟情形是非常的气闷，而且还给我发现她颊上沾有丝丝的泪痕。虽然我问她的时候她回答的是被灰沙吹进眼中的缘故，当时我就不大相信，此刻这么一说，自然是更令人感到有可疑的地方了。那么二妹因我有了说亲的消息她就感到伤心起来了吗？她为什么要伤心？这不必说，她的芳心里也许真有爱上我的意思，不过在我呢，不欺骗良心的话，我确实也有爱上她的意思，因为她的一举一动、一颦一笑不但和采苹仿佛，就是那种温情蜜意的个性也和采苹差不多。只可惜她已经给了人家，所以在我们之间是画上了一条不可结合的界线，从这点猜想，可见二妹这次的病也差不多不是为了受一些感冒那么简单了。

想到这里，心中不免有些难受，她感到二妹的可怜，同时也感到自己的可怜，望着文娟楚楚媚意的风韵，在心底里微微地叹了一口气。可是文娟却并不曾注意到克强有这一层的难受，她秋波在他脸上掠了一瞥，又微笑着问道：

"大哥，那么这头婚事不知可曾说成功了吗？"

克强听她这么问，方才把一口气叹到外面来说道：

"二妹，除了你不会再有人知道我心中的痛苦，你想采苹虽然出走有半年多的日子，然而生死未卜，生固然我是不忍娶，死我也觉得不该再娶。因为我是太对不住采苹了，所以我对于说亲两字完全一口地拒绝。但母亲无论如何不答应，说别人家都是儿孙满堂，独有她活了五十八岁的年纪，连个孙子都没有，又说采苹若一辈子不回来，难道你永远不娶妻子使张家绝了后代吗？又是什么不孝有三，无后为首。我若坚持不允，她便要去寻死了……唉！在这个情势之下，叫我还有什么办法？答应了对不住采苹，不答应万一母亲真会去寻死，叫我良心又如何说得过去？即使母亲是要挟我、恐吓我，不过我的生活一定再也不会安静的了，所以我在万不得已下想出一个先交朋友再结婚的要求，她们也就答应了。我想只要我给予沈小姐失望，这头婚事难道也会成功的吗？"

文娟听他这么说，觉得克强的用心也可谓是苦的了，遂点了点头很表同情地说道：

"大哥，你这话虽说得是，不过大嫂这许多日子没有音讯，我怕其中有什么缘故。并不是我要伤大哥的心，假使大嫂真的已不在人世的话，这也是可能的事，为你终身幸福着想，似乎也应该娶一个了。"

克强觉得文娟真不愧是自己的一个知音，他想文娟这话也是实情实理，绝不是离间我和采苹的感情，无非为了爱怜我的身世，为了我前途幸福着想罢了。他叹了一口气，摇了摇头说道：

"就是采苹真已死了的话，在未经一年两年的日子，我也不忍就娶。况且对于目前这位沈小姐也不甚相配，人家是个有钱的小姐，叫我怎么能养得活她，无非再有像采苹一样朴素温和的姑娘也就罢了。"

文娟听了这话，想起克强往常说自己和采苹相像的话，她那颗芳心是怦然震动了。但是她立刻又感到自己身子已有了束缚，已被人关在一间屋子里了，她感到空虚的悲哀，低下了头儿，也不禁深长地叹了一口气。克强对于文娟的叹气，心中似乎也有些理会她的意思，遂悄悄地问道：

"二妹，你对方那口子还要几年可以毕业呢？"

文娟听他问出这个话来，本来是很羞涩，但在今日的情形下，她羞涩的成分已被悲哀所渗和了，微微地抬起粉脸，眼角旁已展现了亮晶晶的一颗，摇了摇头却是默不作答。克强瞧此楚楚可怜的神情，心头不免也有些黯然，沉吟了一会儿，又低声地问道：

"那么他的父母也有信件常常给你爸爸吗？"

文娟道：

"从前是常有的，现在也很少了。大哥说有钱人家的小姐配不上，真和我心中的意思一样，他们以前全仗我爸帮忙的，如今发了财，况且他又是个上海大学里念书的人，那么我们的阶段似乎是差得太远了。所以我猜想着这一幕悲剧的展开也无非是时间问题罢了。"

克强道：

"二妹，你这话也过虑了，我想婚姻大事绝不是儿戏，况且一个人都有法律的保障，他们也许不会这么心狠吧。至于大学里念书的人，也不是个个荒乎其唐的，用功读书的当然也不在少数，所以二妹倒不要太抱悲观呢，反伤自己的身子。"

文娟拭了泪水，叹了一口气说道：

"法律原是有钱人的保障，穷人恐怕谈不到法律保障四个字吧。"

克强听她这样说，自不免感叹了一回。两人经过这一阵谈话之后，不料天色已经黑了下来，克强恐怕大叔回来见自己还没有走而起了误会，所以站起身子说道：

"时候不早，我该回去了。二妹，你好生养息几天吧。"

文娟见他要走，心里似乎有些舍不得，遂忙说道：

"大哥，你就晚饭吃了去好吗？"

克强听了这话，倒又想起了一件事，遂向她望了一眼说道：

"你爸又不在家，你躺在床上，晚饭怎么样？我倒真的想起了，要不我回头盛些饭菜送过来吧？"

文娟笑道：

"不，中午爸原给我烧好了饭菜，现在只要用开水滚一滚热就行了。大哥，你吃了饭去，我就起床了。"

她似乎很兴奋，说完了这两句话，划了火柴已燃着了火油灯。克强在油灯光芒下瞧到文娟的粉脸上好像还含了一些快乐的笑容，一时忙步近床边，却把她身子按住了说道：

"二妹，那怎么可以的，你不是才好一些儿吗？回头被你爸知道了也要埋怨哩。"

文娟被他手儿这么一按，粉颊上不免盖了一层娇红，笑道：

"我没有什么大病，况且我自己也要吃饭的，难道大哥没来的话我就不用起床了吗？"

克强道：

"不是这么说，我不来没有瞧见当然也管不得许多，既来了，瞧你起身我终有些不忍心。二妹，你躺下，我给你滚热了饭菜后我再走吧。"

文娟笑道：

"这……我哪敢当。"

克强瞅她一眼说道：

"二妹，你这话就不应该，我病着的时候你给我帮了多少的忙，我没有说一句不敢当，你如今就这么客气了，叫我听了不是反而感到难受吗？"

文娟听了横眸一笑说道：

"但是我也睡腻了，昨天就想起来走动走动哩。"

口里虽这么说，但她却不忍拂他的一片情意，身子终于躺了下来。克强拿了油灯却自管走到院子去了。文娟心中真感到不安的，遂在房中又高声叫道：

"大哥，那饭锅子在桌子的下面，那炉子不知可曾灭了火吗？"

只听克强在院子里答道：

"二妹，我已找到了，炉子里火正旺哩。"

文娟听了，心里想想又觉得好笑。约莫十五分钟之后，克强把饭菜油灯都放在一只盘子里端进房中来。文娟笑道：

"大哥，真辛苦了你。"

克强把盘子放在桌上，给她盛了饭，说道：

"也不是件什么大事，辛苦什么？"

文娟瞟他一眼笑道：

"是件大事情，你倒不会辛苦了，正因为这件事太渺小，所以我才感到你太吃力了。"

克强听她言外之意，这就感到她的可爱，遂也笑道：

"这些事也得学会了，将来少不得也有用到的地方。"

文娟道：

"不过我却希望你以后不会再干这一种事。"

克强见她秋波脉脉含情地凝望着自己，一时心头有些感动，笑道：

"当然，我知道二妹对我是有着很大的期望吧？"

文娟含笑点点头，把身子移近桌边一些，说道：

"大哥，你也这么马虎地吃一口好吗？"

克强因为孤男寡女，万一被什么人进来撞见，实在很不方便，于是说道：

"不，因为我原是出来理发的，母亲等在家里怕心焦，我走了，改天再来望你。"

文娟不好意思强留他，也只好让他回家去了。

克强到了家里，张老太道：

"怎么理一个发要这许多时候，难道和理发匠结成亲眷了？"

克强笑起来道：

"我在二姑娘家里闲谈，她也病着哩。"

张老太道：

"她倒没留你吃饭？"

克强道：

"人家病着，我还好意思加人家的忙？"

说时张老太开上了饭，于是母子俩默默地吃饭。

次日早晨十时光景，王家婆婆先来问张老太说，下午一时敲过，准定在宋家花园里吃茶处等候着，她此刻到沈家吃午饭去，饭后一同伴着小姐父女来。张老太点头答应，王家婆婆就兴匆匆地去了。这天，张老太把午饭煮得特别的早，十一点半还没到就开上饭了。克强道：

"这样早吃饭，哪里吃得下？"

张老太道：

"早些吃早些舒齐，到后来时候也就不早了。男女相亲，终是男的等女的，难道叫别人家反等你吗？"

克强道：

"如今男女平权，谁早到谁等，这也没有什么关系的。"

张老太不和他理论，自管把饭盛出。既然已把饭盛出了，克强当然也只好吃了一碗。张老太道：

"为什么只吃一碗？回头不是要肚子饿？"

克强摇了摇头却自管回到房中去洗漱了，这里张老太也急急地吃好饭收拾完毕，梳了一个头，换了一件新衣服。一看时候一点快到了，心里焦急，忙到克强房中来。不料克强倒安闲，还坐在写字台旁改学生的作文簿。张老太急道：

"你怎么的此刻倒又干起这个事情来？"

克强回头说道：

"时候早哩，忙什么？"

张老太道：

"你瞧瞧已经一点钟了，还说早，快换衣服吧。"

说着去拉克强的身子。克强道：

"太早了反被人笑话的，让我这本改好了再走也不迟。"

张老太拗不过他，遂只好站在旁边等着。这时两人的心中一个好像在水里，一个好像在火中，张老太愈性急，克强也愈缓慢。在经过十五分钟后，张老太再也忍熬不住了，说道：

"这……这是怎么的？改这一本卷子竟比做一篇文章还难了

79

不成?"

克强其实此刻真没有什么心思改卷子,他无非在沉吟:我该怎样的态度才可以使沈小姐感到失望呢? 今被母亲这么一急,遂也好笑起来,把作文簿子合上,说道:

"不改了,走就走吧。"

张老太才宽心了一些,说道:

"换套新的衣服吧,这样成什么样子?"

克强站起身子说道:

"他们看我的人还是看我的衣服,假使是看我衣服的话,那么母亲就带我一套衣服去得了。"

张老太听他这么说,真是又气又好笑,说道:

"你又胡说了,为什么要这么和我缠绕呢? 衣服穿整齐些,这也是做人的礼貌呀。"

克强道:

"我这样子去难道就会失了礼不成? 再说外面有大衣,我里面衣服谁瞧到?"

他一面说话,一面已披上了大衣,张老太没有办法,也只得罢了。母子两人出了院子,把门锁上,走到东村宋家花园。这花园本来是个私人的住宅,后来却开放作为公众游玩的地方,每人门票两角,在春夏的季节,游人如云,倒也十分热闹。话说张老太母子两人到了宋家花园,不料王家婆婆先等候在门口,一见了两人,急得什么似的,迎上来说道:

"老太太,你们如何直到这时候才到呀? 把人家沈小姐真等得不耐烦了。"

张老太一听沈小姐果然已经先到,这就连连地埋怨克强不该这么延迟。但克强心中却暗暗欢喜,瞧了瞧手表,笑道:

"也不过一点四十分钟，算不了十分迟到。"

王家婆婆笑了一笑，遂在前面领路。克强见园中落叶婆娑，只有红菊、黄菊等花朵点缀在眼前，可见深秋景象不免带有些凄凉的意味。穿过几株梧桐，在一个池塘面前绕过去，见那边有一个厅，里面设有茶座，游客颇多。王家婆婆赶快了几步，先走到一张座桌旁边。克强见旁边坐着一男一女，男的四十岁开外，人中上尚留有一小撮的胡须，女的年约十八九岁，身穿墨绿绸的旗袍，外罩红呢的大衣，下面一双黑漆高跟的皮鞋。单瞧了这些服饰，克强就知道和二姑娘是大不相同了。沈爱娜和她父亲沈梅卿经过王家婆婆指点之后，他们就站起身子表示迎接的意思。这时张老太和克强已经到了面前，王家婆婆满堆了笑容，先介绍道：

"这位是沈梅卿老爷，这位是沈小姐，这位是张老太，这位是张克强大哥，你们大家别客气，请坐吧。"

随了她这几句话，大家于是一一招呼了，在桌边重复坐下。张老太见沈小姐父女俩这么华贵，心中也有七八分欢喜，便忙笑道：

"真对不起得很，累你们等久了吧？我们早想来了，不料克强来了一个朋友，有一件事情接谈，所以搁下了许多时候。"

沈梅卿道：

"没有关系，我们也来了不多一会儿。"

说着，吩咐茶役又泡上两壶香茗。这时克强又去望爱娜的粉脸，她是烫过头发的，又卷又长地拖在背后，眉毛细而且长，睫毛梢很乌黑，眸珠是挺灵活的，倒也是个很好的模样。兼之服饰入时，当然更添了一种美丽的风韵。克强自从学校里毕业后回家，对于这么摩登的女郎，差不多整整有四年没瞧见，今日在骤睹之下，一寸心灵也由不得激动了一阵爱的波纹。

不料克强在瞧着爱娜，爱娜的秋波也在暗暗地偷窥克强，一头菲律宾式的美发，那副白净的脸蛋儿，显得十二分的俊美。美丽的姑娘能够激动男子的心弦，反转的，美丽的少年当然也能引起姑娘的爱心。所以爱娜见了克强这么一个俊美风流的人才，她一颗芳心也是暗暗欢喜。两人各自偷瞧，不过有时候少不得也有四目相接的时候，两人这就脸蛋一红，都羞涩地笑了。就是茶役送上香茗，爱娜先伸手给老太太杯子里倒了一杯，含笑叫道：

　　"张伯母，你喝茶。"

　　张老太见她这么相待，真是乐得嘴也笑得合不拢来，忙道：

　　"沈小姐，你别客气，自己喝吧。"

　　沈梅卿见克强一表人才，心里也颇中意，遂问他什么学校毕业，现在在哪个学校教书。克强遂也小心回答。四个人谈作两对，把王家婆婆丢在一旁发呆，见他们情投意合的样子，她就知道这头婚事有些眉目了。因为亲事一有了眉目，自己也有了得两笔媒钱的希望，所以她心里真有说不出的快乐。

　　经过了一度谈话之后，时候将近黄昏，梅卿道：

　　"张老太和张少君今天到我舍间晚餐好不好？"

　　张老太倒很有这个意思，不料克强微笑道：

　　"不，今天不客气，改天再来拜望吧。"

　　梅卿也不强劝，遂从皮夹里取钱付账，但被克强抢着付了。于是四个人站起，王家婆婆道：

　　"我送沈小姐回去好吗？"

　　大家遂匆匆地作别，各自回家。这天晚上，张老太很喜悦地向克强道：

　　"孩子，你瞧这个沈小姐多么美丽，多么有礼貌，她爸爸也是个有身份的人，那么将来结了婚，你也有很多的照顾哩！"

克强道：

"只怕太高攀了，她会瞧我们不起。"

张老太笑道：

"你也太多心了，你瞧人家今天的情形，对我们是多么客气，如何会嫌我们穷？而且我们也并不十分的穷呀，一口苦饭终有的吃。沈小姐她给我倒茶，这些都显得很有家教，所以我说准是个好姑娘。"

克强不作答，心里可就暗想：见了一次面就知道是个好姑娘，这真也太理想了。但张老太又叮嘱道：

"克强，你过两天真的可以到她们家中去走走，那么彼此也会亲热起来了。"

克强随便答应一声，便自管在灯下改卷子，张老太因为这是明天要发给学生的，所以不再去惊断他的工作，回到卧房里去睡了。

匆匆过了两天，张老太连催克强到沈家去玩，克强道：

"妈何必这么的性急，就是要去也得待星期日到了去玩才是，否则四点放学后去到人家那里差不多已吃晚饭的时候，叫人见了也是笑话。"

张老太听了心想：这也是真话，于是笑着罢了。这天是星期四的下午，张老太独个坐在家里念经，听外面有敲门的声音，走出去一看，那真是出人意料之外的，谁知沈爱娜小姐来了。心中这一欢喜，不免受宠若惊般的，慌忙开门迎接进内，见沈小姐手中还拿了不少的礼物。她笑盈盈地叫声：

"伯母，你身体好？"

张老太一边让座一面倒茶，又笑道：

"我都很好，你的爸好？沈小姐这个做什么，你不是太客气了吗？"

爱娜道：

"一些不成样的东西也算不得什么，伯母别见笑。这两听烤麸和油焖笋都是净素的，伯母吃了很好的，这些鸭梨还是天津一个朋友带来送给爸爸的呢。"

张老太太道：

"难为你想得这样周到，真不知叫我心中如何感激你！沈小姐，克强也早想来拜望你，无奈校中回来，总觉得时间太局促了，他说再到你府上差不多近吃晚饭了，所以很不好意思。预备星期日来玩，谁知沈小姐先来了。"

爱娜抿嘴笑道：

"张先生也太会客气，其实那也没有关系，难道我们还嫌他吃一餐晚饭不成？"

张老太道：

"可不是，但这孩子的脾气就是这个样子，一些也老不出脸儿的……"

正说时，忽然屋外跨进一个少女来，张老太瞥眼瞧见了，便笑道：

"二姑娘，你现在病好了？克强说你前几天有些不舒服吗？"

原来这少女正是文娟，文娟见了爱娜，当然是呆了一呆，遂也微笑道：

"可不是，如今总算是好了。"

这时爱娜见了文娟，心里也有些奇怪似的，俏眼儿望着她出神。张老太遂介绍道：

"二姑娘，我给你介绍，这位就是那天王家婆婆给你大哥作伐的沈小姐。"

84

说着回头又向爱娜道：

"这位高文娟小姐是我们多年的邻居，她的未婚夫还在上海大学里念书哩！"

沈爱娜这才明白过来了，于是含笑站起向文娟招呼。文娟想不到沈小姐真的就会来走动了，不知怎么的，心里就感到有些酸溜溜的难受，不过人家站起向自己招呼了，于是也只好含笑彼此说了几句客气话。张老太道：

"二姑娘，你来得正好，快来给我做个陪客，你们谈一会儿。沈小姐别客气，今天晚饭准定吃了去。"

沈爱娜见她说着话，身体已向院子内走，知道她去张罗了，遂也不和她客气。二姑娘这时心中真有说不出的懊悔，她觉得今天实在不应该来的，因为叫自己陪了她闲谈，事实上实在是太勉强的了，不过老太太既已这么说了，难道我还可以再脱身了吗？因此免不得意思地把手一摆，向爱娜微笑道：

"沈小姐，你请坐吧。"

爱娜点头，遂和文娟一同坐下。文娟见她穿着一件条子花呢的旗袍，外面披着大衣，脚踏黑漆高跟皮鞋，单瞧那双粉红的丝袜实在薄得令人可爱。文娟心中不免有些羡慕，同时感到自己究竟是太寒酸气了一些，所以平时她虽然是个很会说话的姑娘，但此刻却局促不安起来了。倒是爱娜先问她道：

"高小姐，你今年多少年纪了？"

文娟这才显出洒脱的态度回答道：

"虚度了十七，听说沈小姐是十九岁了。"

爱娜道：

"是的。高小姐现在还念书吗？"

文娟被她这么一问，由不得粉脸儿微微一红，摇头道：

"年纪小的时候读过几年书，如今早已不读了，像沈小姐真是幸福得很，听说中学毕业了，学问一定很好的了。"

爱娜道：

"中学毕业原也算不了什么的，瞧我平日又不肯用功，所以虽说是毕了业，却把书本都还给先生了。"

文娟笑道：

"那是沈小姐太客气了。"

说到这里又转口道：

"干吗不脱大衣，你怕冷吗?"

爱娜笑着，遂把大衣脱下了放在椅子背上去。文娟见她脱下大衣，里面还有着一件深红的绒线短大衣，对于绒线短大衣，自己原也想了许多时候，可是因为绒线太贵了，所以始终没有实行去买，现在沈小姐既有大衣又有绒线短大衣，这真叫人心中感到羡慕。但在羡慕之中，她也感到有些难受，觉得人家的命为什么这样好? 这就更想到自己的夫婿，不知道到底会不会变心的，她似乎有些悲哀起来。爱娜见文娟木然的样子，心中似乎感到奇怪，遂又问道：

"高小姐，你府上还有什么人? 姐妹兄弟有几个?"

文娟这才感到自己态度不大好，遂立刻又笑道：

"我的家中只有一个爸爸，姊妹兄弟都没有，妈又早过世了。"

爱娜忙道：

"这样说，你和我的身世倒很相同的，我也没有兄弟姊妹，妈也早年死了，现在的原是爸爸小妾，所以和我也是合不来。"

文娟叹道：

"没有娘在，无论什么地方终会感到很痛苦的。"

爱娜道：

"可不是？张伯母说你有了婆家，不知你们有走动吗？"

文娟听她问起这个话，倒又感到很难为情，粉脸微微地一红，低低地道：

"他们是搬到上海住去了，所以我们也多年没走动。"

口里虽然这么地回答，心里却很难受，因为自己实在很不如意，所以她再也有些坐不下去了。这时张老太正走进屋子里来，文娟趁此站起身子说道：

"老太太，我走了，你来陪沈小姐谈一会儿。"

张老太忙道：

"你忙什么？今晚也在我家吃饭，陪陪沈小姐。"

文娟心中冷笑着：我算什么人？有我的事情吗？这也太爱热闹了。但还是笑道：

"照理原该陪陪沈小姐，但这两天身子还是不大好，所以此刻又觉得脑涨痛得很，好在大哥也就要回家的，沈小姐当然也不会冷静了。"

说着，秋波瞟了她一眼，抿嘴笑了笑，向爱娜一点头，身子已匆匆地奔向院子里去了。爱娜虽然老练，粉脸儿也娇红起来了，却是含笑不答。张老太笑道：

"二姑娘这个女子还是怪顽皮的呢，沈小姐，克强真就可以回来了。"

爱娜道：

"伯母，倒累你又忙碌了，我想你老人家最好不要和我太客气，那么我可以时常来玩玩，若把我当作客人看待，倒反叫我不好意思来。"

张老太笑道：

"我还不是把你当作自己人一般看待吗？一些儿也不会和你闹客气的。"

爱娜听她这一句自己人的话，觉得至少是含有些作用的，一时又感到非常的羞涩，不过在羞涩之中也感到非常的甜蜜，这就绯红了两颊赧赧然地笑起来了。但口中还说道：

"要这样才好，我就一些也不会觉得受拘束了。"

张老太因为知道克强就要回家了，所以故意又把爱娜迎到他的房中去坐，爱娜只听她说里面坐，也不知里面是个什么所在，既然人家说着，遂也跟了进去。到了里面房中，见是个卧室模样，壁上悬着一张克强半身的小照，爱娜方知那是克强睡的卧房了。不料这时又听院子里叫门的声音，张老太笑道：

"克强回来了，沈小姐，你坐一会儿，我去开门。"

爱娜点点头，于是她坐到椅子上去，细细打量房中的家具，虽不十分的考究，那也很整齐，梳妆台、大橱等都很齐备。不过她心中有些奇怪，一个单身男子房中为什么却有两性同居过似的模样，比方梳妆台上放着香粉盒儿、香水瓶等化妆品，照理一个男子的房内是用不到陈列这些的，那不是透着有些儿令人不解。爱娜在这样感觉之下，她向四周仔细地瞧望，目的是在竭力再找一些痕迹出来，果然给她发现写字台上有个小小四寸长的镜框里面，嵌了一个女子的小影，美目流盼、浅笑含颦，意态殊为可人。爱娜觉得这事情有了蹊跷，她方欲走到写字台旁去细瞧，只听一阵皮鞋脚步的声音，克强挟了书本和张老太已是走进房中来了，这就笑盈盈地站起，表示相迎的意思。

克强听了母亲告诉之后，觉得爱娜今日送了礼物到来，这也有些出人意外的，所以此刻见了爱娜也由不得起了一阵欢喜之心，含笑招呼道：

88

"沈小姐你多早晚来的？老伯身子好？"

爱娜也笑道：

"爸爸很好，多谢你记挂的。"

说着话，克强把手中书本已放到写字台上去，回身把手一摆笑道：

"沈小姐请坐吧。"

一面说，一面把大衣脱去挂到衣钩上去。这时张老太心中似乎放下了一块大石，很安慰地自管溜到外面料理晚饭去了。爱娜见房中只有了两个人，芳心虽然跳跃得剧烈一些，可是她却感到一阵欢喜，因为这当然是增加彼此爱情的一个好机会，于是笑道：

"大哥，你每天早出晚归，生活倒也很有规则的。"

克强见她今日居然也呼起大哥来，宛然是文娟的口吻，可见她心中实在很有和我亲热的意思了，因为在她本身可以说是个摩登的女郎，她竟不嫌我家的清寒，愿意和我亲热，这在克强心中未免也有些感动。起初他的存心是要给予沈小姐失望，不过此刻在这一位又美丽又温柔的沈小姐面前，他再也没有勇气给予沈小姐有失望的举动了，遂一面走过来在她对面坐下，一面微笑道：

"生活虽有规则，但是到底太刻板式了，过了四年的粉笔生活，感到有些麻烦。不过为了教育，我终希望还是这么苦干下去。"

爱娜点头道：

"大哥热心教育事业也可说是给国家尽了一份的职责，所以使人感到钦佩的。"

克强笑了一笑说道：

"只是才学浅薄，不能有良好的教导罢了。"

爱娜道：

"那是你太客气了，比方像我，也是个中学毕业的，哪里及得来你呢？"

克强道：

"这是因为我在社会上多有四年经验的缘故，我以为自修的进步实在比学校里快得多，假使再过四年的话，你当然也更有进步了。"

爱娜频频地点头说道：

"你这话也说得是，不过女子和男子比较又相差了一层，因为女子虽然读了书，可是在家中的时候少不得要干些针线活，所以那学问也会荒疏了。"

克强笑道：

"所以说女子纵然是国外留学，终也敌不过男子，除非她是抱独身主义的，否则女子第一麻烦的就是要生育，一经过生育之后往往产后失了调养，那么就是有办事的雄心，柔弱的身子却会不允许你的了。"

爱娜听他这么说，却不再回答什么，抿嘴哧地笑了。经过这几句谈话之后，两人又默坐了一会儿。因为是初冬的季节，时间虽然还只有五时多一些，天色已是灰暗下来。

克强于是早一些亮了油灯放在写字台旁，爱娜故意还当作只有发觉似的，站起身子走到桌旁边，指了指那张采苹的小影低低地问道：

"大哥，这位姑娘是谁呀？我想是你的同学或者是亲戚吧？"

克强被她这么一问，猛可记得那小照没有预先藏过，如今叫我怎么回答好呢？于是红着脸支吾了一会儿，却说不出什么话来。良久，他才望着爱娜的脸说道：

“沈小姐，王家婆婆难道没有跟你谈起过吗？”

爱娜微蹙了翠眉，不解似的说道：

“没有说过什么？怎么啦？大哥你告诉我吧。”

克强听了，方知做媒的人是只要自己有好处，至于男女两家的终身幸福，她是不管人家死活的，于是叹了一口气说道：

“王家婆婆真也糊涂的，这件要紧事情如何能不告诉你们？”

爱娜听要紧事情，这就急了起来，说道：

“到底是怎么的一回事呢？”

克强暗想：我若说采苹不好吧，这是太对不住采苹，我若说母亲太凶吧，叫人家听了害怕，而且儿子说母亲不好，也叫人听了笑话。在这么感觉之下，他就不得不想了一个折中的话来告诉爱娜，说道：

“这还是春天里的事情，沈小姐，我原本是已结过婚的人呀。”

爱娜这才明白了，心想大概他妻子是死了吧？遂说道：

“那么你夫人在春天里死了吗？”

克强叹了一口气，他眼皮有些发红，说道：

“究竟有没有死我也还不知道哩。事情是这样的，她和我母亲多了几句嘴，齐巧我回家听见了，我埋怨她不该向母亲闹嘴，不料她就负气出走了，至今将近有半年多的日子，却杳无音信。”

爱娜听了暗想：原来还是这么的一回事，觉得这事情绝不是像他口中说的那么简单，若多了几句嘴就出走，那没有这样的人呀。恐怕是张老太厉害吧，把她虐待得急了，所以情愿自动脱离。否则，恐怕那女子有了外遇，跟人卷逃了。事情终在这两者之间，绝没有第三个原因的了。

克强见她听了自己的话后，便低垂了眼皮，仿佛做个沉思的样子，于是接着又道：

"这次王家婆婆来作伐，我的意思原不敢答应。因为这件事情在没有得到真相之前，我若贸然和人家结婚，万一她来告我一个重婚的罪，不是有许多的麻烦吗？况且在别人家的心中也许不喜欢我这一回事。所以媒人最坏的脾气就是欺骗人，那是叫人很可恨的。"

爱娜听他这么说，遂把身子挨到克强的胸前，秋波脉脉含情地凝望了他一会儿，说道：

"大哥，你是说我心中不快乐吗？我想事到如此，也顾不得羞涩地和你直接谈一谈。对于我俩的婚姻，虽然现在还没有正式成立，不过我家的亲友们是没有一个不知道的了。现在大哥既然有这一种困难的情形，你所顾虑的当然也很有道理，但我以为这一些事情是根本不成问题的。第一个问题要解决的，就是大哥对于嫂子的出走是不是能够原谅她，她不回来了，你是不是还希望她再回来，就是过两天她回来了，你是不是再情愿爱上她，这是一个问题。第二个问题，大哥见了我之后对我有没有好的印象，明白地说一声是否爱我，假使你爱我的，那么其他问题都解决了，假使不爱我的，而心中还爱你出走的夫人，那么这问题也解决了，不过在我一个姑娘的心中多刻画着一条痕迹罢了。"

爱娜絮絮地说到这里，秋波逗了他一瞥哀怨的目光，却已淌下泪水来了。克强再也想不到和爱娜才见了两次面的认识，她对我竟有了这么痴心，一时心头真感到有说不出的甜酸滋味，望着她海棠带雨般的娇容，倒是愣住了一会儿。

爱娜见他不答应，所以又凄凉地说道：

"大哥，你若爱我，我心里当然十分欢喜，假使你没有诚意谈这件婚事，我也觉得没有脸儿再活在这个世界上。"

说到这里，眼泪像断线珍珠一般地落下来，可是她到底又感觉难为情，遂把身子回了过去。克强见她两肩颤耸着，显然她还有抽噎的成分，心头这就更软了下来，暗想：我若不答应她的婚姻，她不是有自杀的意思吗？唉，这叫我心中如何能忍？于是步了上去，把手拍了拍她的肩胛，低低地道：

　　"沈小姐，你不要伤心，我也并没有说是不爱你呀。"

　　爱娜听他这么说，遂猛可回过身子，两手按住他的肩胛，把她娇躯直偎到克强的身怀里去，微抬了娇容，秋波逗了他一瞥媚意的目光，破涕笑道：

　　"大哥，你没有不爱我，反转来说你不是爱我吗？那我心中当然很感激你，因为我在那天见到你之后，我的心坎上就刻画了你一个影子，我觉得永远要爱上你。"

　　说到这里她又难为情极了，粉颊上的桃花又一朵一朵地泛现上来。克强听她这么说，又见她这么亲热的举动，他的心灵也荡漾起来，闻着她口脂微度过来的那股子幽香，他真感到有些儿想入非非的了。克强觉得爱娜真是个热情的姑娘，他把初衷完全地改变了，他想：在这情形之下，我即使不爱上她，也要我一定去爱上她的了。于是他想到了采苹，假使真去自寻短见，她当然不会再回来，虽然我有些对不住她，但她也太固执了一些，因为在我打了她两下，就是受了一万分的委屈，她也没有到觅死的地步；假使她还活在世界上，那么她实在也有些不是之处，因为这半年来的日子也该回家了，就是恨着母亲，你也该写一封信给我才是，如何杳无音信，仿佛石沉大海，这叫人不是难受吗？此时克强心中想的又和从前不同了，在从前完全是同情采苹，可怜采苹，但如今又有些怨恨采苹起来。他为什么要怨恨采苹呢？这就是因为她要接受爱娜的热情的缘故。

爱娜见他无所表示，兀是出神，遂又失望地道：

"大哥，你难道情愿忍心一个姑娘为你疯狂而死吗？"

克强这就感动得情不自禁起来，他环住了爱娜的脖子，柔声答道：

"爱娜，不！你放心，承蒙你这样痴心相爱，我终不会使你感到失望。"

爱娜听了这几句话，心里一快乐，遂把克强紧紧抱住了。克强的脸儿被她热辣辣的粉脸相偎着，因为有八个月遥长时间不曾亲热过女子，此刻回味起来自然格外觉得香甜了。不过他心中还考虑到这一层，向爱娜说道：

"不过事情还有一个问题，就是我家不及你家，也许你会过不惯清苦的生活，所以我感到忧愁。"

爱娜听了这话，把粉脸仰开了一些，秋波逗给他一个娇嗔，说道：

"哥哥，你这话把爱情瞧得太不值钱了，我的爱你原是为了你的人，假使我要不爱你的话，纵然有百万家产我也不会来爱你的。"

克强听她这么说，愈加感到心动，于是他忍心遗忘了采苹，终于一心一意地爱上了爱娜的了。两人经过这一度谈话之后，把婚事是决定的了。

吃晚饭的时候，张老太见克强待爱娜十分亲热，要好的样子完全显露出来，心中这就非常欢喜，觉得沈小姐真有手段，把一个像山羊那么倔强的克强也终于驯服得服服帖帖的了。这晚爱娜还由克强送着回家，沈三爷待他也非常亲热，直到十时敲过，才由沈家仆人阿四送了回来。张老太见克强脸有喜色，遂笑道：

"怎么样？母亲给你做的事情会错的吗？"

克强笑了一下，接着又道：

"可是有个问题很讨厌，只怕采苹回来告我重婚的罪。"

张老太笑道：

"你担忧什么，我拿给你瞧吧，王家婆婆儿子原在城里报馆办事，我早已托他登了报哩。"

说着把报纸从抽屉中拿出来交给克强看。克强见是一则脱离夫妇关系的启事，瞧到内中有一句挈款跟人卷跑的话，他良心隐隐有些作痛，眼泪几乎又欲淌了下来。

这夜克强躺在床上，想到和采苹的恩情到此已告一个结束的时候，他忍不住又暗暗地哭泣了一夜。

从此以后，爱娜时常到克强家中来玩，有时候天黑了，也就宿在张老太的房中。和克强柔情蜜意，真是无限的恩爱缠绵。只是可怜文娟她再也不到克强家中来了，有时候在路上碰见了他们携手偕行的情形，她也立刻偷偷地避开了过去。她想到自己病中克强对她说的那几句话，克强不是说要给沈小姐失望吗？他不是又说除了我没有一个人知道他心中的苦吗？但如今他是不苦了，他是甜蜜了。想到这里，她自己也说不出一个所以然来，只觉无限的怨恨，她为采苹伤心，她为自己可怜，因此时常暗暗地落了一回眼泪。

光阴匆匆，一年容易，又是第二年初春的季节了，文娟接到了一份喜帖，她不用瞧心里就明白这是张大哥结婚的日子到了。她似乎有些妒恨，意欲把这份喜帖撕得粉碎，但她又感到这是一件不道德的事，所以她没有这样做，回到房中又哭泣了一会儿。

时间是很多情的，它终于到了克强的吉期了，文娟没有去吃喜酒，她推说头痛，躺在家里难受。但克强和爱娜心中相反的，当然无限的兴奋和快乐。一天的热闹从黑夜中悄悄地溜走了，阿英是爱娜随嫁的丫鬟，她拉拢了窗帘，向房中那对新人含笑说道：

"姑爷小姐辛苦了一天，早些睡吧。"

掩上了房门，含笑走了。这里克强拉了爱娜的纤手，叫声"妹妹你真辛苦了"。爱娜嫣然地一笑，在这一笑中遂展开了新婚之夜的一幕。在克强和爱娜的心中，当然是万分的甜蜜，但在文娟的心中却有万分的悲酸，可是你们哪里猜得到，采苹这一夜里的心中真有无限的凄凉和痛苦哩！

第四章　悲痛而去飘零红粉产麟险丧生

　　胡采苹留了那封绝命书之后，含了一颗悲痛的芳心，她确实是要去死了，因为她在平日真的已受够了张老太的委屈，不料今日在克强那儿也蒙了这一份冤枉，所以她深觉得做人实在太没有趣味。在暮色苍茫中，采苹失了神似的向街上奔了一阵，也不知奔了多少路，已到了那一湾河流的面前。沿河植了几株垂柳，柳丝是不住地飘舞，这无依的柳絮象征着采苹的身世。她感到伤心，她失声地哭泣了一会儿，望着新月笼映下那条不疾不徐的河流，怔怔地出了一回神。月是那么的皎洁，水是那么的澄清，倒映了自己这憔悴而凄惶的小影，她想：我真的死了吗？没有爹也没有娘，更没有兄弟和姊妹，我这苦楚向谁去诉说？谁肯给我来向他们说一句公正的话？痛定思痛，觉得真没有意思再可以活下去，于是她决心预备跳下河去做那最后的归宿了。

　　可是她又怕被人发觉了，把她再救起来，这样死不死活不活反留了一个丑名声，那不是更心痛吗？所以她回眸又向四面一望，谁知经此一望，却是那边树蓬内走出一个人来叫道：

　　"你不是采苹表妹吗？怎么一个人跑到河边来哭泣？我在这儿偷听了好多时候，却不知就是你呀！"

　　采苹正怕有人会注意自己，不料果然偏有人来招呼自己，但她听了这口音是怪耳熟的，拭了拭眼泪，向前仔细一望，原来不是别人，却是自己的表姐魏秋心。这就仿佛见了亲生的娘一样，猛可地奔了上去，抱住秋心呜呜咽咽地哭起来了。

秋心是个二十五岁的女子，说起她的身世也是够可怜的。二十三岁死了丈夫，到现在凭着十指的操作，独个已苦了两年了。本来她们表姐妹还不时地常有走动着，自从死了丈夫后，张老太嫌她命苦，说她是个扫帚星，所以把她丈夫扫去了，秋心听了这话气得不再走动了。今天真也是个巧事儿，秋心刚才从一个朋友那里回家，听有女子的声音在河边哭泣，这因为是在黑夜，她便疑心是什么鬼了，所以心中吃了一惊。偷偷地望见河边有一个女子的黑影，秋心更以为是俗语所谓河水鬼了，因此害怕得躲在树蓬里不敢走过来。不过她的明眸还是向河边瞧望着，在月的清辉下面，当采苹回过脸来的时候，她才瞧清楚这正是自己的表妹胡采苹，所以她情不自禁失声地叫起来了。当时采苹投入秋心的怀抱哭了，是哭得那么的伤心和悲痛。秋心也许已经知道采苹的遭遇，因为她明白张老太是个杀人不见血的恶姑，她抱着采苹的身子，眼泪也扑簌簌地淌了下来，说道：

"表妹，你快不要哭吧，告诉姊姊，你难道又受了不能忍受的委屈了吗？"

采苹气道：

"姊姊，我实在是太命苦了，我不想再活下去了，我觉得还是死了比较痛快。姊姊，我死了之后你向克强说，叫他再娶一个贤德的夫人吧。"

说到这里，又抽抽噎噎地哭个不停。秋心听了伤心，遂拍着她的肩胛说道：

"傻孩子，你别说那些疯话吧，你好好的凭什么要死呢？死有重于泰山、轻于鸿毛，你为了受他们委屈而死，那你固然太不值得了，而且也太表示懦弱了。我们环境虽恶，但我们生长在大地上来做人，是需要活下去的呀！表妹，你瞧姊姊我命苦到这般地步，尚且还想做人哩，那何况是你？"

采苹被她这么一劝慰，她把死的念头已慢慢地打消了，觉得自杀到底是太无价值，我不能轻易捐了身子，因为我既然生长在世界上，我是还有做人的责任呀。但她口中尚说道：

"姊姊你的苦是有名目的，我的苦是没有名目的，唉！我有了这么一个好丈夫，倒还不如死了干净呢！"

采苹说这两句话，原是她心中痛恨到了极点的缘故。秋心听她这么说，知道这次表妹是和妹夫吵了嘴，所以愤不欲生的，遂拉着她的手笑道：

"妹妹，两口子吵嘴愈加不必太认真了，一会儿吵，一会儿好，那原算不了什么的，今夜且随我到家里去宿一宵吧，明天我送你回家。"

说着和采苹一同走到家里。秋心的家是在村之北，克强的家是在村之南，所以距离是很远的。两人到了家，采苹坐在灯下兀是偷偷地淌泪，秋心逗她笑道：

"妹妹，你别多伤心了，妹夫纵然今天待错了你，可是他往常也有待你好的地方，所以你的气也就平一平吧，快帮着我做饭了。"

采苹听了她末一句话，方才收束了泪痕，站起身子和秋心一同料理着吃晚饭。秋心这才向她悄悄地问道：

"表妹，今天到底又为了什么吵闹起来的？你告诉我吧。"

采苹撇了撇嘴，冷笑了一声说道：

"还不是这个老太婆无缘无故和我作对的吗？她简直无时无刻不在想害死我，我死了，她才会心里爽快。唉，我和她前生也不知是什么冤家，非要这么虐待我。克强这个人吧，又是个纯孝的人，并不是我做媳妇不肯孝顺婆婆，无奈她对我存了仇视的心理，叫我还能够孝顺得上去吗？"

秋心听了方知还不是为了妹夫的缘故，因为妹夫帮他的母亲，所以使表妹更灰心到自杀的地步，遂问道：

"那么她寻你吵嘴也终有一个原因的，否则她一个人如何会骂起来？这也太不是人了，她好像疯狗一般逢人乱咬了。"

采苹叹了一口气说道：

"不是说句罪过的话，她真像疯狗一样的会乱咬人。今天的事情实在叫人莫名其妙，我好好儿去问她晚上吃什么菜，谁知她开口就骂我白虎星，说我一进门把她的腿跌折了，表姊，你想可笑不可笑？"

秋心生气地道：

"真是老不死了，她想来是在作死了，那么妹妹如何回答她呢？"

采苹道：

"姊姊，假使我是个没气的死人吧，终也得回几句嘴的。在我回嘴的话，也无非问她一个理由，不料她恼羞成怒，竟拿手中拐杖打我，你想，我真是气得全身发抖。于是我问她活了这一把年纪可到底是吃饭的吗？这句话原也说得厉害一些，不过并非是我爱冲撞做长辈的人，实在她讨我问的。所谓上梁不正下梁歪，其实也不能怨我的错。谁知事情太凑巧了，在我问这句话的时候，克强会一脚跨了进来，婆婆见了儿子，这就假意愈加乱撞乱哭，说我欺侮她。克强原不知婆婆无理打我，以为我真的十分横逆，所以走上来打我耳光，还叫我滚出去。我想你们无非欺我没爹娘没保障，所以我也愤怒到了极点，遂留了一封绝命书匆匆地走到河边来，图个最后的归宿，不料却会遇见姊姊，难道是我命不该绝吗？"

采苹絮絮地告诉到这里，思想起来又不免伤心泪落。秋心说道：

"一个儿子肯孝顺母亲，原是一件极好的事，因为哪一个婆婆不是媳妇做的，我们将来也有儿女，自己也有做婆的日子，难道希望儿媳不孝顺自己吗？不过身为长辈的，终也要放出一些做长辈的资格来，骂的时候该骂，疼爱的时候也该多疼爱，如今你的婆婆简直把你视作仇敌一般，那一份家庭中还会好起来吗？所以我倒不怨你的克强，终恨你婆婆太狠心。唉，活了六十岁将近的年纪了，她死了后还不知想什么人去哭她，真也太想不明白了。"

采苹道：

"姊姊，你的意思齐巧和我相反，我倒不恨婆婆，我只恨克强也会这么心狠，他不问情由就打我耳光，虽然说他是为了孝顺母亲，但孝只管孝，公理也不可抹杀的。假使我果然有被打的罪恶，那么我虽死亦无怨。如今我在婆婆那儿受了多少的委屈，已经是不堪忍受，哪里还禁得他这样虐待呢？试问我做人还有什么乐趣？与其生而苦，倒不如死而乐的好。"

秋心叹道：

"可是你真的自杀了后，也未必是乐的。我说克强所以动手打你，他原也有说不出的苦衷，所以我劝你终要原谅他才好。"

在秋心的意思，虽然也很愤愤不平，但是她在第三者立场而说，终劝人家夫妇和睦为妙。采苹听了，却是冷笑了一声说道：

"原谅他？他不能原谅我，叫我如何去原谅他？"

说到这里又伤心起来，哭泣道：

"反正他会动手打，开口叫我滚，可见夫妇恩情已断，他没有妻子，只有母亲，看他母亲能够服侍他的一生。"

秋心劝道：

"妹妹别说那种气话了，忍耐些吧，十年是十年，二十年是二十年，终有苦出头的日子，不像你可怜的姊姊，就永无见天日的日子了。"

秋心说到这里，本来是劝采苹别伤心，但此刻她自己也悲哀起来了，叹了一声，泪如雨下。采苹哼了一声道：

"假使我再在这个环境下偷生，恐怕我的生命也不会有十年二十年那么久长吧。"

秋心听她这么说，遂停止了工作，回眸问道：

"表妹，你这是什么话？那么，你难道不打算回去了吗？"

采苹道：

"我这次出来原存心是一个死，现在既然不预备死，我也终得找一条生路，难道说我们有脚有手的人再也不能在社会上找口饭吃了吗？若果然如此，这就无怪他们把我们女子视作家庭中的寄生虫了。"

秋心劝她道：

"不，你该回家去的好，克强一定在悔恨了。"

采苹冷笑道：

"有什么悔恨的？有道是妻子是衣服，旧了可以换新的，还不是成全他吗？他母亲也常常教导儿子说妻子还不是像洗脚的水，一盆倒了再一盆，三年不死妻子是晦气，现在我虽不死，终也得让了他们，叫他再娶个辣手一些的媳妇，也好知道个中的苦味哩。"

秋心道：

"那么你真的不打算回家了吗？你往后预备怎么样呢？"

采苹道：

"我是没爹没娘，没兄没弟，没儿没女，随便到什么地方去都行，反正我心里是丝毫没有牵挂的。"

秋心这时已盛了菜，听她说得这么决绝，遂说道：

"既然你已抱定宗旨不回去了，那么我就告诉你一个消息吧。"

采苹听了，凝眸含颦地望着她，怔怔地道：

"是什么消息？"

秋心道：

"你且把锅子端进去，我们到里面一面吃饭一面谈吧。"

采苹于是端了饭锅子跟着进内，大家盛了饭，一同在桌边坐下。采苹见秋心握了筷子，只管挑着饭碗内的饭粒，好像正在沉吟的神气，于是忍不住开口又问道：

"姊姊，你刚才说的到底是个什么消息呢？你先告诉了我，然后再吃饭，可以吗？"

秋心见她这么性急，倒不免又笑了起来，说道：

"我告诉你，我自那口子死后至今已有足足两年了，这两年的生活，只有用出，没有收进，你想，这苦楚也是没有人知道的。虽然我给人家洗些衣服干些活儿，也能苦了过去，但是不找一条出路，若这样苦到死，那实在叫我太不甘心了。我早有一个主意，就是到上海去谋些出路，听说什么百货公司里用女职员的也很多，只要具有普通学识也够了，所以我很想去尝试一下。即使女职员的资格够不到，我们就到厂家去做工，难道说做工也会没有我的份吗？这断断是不会的。在上海做工除了开销外，大概也可以做几件衣服穿穿，那总比在乡下洗衣服度生好得多。假使妹妹一定不愿再回去的话，我们就不妨一同到上海去，这样有了伴侣，我们胆子自然也可以放大得多了，不知妹妹的意思以为怎样？"

采苹的出走本来是死，现在遇了表姐，虽不死了，但活也得有一条出路，所以当下听了秋心这一番主意，心中不免大喜，立刻点了点头说道：

"表姐这个意思我赞成极了，那么预备何日动身呢？"

秋心笑道：

"既然主意已定，当然说走就走，何必再迟疑下去，反正我们又没有什么留恋的东西，使我们感到依依不舍的，只有妹妹心中到底还有一个强哥哩。"

采苹红晕了两颊，噘了噘嘴说道：

"我死尚且丢得下，那何况我是做人去呢，准定今晚立刻就走好了。"

秋心见她那种表情，至少还包含了一些愤激的意思，这就笑道：

"你性急起来倒比我更性急，今夜如何来得及，要走也得明天早晨动身了。"

采苹被她这么一说，倒也忍不住抿嘴嫣然笑了。于是姐妹两人匆匆地吃饭，当晚就很早地入睡。次日一早两人就醒来，因为有了心事的人就不会熟睡，所以一醒来就起身，大家漱洗完毕，整理了一些细软的衣服和必用品，各人负了一个包袱，遂开始做上海之行了。

经过了数小时的光阴之后，那号称"第二巴黎"的上海也就矗立在两人眼帘之下了。魏秋心在上海是和她丈夫曾经来玩过一次的，所以她心头还并不感觉到怎么的异样，只是采苹初次光临上海，心中觉得一切的繁华，真所谓是见所未见、闻所未闻。在乡村里，火车在青青的草原中驶行，那不算什么稀奇，但都市里竟然有火车在大街上很快地行驶，而一些不会闯什么祸来，这真是奇怪的。不过凭她聪敏的感觉猜想，那绝不是火车，一定是另有名称的。果然，秋心一一地指点说道：

"妹妹，那是电车，因为它用电开驶的。这是汽车，因为它用汽油的。这矗立在半空的建筑，都是洋行、银行，再过去还有百货公司和旅社，房屋也是挺高大的。"

采苹点着头问道：

"那么我们此刻上哪儿去呢？"

秋心道：

"我们先找家客栈歇歇脚，然后再找房子住下，我们可以安安心心地找事情做。"

秋心口里说着话，心中在想：那年丈夫带自己到上海是开一家什么宝大旅社，地方虽不大，房金倒很便宜，不过在什么路却是忘记了。忽然她灵机一动，这就有了主意，遂向大街上喊了两辆人力车，问宝大旅社知道吗？上海的旅社真不知有多少，人力车夫虽然什么地方都熟悉，不过那些小旅社有些车夫当然不知道的，所以大家问秋心在什么路。这一问真是僵住了，秋心为了不知路名所以才讨街车的，如今反过来问她自己，这叫她如何回答的好。因此，只有摇摇头说：

"只知道宝大旅社，并不知在什么路呢。"

车夫们见这事情尴尬，于是也就走开了。采苹道：

"表姐干吗一定要找宝大旅社，别的就不行吗？"

秋心笑道：

"我知道这家旅社的房钱便宜一些。"

采苹虽明白了，可是路名不知道那可怎么办？忽然她见对过有条小街，街口横了一块招牌，上面写着"春江旅社"四字，还有广告式的字样，什么经济房间，清洁便宜、设备齐全、服务周到，这就悄悄地拉了秋心一下衣袖，说道：

"姊姊，你瞧对面那家春江旅社不是也很小的吗？房钱也一定贵不了多少的。"

秋心抬头去望，也见到了"经济房间"四个字，她这才欢喜起来，遂点了点头，拉了采苹的手一同步进那条小街里去了。经济房间是八角钱，一天房钱倒是真正的便宜，可谓名副其实，不过房间小得像鸽笼，除了一张板铺外什么全都没有，所以一切都合乎"经济"两字。秋心采苹就不管它，反正只要有个睡处也就是了，她们放下两个包袱之后，就问茶役要了一份报纸。茶役见这两个少女明明是乡下刚到上海的，心里不免暗想：可惜阿金找不到，否则倒是两票呱呱叫好货色，准可以赚两笔钞票。不过自己没有这个脚路，也没有这个胆量，所以也只有暗暗叹息而已。

秋心打开报纸，和采苹都在广告栏内瞧了一遍，慢慢找到有两家是招考女职员的，一家是百货公司，一家是眼镜公司，心里很欢喜，遂忙着把它剪下来。因为上面写着洽谈时间是上午九时至下午三时，此刻还只是十一点，赶了去还来得及，秋心道：

"妹妹，我们此刻就去好不好？"

采苹道：

"不过我这次出来，又不曾带得一件衣服，你瞧刚才路上走的女子，差不多没有一个不是穿长衣服的，我这个样子能去应考吗？"

秋心道：

"我包袱里原有两件青布旗袍，你穿了不知腰身合不合？"

一面说着话，一边把包袱打开，取了一件给采苹穿。可惜太短了一些，因为秋心个子还要矮小一些儿，不过马马虎虎，也可以穿一穿。采苹不顾什么，因为找饭碗要紧，所以和秋心匆匆地出了春江旅社，好容易先找到那家百货公司，瞧见应考的人真不少。门役说先要两张四寸照片的，否则没有接洽的资格。这一来真叫秋心、采苹两人弄得啼笑皆非，只好退了出来，采苹道：

"那家眼镜公司也不用去了，大概和他们是一样的吧。"

秋心叹了一口气说道：

"吃饭难，真不容易，我想还是先找房子是正经，一到上海就想有职业，原也没有这么快的。可是此刻快一点钟了，肚子也饿得可怜，就买两个烧饼吃吧。"

采苹当然没有异议，两个人买了四个烧饼，一面吃一面看电焊木头上的招租广告。有的房子太大，当然不必想，有的路名找不到，因此白摸了一个空。这样子花了一下午的时间才算给她们找到了四马路东新里三十号亭子间，房金是六元钱一月，电灯、自来水在外，算来总得七八元钱。秋心和采苹在商量之下认为满意，当下付了定洋，遂匆匆回到春江旅馆来。

这夜她们都没有好好儿睡，一方面固然是因为有心事，另一方面是因为臭虫太多了。春江旅社样样都经济，只有臭虫一些也不经济的。只等两人一合上眼，臭虫便成群结队、浩浩荡荡向两人包围起来，在她们雪白的皮肤上咬个不住，去吃她们的血。在乡村里是只有蚊虫，臭虫倒不大见，蚊虫可以用帐子，臭虫就没有办法。采苹实在被咬得受不了，遂坐起身来说道：

"上海地方虽好，但臭虫太多了，只吃人家的血，那可怎么的好？"

秋心道：

"上海社会的臭虫是只吃穷人的血，而不吃富人的血。"

两人说着免不得感叹了一回。好容易等到了天亮，这真仿佛受了一夜的罪，采苹到此，方知上海地方是富人的天堂、穷人的地狱，其信然矣。这天可以说是秋心和采苹乔迁新屋之喜，但二房东太太走进亭子间来瞧瞧，只见房内除了一张板床之外，竟连便桶都没有一只，心里不免奇怪起来，遂问道：

"魏小姐，你们姊妹俩是从乡下出来的吗？"

秋心和采苹被她这么一问，两人脸上同时绯红起来，很不好意思地道：

"是的，所以一些儿家生都没有。"

房东太太笑道：

"这可怎么的好？吃饭连张桌子都没有，那成什么？我下面有张方桌子没用，拿上来借给你们吧，还有便桶呢，我也有一只旧的多着，索性一并借给你们用好了。"

采苹、秋心听了暗想：上海的邻居果然也有和乡下一样热心的。当然是非常感激，所以向她连连道谢。这天两人又去拍了小照，回来的时候在大门口遇见五六个十七八岁的姑娘，都是打扮得如花如玉、雍容华贵地走出来。采苹、秋心见了，知道也是这屋子里的邻居，两人心中都觉得怪羡慕的。回到亭子间内，采苹忍不住问道：

"姊姊，你猜刚才遇见的那班姑娘，一定是在什么公司里办事吧，可见在上海，女子办事的也很多。"

秋心道：

"大概是的，你瞧一有了事情干，我们终也有这么的日子。"

采苹笑道：

"但愿早些找到了才好，这次到上海的费用，我全仗姊姊的，你把账记起来，往后我终得归还你。"

秋心瞟了她一眼说道：

"我和你是姐妹，再说又是患难之交，我的就是你的，你的也就是我的，只要往后大家好一些就罢了，说什么还不还的话，那倒显得生分了。"

采苹听了自然很感动，因此偎在她的怀里却是默默地亲热了一会儿。

匆匆过了几天，她们的照相是拿来了，各家公司也去应考过。但事实上并不像她们理想中的满意，这才感到报纸上的招考至少是含了一些欺骗的手段，她们非常的失望，把理想美梦是击得粉碎的了。秋心于是又想到做工这一条路上走，和采苹商量，采苹还有个不好的道理吗？所以两人又一同到纱厂里去应征女工。秋心候在外面一间房子里，先由采苹进一间考试室中去。约莫十分钟后，只见采苹怒气冲冲地奔出来，拉了秋心的手向外就走。秋心倒是吃了一惊，被她这么一阵子拉，早已出了纱厂的大门，遂怔怔地问道：

"妹妹，怎么了？他们向你考试一些什么呢？"

采苹怒气未消地冷笑道：

"姊姊，社会太黑暗，所以才会产生了这么许多吃人鲜血的臭虫。唉！我们女子难道除了牺牲色相之外，再也找不到第二条道路了吗？"

说到这里，一阵子心酸，由不得落下泪水来。秋心犹奇怪道：

"他们不是扩展规模，需要女工工作吗？"

采苹道：

"你以为考试的是些什么？他们没有别的条件，就是要你的身子给他们玩弄，无论什么困难的事他们都会帮忙的。姊姊你能忍得了这个侮辱吗?"

秋心听了这话，方才又大怒起来，恨声不绝地骂道:

"唉，这个社会、这个世界永远不会清洁，永远不会光明的了。"

两人黯然神伤地回到斗形似的家里，闷闷地坐了一会儿，想到往后的生活，她们有些焦灼，有些痛苦，眼泪都像泉水一般地滚下来了。不料正在这时，忽然见房东太太又走进来了，秋心、采苹急忙收束泪痕，也已来不及的了。房东太太很关心地问道:

"魏小姐，你们姊妹怎么烦恼起来? 莫非吵了嘴吗?"

秋心摇了摇头说道:

"李太太，你请坐，我们没有吵嘴。"

采苹也给她倒了一杯茶，叫声用茶。李太太道:

"那么你们有什么不如意的事情呢? 我这人是挺爱管闲事的，假使你们有什么困难的事情，我总可以设法给你们帮个忙的。"

秋心听了，向采苹望了一眼，采苹因为李太太为人确实热心，所以向秋心点了点头，表示你不妨可以把我们困难告诉她一些知道。秋心也许是理会她的意思，遂做个沉吟的模样，然后才徐徐地说道:

"李太太，我跟妹妹两个从乡下出来，满想预备找一些儿事情做，不料事到今日，方知找一件事情真有些儿不容易。因为社会太不良了，所以这几天奔波的结果完全给予我们失望。妹妹想起往后的生活问题，所以她就伤心起来了。"

李太太可说是个吃人不吐骨的人精，其实她冷眼旁观，对于这一对姊妹的经过和遭遇是早已明白得很详细了，她要在秋心采苹走投无路的时候来做一个慈爱的好人。今听秋心这么地说，还真是机会到了，遂说道：

"不过伤心也没有用，总要想一条出路才好，上海这个地方，赚钱容易的时候就真容易，可是困难起来也真困难。"

采苹插嘴道：

"李太太的几位小姐不知在哪儿办事？想来是有人介绍的吧？"

李太太笑道：

"说我这几个女儿，她们每月就有五六百元可以赚，每天生活真的太舒服了，吃西餐上戏院这差不多是天天有机会的。"

秋心、采苹暗想：哪儿来的这么好的职业？因此凝眸含颦地望着她有些发怔。李太太又笑道：

"你们不相信吗？假使你们姐妹俩这么的人才，就是赚一千元一月也算不得稀奇呢。"

秋心忍不住开口问道：

"那是做什么事情的？银行行长也没有这么好的收入啊！"

李太太道：

"只要你们学会了跳舞，跟一班阔佬到舞池里去舞几次，钞票就会送到你们手中来，这还不是极便当的事情吗？"

采苹还不懂是什么职业，秋心因为有了第一次游上海，她有些明白，方知房东太太几个女儿都在做舞女，于是说道：

"做舞女环境不太好，往往容易堕落，所以我们是不愿干的，情愿苦一点都不要紧，因为这到底被人轻视的。"

李太太听了这话有些脸红，但又笑道：

"魏小姐，你这话错了，做舞女也是很清高的，只要不跟人家糊涂，也不是以两脚去跳来混饭吃吗？老实说上海地方，女子的出路除了牺牲色相之外，恐怕是没有第二条的了。无论一件什么事，都要自己拿定主意才好。有些做舞女的堕落，都是自己意志薄弱、贪娱欢乐所致的。比方像我这几个女儿，她们也做了一年多的舞女了，却从来也没有发生过什么糊涂的事情。假使你们要找别的工作，人固然苦得要命，还是吃不饱两餐粥的。不过这个时代就奇怪，要找苦事情是反而比较困难的，而且在苦事情也未必是高尚，譬如说你们在什么厂里做了工，但工头要转你们的念头，这种粗坯也是要下流得多呢！倒还是舞场里几个好的客人，究竟西装革履，翩翩美少，有的还是光棍也很多，碰得巧遇到一个有钱人家没结婚的少爷，这也未始不是你们终身的幸福呢。"

凭了李太太三寸不烂之舌，把秋心也说得慢慢地活动起来了，暗想：世道如此，若不是这么干，难道在上海做饿殍不成？于是说道：

"李太太虽是一片好心，不过我们衣服鞋子都没有，钱又不够，事情也是很困难的。"

李太太听她这么说，便乐得什么似的笑道：

"只要你们肯干，这些小事情算得了什么困难。我倒有一个很好的主意，假使你们肯委屈的话，我就认你们做个干女儿，对于你们的衣服、丝袜、皮鞋等东西，一切都由我料理，不知你们肯给我做干女儿吗？"

秋心比采苹到底有经验，觉得在李太太心中，下面至少还有一层意思的，不然绝没有这样的好人，所以采苹待要答应的时候却被秋心扯了扯衣襟先说道：

"李太太你这一份好意，我们真是感激得很，不过我们受了你的好处，终也得有个报答的，不知李太太要我们怎么报答呢？"

李太太笑道：

"我的意思是这样，你们既做了我的干女儿，以后住我的、穿我的、吃我的，一切开销都不要你们负担，只是舞票的收入暂时我给你们藏起来，待你们找到了对象后出嫁为止，好不好？"

　　这几句话在表面听来，真是再好也没有，但事实上把她们两人的自由权都掌握到了李太太手中去了。秋心、采苹是绝顶聪明的女子，岂有不知利害的道理，暗想：原来李太太是个假热心肠人，她要把我们姐妹俩当作摇钱树看待呢！这还了得，我们若一答应，岂非自投罗网吗？于是说道：

　　"李太太，这事情让我们姊妹两人商量商量，晚上再给李太太回话好吗？"

　　李太太听秋心这么说，觉得实在是个好角色，因为没有办法，也只好答应，走下去了。采苹一见李太太走后，就向秋心叮嘱道：

　　"姊姊，照此说来我们是千万不可以答应她的，我想这一班姑娘也绝不是她亲生的女儿，一定都是上了她的圈套的。况且一个女子的身体，给任何一个男子抱在怀里跳舞，到底是太不好意思了一些，尤其是我，如何对得住克强呢？"

　　秋心点头道：

　　"我知道，你不用急的。现在问题是两个，答应不答应是个问题，做舞女不做舞女也是个问题，我以为先解决第一个问题要紧。你纵然不做舞女，怕对不住克强，我是没有对不住什么人的，除非对不住自己，然而为了生活，这也管不得许多的。妹妹，你说是不是？现在我的意思，跳舞既可以赚大钱，我就不妨试一下。干娘尽可以认的，只是吃穿住应该自己负担，明明白白借她三百元钱，还的时候还她六百元，其他一切不管账，那不是很好吗？至于妹妹就不必去跳舞了，住在家里给我料理家事，那也很要紧的，你以为怎么样？"

采苹听她这么说，不觉感动得落下眼泪来，躲在她怀里亲热地叫道：

"姊姊，你待我之情仿佛母同，但是姊姊能牺牲一切和恶劣的环境奋斗，难道我就不能牺牲一切了吗？姊姊，不！要做一块儿去做，我决不忍心你一个人为我而去干的。"

秋心偎着她的粉脸，拿手帕去抹她的泪水，低低地道：

"妹妹，你和我的情形又不同，因为你到底是个有夫之妇，所以你还是住在家里好，只要我一个人有五六百元可以收入的话，不是足够我两人的开支了吗？而且着实还可以积蓄一些防老的费用的。"

采苹道：

"仔细想来，我也没有对不住克强，他若不叫我滚出去，我如何会走？反正我们之间也没有一男半女，所以根本没有什么痕迹，譬如我已经跳河死了，哪还管得什么呢？"

秋心听她又要去做舞女了，一时也就由她的欢喜。到了晚上，李太太又走上来听回话。秋心便把自己的意思向李太太说明，并且道：

"假使答应的，我们就试一下，若不答应，我们另找出路了。"

李太太听她这么说，真是大失所望，不过这三百元本钿放下去，六百元也是稳稳到手的。所以她沉吟了一会儿，瞧了这一对如花如玉的美人，心中真是又恨又爱，明明是两棵摇钱树，偏不肯上我的圈套，这便如何是好？于是她计上心来，说道：

"你们的要求我总可以答应帮助你们，不过这六百元钱最好在一个月之内归还，若还不清，那么依照我的办法好不好？"

采苹向秋心望了一眼，连连地摇头。秋心笑道：

"那怎么行，一个月之内就得还清，只怕没有这么许多收入吧？因为我们初做舞女，究竟客人多不多，我们可没有把握的呀！李太太这样吧，借你三百元钱，在半年之内还清六百元，半年之内若还不清，再照你的意思办好不好？"

李太太听她真是一个老门槛，一时真没了办法，看来我的意思她们无论如何不会入壳的了，于是另外转出念头说道：

"魏小姐，你也是个明白人，半年的时间到底太长了，我放在钱庄银行里也有利息呢。假使你们真不肯照我的，那么在半年之后得还我一千元钱，否则我也不答应的。"

秋心听借三百元钱，还的时候要一千元，这也真不知是什么利息，因为一千数目太大，生恐半年后还是不能还清，所以她和采苹面面相觑，却不敢贸然答应。李太太又道：

"怎么了？你们舍不得吗？可是你们要明白地想，有了我这三百元钱，你们可以去挣几千几万元的钱，否则像你们现在这副样子，如何能够去接近那些有钱的少爷呢？所以你们是用不到肉痛的。"

秋心道：

"并不是我们肉痛，只怕半年后还不清这许多钱如何办呢？"

在李太太的眼光看来，是绝不会还不清的，所以她也乐得赚这几百元的利钿，说道：

"半年后就真的还不清，我当然可以放宽日期的，那你倒放心好了。"

秋心听她这么说，为了生命的挣扎，于是也只好冒着危险答应下来。彼此经过这一度谈话之后，于是事情就决定了。

上海地方只要有了钱，什么事情都容易解决，所以几天之后，秋心、采苹的身上，居然也是烫发、旗袍、丝袜、高跟皮鞋，顿时变成了两个都市化的摩登女子了。在经过几个星期学会了各种舞步之后，她们已由李太太的女儿介绍到新乐宫舞厅作为供人搂抱的舞娘生活去了。

同样是个伴舞的人，当然有幸有不幸的，比方采苹和秋心两个人，虽然各有风韵，但秋心的美是带有一些少奶奶的风度，人家一望而知不是一个姑娘了。像采苹虽也是个少妇了，然而她却带有些姑娘的成分，因为在她一举一动、一颦一笑的时候，至少还包含了一些天真的样子。舞娘的人儿既然有这么的分别，来跳舞的客人，当然也有许多的不同。有老的是什么经理啦、行长啦、老板啦，少的是什么学生啦、记者啦、小开啦。舞客既然这么复杂，他的意思他的思想自然是不同的。凡是年老的舞客，他们不喜欢跳孩子气未脱那些天真的姑娘，因为小姑娘有小姑娘的脾气，她们爱闹一会儿好一会儿吵的性子，在年老舞客们的心中，她们还不懂得情义两字的。其实小姑娘岂是真的不懂情义，她们的情意无非不肯用在这班老者的身上罢了。所以年老舞客也断断不肯和小姑娘跳舞，他们心中认为二十四五岁外的女子最温柔，最有情义，谈谈说说也很配胃口。因为他们跳舞的目的，大都不在舞场里跳，而希望在席梦思上，所以对于那些小姑娘，自然是不大够劲的。

秋心、采苹第一天上舞厅伴舞，在她们是希望把位置排在一起，舞女大班因为不能把老娘位置移动，所以没有办法，把两人只好坐在齐巧相对的舞池边。在不上半个钟点之后，出人意外的，和秋心跳舞的人较采苹多。秋心计算着和自己跳过的舞客共有五个人，两个穿西服，三个穿中装，除了一个穿西服的是非常年轻的外，其余都是四十开外的亚尔曼。这一个年轻的男子看上去最多不过十八九岁，生得眉清目秀、唇红齿白，非常的俊美，尤其笑的时候，颊上还微透现了一个浅浅的酒窝，更令人感到可爱。他很会说话，和秋心跳过一支舞后，就问秋心道：

"你这位小姐贵姓？不知芳名叫什么？"

秋心道：

"我姓魏，名叫秋心，你先生尊姓？不知大号叫什么？"

那少年道：

"我姓蒋，名叫可生，魏小姐府上哪儿？听口音好像和我同乡。"

秋心道：

"是杭州城外的红叶村，蒋先生也是杭州人吗？"

可生含笑点了点头，就在这时候乐声停止了，大家遂各自分手归座。秋心才一坐下就有仆欧等在旁边拍她的肩胛，叫道：

"魏秋心，有人叫你坐台子呢。"

秋心听了，遂站起身子跟着仆欧到一个座桌前，见早有一个中服男子站在那儿相迎。他把手一摆，秋心含笑点点头，两人遂一同坐了下来。在喊过一杯清茶之后，那男子开了黄澄澄金烟盒送过一支烟来，笑道：

"魏小姐抽支烟。"

秋心听他已经知道自己姓魏，可见他是曾经问过我舞女大班的了，遂摇头笑道：

"我不会抽烟，你自己抽吧。"

说着伸手划了一根火柴给他燃烟卷，一面又笑问他贵姓大名。那男子见她可人，心头乐得什么似的，一面道声谢，一面做个自我介绍道：

"我名叫方一楼，上海本地人，现任大成银行经理，平日不常到舞厅玩的，今日偶然高兴，不料就碰见了魏小姐，那真是幸运得很。"

秋心听他这么说，心中由不得暗暗好笑，不过瞧了他圆粗手指上那只亮晶晶的钻戒，对于经理这句话，也许不是假的，遂也笑道：

"原来是方先生，久仰得很。"

方一楼听她口齿伶俐、态度诱人，只觉甜蜜万分，便又含笑问道：

"魏小姐到这儿做舞女不知有多少时候了，从前在什么地方的？"

秋心抿嘴笑道：

"不瞒方先生说，我做舞女实在还只有今天第一日，有什么不知的地方，还请方先生原谅、指教才好。"

方一楼忙道：

"你太客气，魏小姐从前想来是办事的吧？"

秋心遂也不得不撒个谎道：

"从前我在一家公司做职员，因为市面不好，公司缩小范围，所以就解散了。"

方一楼点头道：

"难怪我瞧魏小姐就不像是个做舞女的样子，那么你府上还有什么人？干吗要来做舞女呢？"

秋心听了，叹了一口气，秋波斜乜了他一眼说道：

"方先生不知道穷人的苦，为了吃饭那又有什么办法。家里的人也很多，有爸妈，有弟妹，好多个人吃饭呢，每个月开销很大，上海地方更是一天少不了钱的，你说是不是？"

方一楼点点头沉吟了一会儿，说道：

"二十三四岁差不多吗？"

秋心道："还大一些，我二十五岁了。"

方一楼听了，心中暗自盘算：看她的样子，好像真的还是初次做舞女，假使她真没有在舞厅中久混的话，她还没有染上舞女的恶习，趁早把她讨了去，倒是个很好的姨太太呢！这就望着她粉脸儿，微笑道：

"我想做舞女也不是个根本的出路，况且年纪一年年地增加，将来还是得不到一个归宿，所以看机会还是嫁个人好。"

秋心听他这么说，粉脸儿微微地一红，故意说道：

"方先生这话虽说的是，不过嫁人也有嫁人的困难。一则嫁了人后，对方是否肯负担我家庭中生活，一则男子都是喜新厌旧的多，当初是热情的，到后来也会忘记的。所以我也不想嫁什么人，趁如今积蓄一些钱，备老来的过活罢了。"

方一楼听她这几句话中，可并不是完全不想嫁人，无非她有着一份家庭之累罢了，于是忙道：

"魏小姐，这话也不能一概抹杀好人的，喜新厌旧都是那些小白脸的行为，假使女子要爱小白脸，就常常会吃这个苦头的。因为他们没有情义，总不及年纪老一些人心的忠厚，不会恶意遗弃的。魏小姐，不知你府上每月开销要几百元钱？"

秋心觉得他话中至少含有些作用，这就暗想：你难道要娶我回去吗？她向一楼脸上望了望，虽然年纪老一些，不过因为有钱人营养得好，所以精神还是很饱满，看上去也不过四十有零罢了，芳心未免一动。因为她也感到做舞女不是一个根本的办法，于是微笑道：

"我家开销至少要四五百元一个月。"

方一楼点点头，虽然他平日是嗜钱如命的，可是他在女子身上看钱就像粪土一般，说道：

"就说五百元一月的开销，那也不算十分的大。"

在一楼心中，虽然很想表白他一些爱上她的意思，不过今天是初次会面，立刻就谈到嫁娶问题还未免是太快一些儿了。况且魏小姐这人很有心计，她若没有经过良久的认识，恐怕也未必会答应我的。所以他说到这里顿了一顿，却没有再说下去，站起身子，转口说道：

"魏小姐，我们舞一次好吗？"

这当然没有不好的道理，于是秋心和一楼便到舞池里去了。从八点四十分到十一时半，秋心坐了三个钟点的台子，一楼买了一百元舞票，这数目当然也不算少。秋心很喜悦，她喜悦的倒并不是一楼阔绰，她想每夜有一百元舞票的话，不要说半年的时间，就是两个月的时期中，也可以把这一千元的债还清了。可怜秋心虽然只借了三百元钱，可是她心中却是日日担着不安哩！

方一楼在交舞票的时候，他有个小小的要求，说道：

"我想请魏小姐去吃些儿夜点心，不知你肯答应吗？"

秋心沉吟了一会儿笑道：

"不过我有一个妹子，要一块儿去的。"

方一楼笑道：

"那当然可以，不知是你的亲妹子吗？"

秋心点点头说：

"是的。"

这时音乐已成尾声，明天再会。舞女们挟了皮包，回家的回家，和客人吃点心的吃点心，跑旅社的跑旅社，纷纷走出新乐宫舞厅去。秋心嘱一楼候在门口，她便去叫采苹。采苹望着她笑道：

"这老头子大概想看中姐姐的了。"

秋心伸手去拧她嘴，娇嗔道：

"你这妮子，跟我开什么玩笑，妹妹跳多少票的？"

采苹一面含笑告饶，一面说道：

"四个舞客，每人买五元钱票子，一共是二十元票子。姐姐呢？"

秋心道：

"他一个人买给我一百元票子，还叫我吃点心去，我说有个妹妹要一同去的，他答应了。"

采苹笑道：

"那么我们今夜就有六十元的收入，一个月就有一千八百元，这笔债是稳稳可以还清的了。"

秋心道：

"只怕明夜就没有这许多，否则我们趁现在真可以积蓄一些。"

两人说着话，已到舞厅门口，只见一楼好像孝子一般候在门口，真有些毕恭毕敬的样子。秋心介绍道：

"方先生，这是我妹子采苹，这位就是大成银行经理方一楼先生。"

采苹向他弯了弯腰，含笑叫声方先生。方一楼见采苹的容貌比秋心更为绝丽，暗想：真不愧是一对姐妹花！虽然心中不免有些想入非非，但觉得采苹的年龄到底是太轻了一些了。于是他叫声二小姐，说道：

"我们上雪园去好吗？"

采苹听了，掀着酒窝儿一笑，故意向秋心一瞟说道：

"问姐姐吧，姐姐意思怎么样？"

秋心却白了她一眼笑道：

"好的。"

于是三人坐了汽车到雪园去消夜，姊妹俩回家的时候已经近子夜一时了。这晚，两人躺在板床上如何合得上眼，一会儿想这个舞客，一会儿想那个舞客，眼花缭乱，耳边听到的也是一阵一阵的音乐之声。大概是初做舞女的缘故，这两人是失眠了，直到三点敲过，方才沉沉地入梦乡里去。

第二天晚上，那个姓蒋的少年又来和秋心跳舞。秋心见他换了一套浅绿条子花呢西服、绯红银花点的领带，益发显得那副脸庞俊美得可爱，遂把秋波斜乜了他一眼说道：

"蒋先生，昨天很对不住你，你很早就回去了吧？"

蒋可生微笑道：

"没有关系，本当请你转台，后来因为生恐得罪了你的客人，所以我没有这样做。"

秋心道：

"这是蒋先生能够原谅我们做舞女的苦心，其实昨天那个也是个生客，还只有第一次认识呢。"

可生哦了一声说道：

"原来不是你的熟客人。"

秋心抿嘴笑道：

"做舞女也不过才从昨天开始哩，哪里就会有熟客人哩。"

可生望着她粉脸怔住了一会儿，问道：

"那么魏小姐从前不做舞女的吗？"

秋心叹了一口气说道：

"不是为了生活的压迫，谁又愿意干这种事情，也是没有办法呀。"

可生道：

"魏小姐，我很愿意多知道一些关于你的身世，不知你肯告诉我吗？你府上还有什么人，从前也念过书的吗？"

秋心道：

"书没有念过，不过我稍许认得几个字，家里除了一个妹子外，也没有什么人了。"

可生很表同情地道：

"那你们也真孤独得很，不知上海府上在哪儿，也能允许我来走走吗？"

秋心因为家中实在不成样子，所以微红了脸颊，摇头苦笑道：

"蒋先生，请不要生气，因为我家地方实在小得很，怕见不了客的。"

就在这时候，音乐又停止了，于是两人一笑也各自归座了。蒋可生回到座桌边，心中暗想：这一定是她说谎，我猜她因为我们还没有交情，所以不肯给我到她家里去罢了。于是吩咐仆欧，喊魏秋心坐台子，不料仆欧回来说已经有人请她在坐台子了，还没有上一分钟了。可生心中好不纳闷，于是向四周望了一眼，见秋心果然坐在一个身穿中服男子的身边，那男子不是别人，就是昨天的那个。不知怎么的，见了那老头子，心里就会有些酸溜溜的不受用，于是他忍熬了十分钟之后，便吩咐仆欧叫魏秋心转台子。仆欧答应，遂向方一楼那边来，向秋心告诉。秋心问是怎么样的客人，仆欧道：

"穿西服很年轻的。"

秋心明白是蒋可生，遂向一楼告了罪，便姗姗地走到可生的桌边来。可生忙请她坐下，问她喝柠檬茶还是喝汽水，秋心道：

"柠檬茶好了。"

仆欧在旁听着，遂匆匆去泡了。两人互相望了一会儿，秋心笑了，可生也笑起来，因问道：

"魏小姐，你笑什么?"

秋心道：

"我笑你实在还很年轻，在舞厅里只好做我们的小弟弟。"

可生红了红脸笑道：

"也不能算小了，我今年已二十岁啦，魏小姐青春多少?"

秋心暗想：他竟小了我五年，我俩是根本没有结成一对的可能，而且我也不忍心把一个已凋残的身子去迷惑人家一个年轻的男子。于是忙笑道：

"你比我小了五年，那你还不是我们的小弟弟吗?"

可生望着她粉脸，是有不相信的意思，笑道：

"你又骗我，谁相信你已经二十五岁了，我猜你最多也不过二十一二岁罢了。"

秋心咻地笑道：

"人家的年纪只有少说几岁的，我倒喜欢故意多上几岁吗?"

可生道：

"那么你真的是二十五岁了，不过你生得挺嫩脸的。"

秋心秋波逗了他一眼，却没有作答，抿嘴微微地笑。可生见她妩媚得可爱，遂拉了她的手儿一同到舞池里去，两人在舞池里有说有笑，颇显亲热的样子。这情景瞧在方一楼的眼里，心中真有说不出的妒恨。好容易又挨过了一刻钟后，他就买了三百元的舞票交给仆欧，拿到秋心的台子上来，说请秋心小姐再转过台子去。在舞场里，这情形就是所谓"扎台型"，把可生气得两颊有些发红，遂阻拦道：

"不！我们要到外面玩去了，他三百元舞票算压倒了人？哼！太看轻人家了。"

说着把手摸到皮夹里去取钞票，不料却被秋心拉住了，附着他耳朵低低地道：

"蒋先生，干吗为了赌气把钞票作孽，我喜欢说老实话，这种老头子，让他多花些钱不要紧，你又何苦来？反正往后日子长哩，你不用生气的。这样吧，我把妹子介绍给你好不好？我妹子比我真要好得多了。"

可生听她对自己说出这几句话，觉得她待我倒是有着一分真心的了，否则一个舞女怎么肯说这些话呢？舞客的钞票不是花得愈多愈好吗？一时倒也谅解她了，遂说道：

"你妹妹难道也在这儿做舞女吗？"

秋心见他脸色和平了许多，这才放心下来，点头笑道：

"是的，蒋先生，我把妹妹喊过来伴你好吗？"

可生摇摇头，向她挥了挥手说道：

"你只管去吧。"

秋心到此，却又不好意思走开去，遂含笑问道：

"你生了我的气吗？"

可生望她一眼笑道：

"没有，谁生你的气，只是我叫了你的妹子，你心中不吃醋？"

秋心笑道：

"这是我的亲妹子，那吃什么醋？只是瞧你的样子我觉得倒真的有些吃醋的了。"

可生忙道：

"那是什么话？你们应酬客人，这也是没有办法的事情。"

秋心笑道：

"既然你心中能够原谅我的苦衷，我当然很感激你。"

说着回头望着仆欧吩咐道：

"你把魏采苹去喊来吧。"

仆欧答应，匆匆地自去。不过一会儿，采苹婷婷地走着来了，秋心向她招了招手说道：

"妹妹你来，我给你介绍，这位是蒋可生先生，你伴着他谈一谈吧。"

采苹秋波向可生瞟了一眼，微微地弯了弯腰，含笑叫声蒋先生。可生这就不得不站起身子和她点头招呼，不料两人四目相接，大家都有个感觉：真是个美丽的人才！秋心笑道：

"我妹妹年纪轻，有什么不知道的地方，请蒋先生不要记她的气吧。"

说着，便欲回身走了。采苹忙道：

"姐姐，你到什么地方去呀？"

秋心回头道：

"是方先生叫我转台子呢。"

可生道：

"你姐姐红得发紫，可真忙得了不得，二小姐你请坐吧。"

采苹向他点了点头，两人遂坐了下来。可生细瞧采苹的芳容，真比秋心更艳丽着十分，一时暗想：秋心话倒是不虚，果然胜过她多多了。心中不免把爱秋心的一份情意，爱到采苹的身上去了，于是含笑问道：

"二小姐，你和秋心真的是亲姐妹吗？"

采苹秋波瞟了他一眼，露齿嫣然地一笑说道：

"蒋先生，你瞧我们脸蛋儿相像吗？"

因为这一句话，倒给予可生一个好机会，望着她粉脸瞧了一个够。倒把采苹瞧得难为情起来，眸珠一转，笑道：

"干吗望着我出神？"

可生在他瞧的时候，发现她左颊上和自己同样有个浅浅的酒窝，一时愈加疑了起来，笑道：

"二小姐，你不像你的姐姐，可是却有些像我呢！"

采苹听他这么说，撇了撇小嘴笑道：

"怎么我就像你？"

可生道：

"我颊上有个洞，你颊上也有个洞，还不是我的妹妹吗？"

采苹见他笑的时候，果然也有个浅浅的酒窝，这就笑道：

"你这人倒爱占便宜，只怕你只有给我做弟弟的资格吧？"

可生笑道：

"难道说我们是同年的？我不相信，你至多十八岁。"

采苹道：

"真的二十岁了，谁骗你？"

可生道：

"那么你几月里生日？"

采苹道：

"你问它做什么？我自己也忘了。"

可生笑道：

"说说也不要紧，难道怕我捉弄你不成？因为我们可以知道谁大谁小的了。"

采苹笑道：

"那么你先告诉我，你哪一月生的？"

可生道：

"我五月初五生的，齐巧是端午节。"

采苹道：

"这么说，你只有做弟弟的资格，我是三月十五日生的。"

可生不信似的道：

"你又骗我，难道说你真的比我大？"

采苹抿嘴笑道：

"你这话奇怪了，难道我只能比你小的？"

可生自己想想也笑起来，采苹逗他一个媚眼，也哧哧地笑了。可生站起来道：

"二小姐，我们舞一次。"

采苹点头，两人携手到舞池里去了。在舞池里，可生又问她道：

"二小姐，你府上还有什么人？"

采苹道：

"只有姐妹俩，没有什么人了。"

可生听了暗想：秋心对于这点倒并没有说谎。于是又道：

"你家住什么地方？我想来走走，你姐姐偏不肯告诉我，不知你肯不肯？"

采苹笑道：

"因为地方太小，实在很不好意思，我想再过两个月，让我们找到了房子，你再来玩吧。"

可生笑道：

"你们姐妹倒是一口气的，我想再两个月，当然我们也有一些交情的了，是不是？"

采苹笑道：

"那倒并不是，难道说现在我们就没有交情了不成？"

可生听她这样说，心里不免有些甜蜜的感觉，遂道：

"怕不见得，要如有交情的话，无论怎么的地方小，也没有关系的了。"

采苹不作答，向他憨笑了一会儿，方才说道：

"姐姐假使答应你，我终也可以答应你的，因为她没有告诉你，我若说给你听，她不是要骂我的吗？"

可生听她这几句话中，多少包含了一些柔情蜜意的成分，一时愈加爱到心头，遂笑道：

"那我也不为难你，反正两个月以后，你总应该告诉我的。"

采苹这句话，原也不过是推脱之意，想不到他就认了真，这就感到可生这个少年，倒也很痴情的。因为他具有一副吸引女性的脸庞，所以秋心和采苹心中都会激起一阵爱的波纹，遂点头道：

"好的，两个月后我一定可以告诉你。蒋先生，你还在读书吗？不知家里还有什么人？"

可生道：

"一个爸爸一个妈妈，别的也没有什么人了。我在青光大学念书，二小姐也念过书吗？"

采苹道：

"我不识字的，哪里还上过学校呢？"

可生道：

"你姐姐也认识字呢，你当然是更不必说了，我想像你那么的姑娘，一定是认识字的。"

采苹这回没有回答，却是憨然地娇笑着。

不多一会儿，音乐停了，两人遂携手归座了。可生望着她的娇容，很得意地点了点头，笑道：

"昨天我见了你姐姐，惊为天人，但今日见了妹妹，真叫我形容不出你是什么神仙境界里的人了。"

采苹撇了撇嘴，笑道：

"像我姐妹俩，也不过是庸脂俗粉罢了，哪里说得上什么天人、神仙境界里的人呢？"

可生道：

"二小姐，你也不必自谦了，假使说你们算为庸脂俗粉，那么普通这一班姑娘可说都是母夜叉了。"

采苹听他这么说，抿嘴忍不住笑出声音来。两人谈笑了一会儿，可生忽然见那边座上的秋心已经不见了，于是说道：

"二小姐，你的姐姐一定被这个姓方的客人带出去玩了，不知你也认识这个客人吗？"

采苹回眸去望，见果然已没有了秋心和方一楼的人了，于是说道：

"姓方的也只不过昨天才认识姐姐的，其实我们姐妹俩也是昨天开始做舞女，蒋先生和姐姐今天认识的吗？"

可生道：

"不，也是昨天认识的，我跳了她两次白舞，她就被这个姓方的叫去坐台子了。我想这姓方的这样醉心你姐姐，一定是爱上你的姐姐了。叫你姐姐自己留心些，因为这班年老的都是色中饿鬼一般的多，若不小心往往容易失足。"

采苹听他这样叮嘱，倒有些出乎意外，望着他点点头说道：

"谢谢你很关心我的姐姐，不过我姐姐也很老练，她大概不至于会上人家的当。"

可生笑道：

"那么你年纪很轻，千万要留心才好。"

采苹笑道：

"我吗？像我这么丑陋的女子，也许不会有人来看中我，所以这个我倒很放心。"

可生听了，把她纤手握了来，轻轻地抚摸了一会儿，微笑道：

"二小姐，可是我却偏看中了你，你相信吗？"

采苹道：

"我不相信，你不会看中我的，你不是已经看中我姐姐了吗？"

可生笑道：

"你姐姐比我大五岁，她说我只好做她的小弟弟，把你介绍给我，那不是明明叫我来爱上你吗？"

采苹把被握的手儿缩了回来，故意抬到后脑去拢了拢卷曲的长发，笑道：

"可是你是个大学生，我们是舞女，当然没有资格可以给你爱的。"

可生笑道：

"这是什么话？只怕你不肯接受我的爱，大学生和舞女不同样是个人吗？为什么你就没有资格呢？"

采苹笑了笑，却没有作答。两人在舞池里又舞了几回，因为时已十一时了，可生遂买舞票一百元交给采苹，并且央求道：

"二小姐，我们早走一步，一同去吃些儿点心好吗？"

采苹点头答应，遂去取了皮包，一同和可生走出舞厅去了。暮春的季节，天气已经是很温暖的了，夜风吹在两人的身上，只觉遍体皆爽，十分的舒适，采苹道：

"到什么地方去吃点心？我是一些儿也不饿，最好大家早些回去休息了。"

可生笑道：

"近些就在大陆咖啡室喝杯咖啡好不好？你不用害怕，回头送你到家好不好？"

采苹笑道：

"这哪敢当。"

两个人说着话，已到大陆咖啡室门口，于是走了进去，侍者招待入座。可生点了两杯牛奶、两客火腿吐司，一面向采苹说道：

"这些东西是吃不饱的……"

说时，在通明的灯光下瞧到她的粉脸，只觉容光焕发，其秀丽之气，难以笔述，因此说到这里，不再说下去，却是愕住了一会儿。采苹见他木然的神情，倒不禁暗暗好笑，遂瞅他一眼说道：

"你怎么又向我出神？难道我脸儿又变换了样子不成？"

可生道：

"不是我说句开玩笑的话，确实二小姐是太美丽了，一个美丽的姑娘，真令人有些百看不厌的妙处，所以我真爱永远地瞧着你。"

但采苹听了却逗给他一个妩媚的娇嗔。一会儿牛奶和吐司送了上来，两人遂吃了，采苹道：

"蒋先生，你这么晚回家，你爸妈倒不会责骂你吗？"

可生道：

"我是住在宿舍里的，爸妈根本不知道的。"

采苹道：

"没有人管束，但自己也得有个主意才好。我以为一个读书

132

时代的学生，总不能过分地荒唐才是，蒋先生，因为你是一个很好的青年，所以我这么劝告你两句，你听了可不要生气。"

可生从跳舞到现在，对于舞女会说这一些话，真的还是破题儿第一次听到，这就更加深深地感动了，点头道：

"二小姐是一片金玉良言，我感激还来不及，如何还会生气？二小姐，你真不愧是个时代的女性，若称你为舞女中佼佼者，那可真冤枉了你哩。"

采苹听他这么说，也由不得十分的喜悦，瞟他一眼，微微地笑了。从大陆咖啡馆走出，时已十二点了，可生要送她回家，采苹不答应，可生没有办法，只好给她讨了街车看着她跳上街车回去，他才自个儿到宿舍里去睡了。

采苹回到家里，一脚跨进了房门，谁知秋心比她早，竟先在房内了，于是含笑叫道：

"姐姐，怎么你早已回家了？"

秋心笑道：

"你和蒋先生可曾到什么地方去玩过吗？"

采苹摇头道：

"没有去玩过，坐到十一点钟，出来在咖啡馆里吃了点心就分手的。"

秋心笑道：

"他跟你谈些什么？"

采苹坐到桌边的方凳上，笑了一笑说道：

"他说那个姓方的一定在转姐姐的念头，叫姐姐千万留心一些，因为一不小心就有失足的危险。听他话中的意思，倒是挺关心姐姐的。"

秋心笑道：

"这话有趣，那么他自己倒是个好人吗？"

采苹一面把舞票取出，一面说道：

"既然他会说人家的不好，我想他总是不会贪欲的了，这一百元舞票是他买给我的。"

秋心接过，和她自己的放在一块，笑道：

"出人意外的，今晚得了四百元舞票，那真叫人欢喜。"

采苹道：

"方先生给你三百元票子吗？唔，我猜这人一定也存了不良的心了，姐姐，你们在哪儿玩呢？"

秋心道：

"他带我到伊文泰夜花园去坐了一会儿，要求我玩通宵，我装头痛，他没有办法，只好送我回来。"

说着两人都笑起来，因为时已不早，姐妹两个脱衣入睡了。在床上，秋心悄悄地又说道：

"妹妹，蒋先生和你同庚的，假使他果真有诚意爱上你的话，我想妹妹倒不妨答应了他。因为他是个大学生，而且又多么的俊美，和妹妹真是一对璧人呢。"

采苹红了两颊，嗯了一声说道：

"姐姐干吗说这些话，一则蒋先生是姐姐的客人，二则我是有夫之妇，如何还谈得上这些？"

秋心笑道：

"前面一个问题倒没有关系，难道姐姐还跟妹妹抢风不成？况且是我介绍给你的，我也早已存了几分的意思了。姐姐大了人家五年，人家也未必会真正爱上我，倒是妹妹和他同庚，正巧一对儿。至于后面一个问题，那就困难，假使克强还记着你，你当然不忍负他，倘若他已另娶了妻子，那么你也不必再提起他的了。"

采苹听了很是感伤，因此由不得暗暗地落了一会儿眼泪。

如此匆匆过了两月，这两个月中她们姐妹俩共得舞票竟有一万三千元之多，她们实收钞票五千五百元，先把房东李太太一千元债还清。因为有了钱，终不能再住叫花子窝似的屋子，于是姐妹两人在新新商城里订了一堂"勒客"打成的柚木家生，预备迁居了。李太太得此消息，大为吃惊，立刻向她们挽留，说情愿把自己住的那间统厢房让给她们。秋心暗想：一有了钱，就会有人来奉承，反正有好的房子，也就不必多此一举了，当时遂含笑说道：

"既然承蒙干娘答应把统厢房让给我们，那我们如何还有不喜欢的道理，但不知干娘要借多少房钱？"

李太太忙笑道：

"自己娘儿们，还谈得到什么房钱两字吗？不用说了，只要干女儿以后多照顾一些干娘也就是了。"

秋心知道这种人结交着，有好的地方也有坏的地方，不过做人总以圆滑为主，所以也不再谈房钱两字。从此没到两天，秋心和采苹便搬住在统厢房里，四面墙壁也都油漆过，兼之簇新的用具，所以格外觉得富丽堂皇，真好像新人的卧房一般。进屋的第一天，李太太还送馒头和糖糕，秋心于是也买对红烛点点，还叫了一桌筵席请邻居吃吃。那时李太太仿佛真是她们的亲娘一样，没有一件事情不给她们管到，口里只是干女儿长干女儿短地讨好，秋心采苹听了，也只好向她含笑敷衍。

经过了炎夏的季节，已是新秋的天气了。采苹这几天身子不好，时常头晕眼花、作呕吞酸，所以舞厅里没有去，睡在家中休养。这晚，秋心在舞厅里又被方一楼坐台子，在方一楼的言语之间，颇有娶秋心做小妾的意思。秋心因为是给他做小，所以很委决不下，当时她说道：

"我得回家和妹妹商量商量，妹妹会给我做主意的。"

一楼知道她是推脱之词，于是又诚恳地道：

"秋心，我喜欢说老实话，我今年也不过四十三岁，和你相差还不是十分的远。若怕我会嫌旧喜新，那我可以给你五万元的存款作为保证。况且我们也有三个多月的认识，你难道还不知我是个怎样的人吗？我妻子比我大四岁，她是个黄脸老婆子，除了吃斋念佛，什么事情都不管的。所以你可以放心，住在公馆也好，住在外面也好，随你心里的欢喜。"

秋心对于一楼，本来是毫无情感可言的，但他天天夜里叫自己坐台子，舞票不是三百元就是四百元。而且这三个月来，也从没有要自己去开旅社的意思，从这一点看，秋心知道他还不失是一个有人格的人。所以日子一久，也就慢慢地生出感情来了。因为秋心感到做舞女终也不是一个终身结局的办法，况且自己不是一个十六七岁的小姑娘，人老珠黄不值钱，还不如趁此找个归宿好呢，今听一楼这样说，心儿更加活动了，遂笑道：

"我住到你公馆里去，你太太不会和你吵闹吗？"

一楼道：

"我不是说她一些事情都不管我吗？说句笑话，我和她虽然是夫妇，一年也不知有几天同房呢！"

秋心红了脸颊，秋波斜乜一眼，抿嘴笑道：

"照你这么说，你在外面一定很荒唐的了。"

一楼忙正色道：

"那你别冤枉我了，并不是我说一句自相信自的话，我生平不贪女色，只是我的太太实在太像个木头人，所以我一些儿家庭乐趣都没有。虽然我有意思娶个小星，但是小星和妻子也差不多，因为我不喜欢把她视作玩物一样。不过找不到好的人才，老实说，我要是贪色的话，何至于到今日还不曾娶呢？因为有许多女子，都是只知享受，不知做人的道理。自从见了你以后，觉得你没有丝毫舞女的恶习，落落大方，仿佛大家闺秀，所以我一心要娶你回去给我家做一个主人，使我回家的时候也可以多一些儿安慰，不知你肯答应我吗？"

秋心听他这么说，便有了七分的愿意，遂又问道：

"那么你有几个孩子，都很大了吗？"

一楼道：

"一男一女，儿子还只有十岁，女儿倒有十五岁了，他们都还读着书，所以对你也没有多大的关系。"

秋心点点头说道：

"我明天给你一个回话好吗？"

一楼道：

"好的，我明天到你府上来吧，顺便也来望一望你的妹妹。"

秋心道：

"那么你上午来我家吃中饭。"

凭秋心这一句话，一楼就知道这件婚事已经是成功的了，因为秋心假使对我有恶感的话，她一定会拒绝我，至于叫我吃中午饭，这当然更谈不到的了。所以他心里这一欢喜，真是把脸上笑容没有平复过，连连答应说好。就在这时候，忽见蒋可生走过来，向秋心问道：

"大姐，二姐被人买票出去了吗？"

一楼和可生在秋心家中也碰见过好多次，因为已经明白他追求的是秋心妹子，所以两人也成了朋友，很是要好。当下招呼他一同坐下，先向他含笑告诉道：

"你二姐病了三四天了，你怎么有多天不来了？"

可生忙道：

"这也有趣，我生病也才好哩。不知二姐患的是什么病？"

秋心道：

"也不是什么大病，入秋的天气，时冷时热，大概总是受一些感冒所致。"

一楼笑道：

"你们同时患病，莫非患的是相思病吗？"

可生啐他一口，伸手拍了他一下肩胛，大家都不禁笑起来了。可生听采苹病了，本欲立刻就去探望，不过夜里望病人，在病人心中是很不吉利的。所以他又问道：

"我明天到你家去望望二姐。"

秋心笑道：

"很好，你们索性一同上午来，都在我家吃饭好了。"

可生知道一楼明天也去，于是点头答应。

今晚秋心回家，坐在采苹的床边，先问她身体怎么样？采苹道：

"好些了，不过我有些怀疑，好像有些……"

说到这里，脸儿一红，附着她耳朵低低地说了一阵。秋心听了这话，把手摸到她腹部上去，笑道：

"你几时和弟弟……"

采苹不待她说下去，立刻伸手捂住了她的嘴，说道：

"姐姐，你不要误会，这是克强的。"

秋心怔怔地道：

"克强的？你还记得临走那一夜里曾经和他……"

138

说到这里，忍不住先笑了起来。采苹粉脸涨得绯红的，羞涩地笑道：

"临走前三天……算来也有三个多月了，当初我还怕是生病，后来我瞧这吞酸作呕的样子，实在是很像是有孕了。"

秋心觉得采苹有了身孕，这事情就透着有些儿尴尬了，遂沉吟了一会儿说道：

"弟弟今晚来望你，说他已患了四天的病，今天才好了些，听你病着，他预备明天上午来望你。"

采苹对于可生的情分，本来也很有爱上他的意思，如今自己有了身孕，这就感到双方面都有为难的地方，因此叹了一口气说道：

"他对我的一番情意，我也只好辜负他的了。"

秋心叹道：

"这也真出人意外的，你会有了喜，那么照我的意思，你还是回到家庭去吧。"

采苹道：

"再说吧。"

这时阿妈端上一锅子面来给两人吃夜点心，在吃面的时候，秋心又把方一楼娶自己做妾的话，向采苹告诉，问妹妹的意思怎么样。

采苹听了，为秋心的终身着想，也觉得是嫁了人比较安定，遂点头说道：

"姐姐，我说一句老实话，像姐姐那么年龄，要再嫁个头婚的，实在也很困难，尤其在我们这一个环境里。一楼的年纪也不算大，人倒还爽直的，再说他娶你，完全是要你给他当家去，和普通一班人娶姨太太作为玩物不可同日而语。所以我劝姐姐还是答应了他，因为此刻不嫁人找个归宿，将来年纪再老一些，恐怕就更难的了。"

秋心自己原也早已默许，今天采苹也赞同，便很欢喜地笑了一笑，说道：

"假使我嫁了一楼，妹妹也不必再做舞女了，最好写信给克强，叫他出来一次，见见面，把误会说说明白。否则你就住到一楼那里去，我们也有个伴儿。"

采苹道：

"姐姐叫我一同过去，我虽然很感激你，不过情理上似乎不大好意思。至于写信去告诉克强，但克强到底存的什么心我又不知道，假使他不理睬我，那不是反被他取笑吗？"

秋心道：

"我想克强绝不是那种没情没义的人，本来我原劝你索性和他分手，如今你有了身孕，那么倒希望你们能够夫妇重圆了。因为在你们两小口子，原没有什么破裂的地方，都是断命老太婆把你们硬生生地拆散。"

采苹听了她末后这两句话，倒又害得她暗暗地伤心了一会儿。

第二天上午十一点左右，秋心亲自忙着烧菜，阿妈给她做下手。采苹原想起床帮秋心做菜，但被秋心劝住了，所以只好依旧靠在床上休养。不多一会儿，方一楼买了许多礼物光临了，秋心迎入房中，笑道：

"还是你早些儿，买了这些干什么？我烧菜没得闲，你和妹妹聊天去吧。"

一楼望了她笑道：

"又累忙你了。"

说着便走到里厢房，采苹笑叫道：

"姐夫，为了你来吃饭，看我姐姐七点钟就起床起身上菜市场去了，直忙到现在呢。"

一楼听她喊姐夫，可见这事情是成功的，便乐得耸了两耸肩胛笑道：

"二妹，你今天好多了，你的达令今天也来望你呢！"

一面说，一面把许多礼物放到桌子上去。采苹红晕了娇靥，呸了他一声，还逗给他一个妩媚，接着又笑道：

"你买了这许多东西是送姐姐的吗?"

一楼道：

"不，是送给二妹的，这是听头红烧牛肉，这是福建肉松，你病后开胃，吃起来一定更有味儿呢！"

采苹笑道："你倒是真应该孝敬孝敬我，昨夜我向姐姐就劝了许多的话。"

说着又逗给他一个顽皮的媚眼。一楼听了，遂向她深深地鞠了一个躬，笑道：

"这当然全赖二妹的大力，我心中感激着是了。"

这时阿妈进来倒茶，一楼便退到桌旁去坐下了。在十一点三刻的时候，秋心方才忙舒齐了进来，说道：

"弟弟不知为什么还没有来，难道他有别的事情了吗?"

采苹道：

"管他来不来，我们先吃饭了吧，肚子真有些饿了。"

秋心笑道：

"你这妮子又自说自话的，人家说定来，终会来的，况且十二点还没有到哩。"

一楼笑道：

"二妹怕可生另约了女朋友玩去了，所以她才不高兴。"

采苹说道：

"你又吃人家豆腐了。"

正说时，可生手里捧了一束鲜花匆匆地进来了。一楼瞧见就笑道：

"可生，你要如再不来，二妹就要发脾气了。"

可生笑道：

"我一下课就来的，还说不快吗？"

采苹方知他是在上课，一时倒又爱怜他起来，秋波瞟了他一眼，抿嘴嫣然地笑道：

"你听他胡说。"

可生把鲜花插在床边的花瓶里，望着采苹的粉脸微笑道：

"二姐，你今天好些了？真奇怪，我也生了四天的病哩。"

采苹点头笑道：

"好些了。你患的什么病？"

一楼接着笑道：

"他患的相思病，我昨天就说过。"

可生、采苹红了粉脸，忍不住也都笑了。这里秋心吩咐阿妈摆上杯子筷子，把烧好的菜端出，一面又向采苹说道：

"妹妹，你别赖在床上了，起来一块儿吃饭吧。"

采苹道：

"你们吃好了，我等一会儿。"

秋心噗的一声笑道：

"才你不是说饿了吗？这会儿却又不想吃了，那算什么意思？"

采苹听了，遂掀开被子跳下床来，两手拢了拢头发，笑道：

"瞧我睡得像个什么样儿。"

秋心笑道：

"像个病西施，怪惹人爱怜的。"

说着，阿妈已在小玻璃杯里倒了葡萄酒，请四位入席了。这一餐饭大家吃得很高兴，尤其秋心、一楼的心中，更觉有些甜蜜的滋味。饭后大家梳洗完毕，用过了茶，一楼笑道：

"二妹若完全好了，别躲在家中，我们一同出去玩玩。"

采苹笑道：

"我懒得走，你和姐姐一块儿去玩好了。"

一楼笑道：

"这话有意思，给二妹、弟弟留在家中谈情话，这是好的，我们一定成全你们。秋心，快些儿走吧，别叫二妹赶了。"

采苹啐了他一口，笑道：

"自己要和姐姐谈爱情去，偏推在我们的身上，那可不是笑话？"

可生笑道：

"本来我要跟他们玩去，现在我也成全了他们。"

大家听了，早又笑了起来。秋心一方面固然给可生采苹好谈心，一方面自己也确实要和一楼好好谈一谈，所以她披上维也纳的单大衣，真和一楼走出去了。两人一走，房中只剩了可生和采苹两个人，采苹似乎倦怠，把身子又靠到床栏旁去，秋波向他瞟了一眼，说道：

"弟弟，你下午还有课吧？还是上课去，别荒废了课，叫我心中不安呢。"

可生摇摇头道：

"我下午真的没有课，二姐，你很疲乏吧？躺一会儿，我伴着你谈话，也好解个闷儿。"

采苹笑道：

"弟弟，你待我真好！"

可生也笑道：

"姐姐待我不是也好吗？不知怎么的，我今天本来有些愁闷，但一见到了姐姐，我心里就会欢喜的。"

采苹红晕了两颊，逗给他一个媚眼，却是微微地笑了。过了一会儿，采苹又道：

"弟弟，姐姐就要嫁给一楼了，你知道吗？"

可生道：

"真的吗？当初我以为一楼这人不好，现在看起来，倒也很不错。那么姐姐嫁给一楼，妹妹不是也可以嫁给我了吗？"

可生虽然是说笑话，可是他心中却是真有这么的希望。采苹见他满脸堆笑的神气，不禁叹了一声，摇头道：

"我和你也许是没有缘分吧。"

可生猛可听了这句话，他急了起来，遂站起身子走到床沿边坐下了，握了采苹的手儿，急道：

"二姐，你这是什么话？难道你另外爱上了别人吗？"

采苹明眸望着他失望的脸容，低低地道：

"弟弟，我告诉你，我是一个已经有丈夫的妇人了呀，如何还能和弟弟结婚呢？"

可生听了这话，真是不甚奇怪，忙又问道：

"那么你的丈夫在哪儿？难道你姐姐倒还不曾结过婚吗？"

采苹又叹了一口气，说道：

"我老实告诉你，我们不是亲姐妹，我姓胡，她姓魏，原是表姐妹。表姐是个寡妇，我因为受不了婆婆的虐待，所以负气出走的，你现在总可以明白了。"

可生听了这些话后，他额角上的汗点，便像雨一般落下来，定住了眼睛，好像失了知觉的模样。采苹见了他这木然的神情，倒又害怕起来，纤手摇撼着他的肩胛，急急地道：

"弟弟！弟弟！你怎么了？你疯了吗？"

可生这才落下泪水来，哽咽着道：

"这消息像晴天中起了一个霹雳，姐姐，我真的要疯起来了。那么……你……预备回婆家去了吗？并非我要拆散你们的姻缘，假使你丈夫是个不知情义的男子，那么请你忘记了他，我不管你是个已嫁人的女子，我心里总要爱上你。姐姐，你不知也能可怜我一片痴情吗？"

说到这里，泪如雨下。采苹被他这么一来，芳心也觉得悲酸万分，眼皮发红，泪水涌了上来，说道：

"弟弟，你的情意我是终身都记在心里，只是我不但有了丈夫，而且已有了身孕。这是在我出走前三天的晚上，唉！我虽然恨丈夫，但偏在我腹中又有了个孽障，你想这事怎的好？"

可生这才恍然了，他明白采苹生病的原因。他觉得这三个月来自己幻想的美梦，已被今天这一刹那击得粉碎了，于是他含了眼泪，木然地出了一会儿神。忽然他又握紧了采苹的纤手说道：

"二姐，你就忘了你的丈夫，你就可怜我，不管你有无身孕，我总要爱你，和你做个永久的伴侣，你就答应我吧！"

采苹听他这么说，一颗芳心由不得怦的一动，在她再三考虑之下，觉得事实上断断难以成功的，于是又柔和地道：

"弟弟，你是一个有才有貌的青年，前途的光明，真未可限量，我如何能把已嫁过人的残躯再来玷污你的清白？这在你固然是不值得，在我也是心有未忍。况且你纵然愿意娶我，而你父母也是不肯答应的，为了我一个女子，使你们家庭发生感情破裂的事情，这叫我良心上如何说得过去？这是为你着想，我觉得无论如何不可以。若为我着想，我和婆婆虽然赌了气，不过丈夫待我实在不算错。假使没有身孕的话，我和他分手倒还没有什么痕迹，如今我有了孕，若背他再嫁他人，那叫我良心上实在说不过去。所以我再三思忖，觉得我俩实在没有结合的希望。弟弟，请你原谅我的苦衷，你就忘了我吧！"

不料可生倒在采苹的怀中，却是呜咽地哭了起来。采苹到此，也不免落了许多的眼泪，说道：

"弟弟，以你这么的人才，难道还找不到一个才貌卓绝的姑娘吗？所以你是不用伤心的。"

可生泣道：

"既知今日，何必有当初的相爱，姐姐害得我太痛苦一些了。"

采苹也泣道：

"在当初我原不知会有身孕的，唉！弟弟，你心中痛苦，我又何尝不痛苦呢？"

可生遂坐正了身子，泪眼盈盈地望着她娇容，说道：

"姐姐，假使你丈夫不收留你的话，那么请你答应我继续地爱你。"

采苹也觉得可生是痴情到了极点，一时感入骨髓，情不自禁地抱着可生的脖子哭了起来。两人哭了一会儿，可生才收束了泪痕，向她说道：

"姐姐，我俩虽不结成夫妻的爱，不过我们姐弟的爱还是可以继续下去，所以我绝不因得不到姐姐做妻子而转变了爱的方针，我相信，我始终是爱姐姐的。"

采苹感动极了，她的眼泪就像泉水一般地落了下来，哽咽着泣道：

"弟弟，我也始终爱你到底的，我以为爱的范围极广，夫妇的爱也无非多一种肉欲之爱罢了。"

可生点头道：

"是的，我不再伤心了，那么姐姐别哭了。"

两人经过这一度谈话之后，彼此反而益发亲爱起来。从此采苹不能再上舞厅去了，秋心因为自己要嫁给一楼，对于采苹的生活问题自然很担忧，所以竭力叫采苹和她一同到一楼家中去住。采苹不肯答应，说三个月舞票所得尚多余着几百元钱，节省些也可以度过一些日子。秋心没有办法，只好把自己存的几百元钱也交给采苹，并且向一楼要求，能够每月津贴采苹三百元钱。一楼笑道：

"从前你骗我家里有爸妈弟妹，需要五百元一月开销，如今既没有了爸妈，怎么又要三百元津贴你妹子呢？"

秋心嗔道：

"你又舍不得了，譬如多给我三百元用，那算得了什么？"

一楼道：

"我倒并非舍不得，因为你妹子一个人住在外面，也不是个道理，何不也住到我家来，这样你们姐妹也有个照顾。"

秋心道：

"我早和她说过，但是她偏又不答应。"

一楼道：

"既如此，也只得照你办吧。"

秋心听他答应，遂很欢喜来告诉采苹。谁知采苹却回绝道：

"姐姐，你假使把节省下来的钱帮助我，我是多少不论都接

147

受的，只是叫姐夫每月给我三百元钱，我可不好意思收受，所以姐姐这份美意，妹妹心领，谢谢是了。"

秋心听了这话，深感采苹的高傲，一时也不强劝，只说她知道了。回去和一楼说知，一楼也暗自惊叹，便叫秋心每个月私下给她是了。秋心听一楼颇具真性，于是也就点头说好。

秋心自嫁一楼后，便住在公馆里和一楼太太同在一起，好在一楼太太真的不管闲事，所以两人倒也没有什么争风吃醋的事情。至于一楼两个儿女，因为秋心生得和蔼可亲，因此日子一久，反而比自己母亲更熟络起来。一楼自然十分欢喜，所以把秋心愈加疼爱了。秋心抽空的时候，总买些食品去望望采苹。采苹的意思，把阿妈歇了，也可以节省些，秋心却一定不肯给她歇去，说：

"妹妹的生活，我无论如何总可以负担的，你自己凸了肚子，还可以干活吗？"

一面又问可生可常常来，采苹道：

"他昨天才来过，他说每个月也给我二百元钱用，姐姐，你想我不是反而享福了吗？"

秋心笑道：

"可生既知道了你底细之后，他还是不改变初衷地爱护你，可知这孩子也真是个痴心的人了。"

采苹听了没有回答，却深深地叹了一口气说道：

"一晃已半年多了，这日子也不知怎么过去的。"

正说时，忽然间可生匆匆地又来了，他手里还拿了一份报纸说道：

"大姐也在吗？你们快瞧瞧这《杭州报》上的一则启事是怎么一回事？"

秋心听了，忙伸手接过，和采苹一同并头细瞧，只见一则启事用红墨水圈出，于是大家念道：

张克强与妻胡采苹脱离夫妇关系之启事：

强妻采苹于春间携带贵重饰物，跟人卷逃，至今已半载有余，杳无音信，仿佛石沉大海。强在不可忍耐之下，特此声明，自即日起，脱离夫妇关系，此后男婚女嫁，均听自由，各不相涉。二十四年十月十六日登载。

采苹瞧毕这则启事之后，她气得手足冰冷，全身发抖，两颊由红变青，由青变白，霍的一声，她的身子竟向后厥倒下去了。秋心这就抱着她身子连连叫喊，好一会儿后，采苹才哇的一声哭出声音来。可生忙倒了一杯开水，亲自拿到采苹的面前，连骂着自己道：

"唉，这是我的该死，我如何把这消息来告诉二姐知道呢。二姐，你快不要难受，先喝口茶定定心吧。"

采苹摇摇头，却哭着道：

"姐姐，你瞧克强心肠毒不毒，他不登报找寻，却登报声明脱离，还冤枉我携带贵重首饰跟人卷逃，这样血口喷人，简直恩断义绝，他无非欺我没有爹娘罢了……"

说到这里，却又哭泣不止。秋心听了也觉得悲酸，因此泪下如雨，过了一会儿才拍着她的肩胛安慰道：

"妹妹，克强既然无情如此，你还伤心什么？自己身体保重要紧，本来你还不能忘情于他，现在你倒可以死了一条心。"

采苹停止了哭泣，不觉愤恨已极，遂说道：

"早知如此，我就把那胎打去了，免得多留了一个痕迹。"

秋心笑道：

"这是你一时的愤激之语，其实孩子有什么罪，你要残害他的生命？况且你也要顾虑自己的身子呢！"

说着回头又向可生道：

"劳驾，叫阿妈倒洗脸水来吧。"

可生道：

"不用叫阿妈，我来倒好了。"

说时，放了茶杯，把热水瓶倒在面盆内，放了西湖毛巾，拧干了交到秋心手中。秋心给采苹拭了拭眼泪，笑道：

"妹妹，你家用了这么一个少爷派的茶房了，你还伤心什么？"

采苹秋波向可生掠了一下，四目相接的时候，两人就不约而同咪的一声笑出来了。从此以后，可生又展现了一线新的希望，他向采苹表示，虽然采苹是人家的弃妇，而且又是个有孩子的母亲，他也总可以不顾一切地来爱上她。不过在采苹心中，却不愿把自己一个已凋残的女子，去玷污他一个有作为、有才貌的青年。

光阴如水一般流去，不知不觉已到了第二年初春的天气了，不过春寒尚不减于冬冷，因为近几天还会落了一场大雪。采苹屈指算来，她已是到了分娩这个月了。在上一个月，可生和秋心已给她在美伦产科医院里订好了房间，而且也给一位美国女医师看过了脉息，说胎儿很好，分娩那天送到医院里好了。这天是月之十五，采苹正在干针活，突然腹部痛起来，知道要分娩了，可是家里只有一个老妈子。秋心昨天还在采苹家里，说这几天大概不会养的，谁料今天偏腹痛起来。采苹正欲着阿妈打电话给秋心，谁知可生匆匆来了。他一见采苹坐在床上，两手按了腹部，涨红了脸呻吟的神情，遂忙问道：

"二姐，怎么肚子痛了吗?"

采苹痛得说不出话，只是连连地哼了两声。可生于是急急地奔到楼下，在弄口叫了一辆出差汽车，一面上楼来和阿妈把采苹扶了下去，跳上汽车，直开到美伦医院里去了。

汽车到院，把采苹送入特等产房，经过美国女医生的诊视后，说还不曾到落地的时候。采苹因为一个人害怕，所以叫可生打电话去告诉秋心。秋心一听这个消息，立刻急急地赶到医院。待秋心赶到医院，只见可生脸色惨白地站在产房门口，向她说道：

"大姐，二姐竟难产了，医生正在施用手术。"

秋心听了这话，也是心头乱跳，不料这时房门开处，一个看护神色很慌张地奔出来，叫医役连拿氧气管子来。秋心、可生也不知氧气管子有什么用处，不过看她脸部神色，显然是很危险的，一时两人的心儿几乎要跳到口腔外面来。尤其是可生，他差不多要哭了，两人不管一切地要奔进去瞧，却又被看护拦住了，说：

"不要紧，你们还是别进去好。"

这儿医役扛了氧气管子到病房，可生、秋心眼瞧他们把产房的门又合上了，这时两人站在门口，真所谓像热锅上的蚂蚁一样，那颗心好像是悬宕着，没有一分钟是安静的。秋心抬头见对面是个礼拜堂，于是她想到这是一个教会医院，她闭了眼睛，向着礼拜堂暗暗地祈祷着：求你主耶稣保佑我的采苹平安无事吧！这回约莫经过半小时之后，秋心、可生忽然耳中听到一阵婴孩的啼哭声，好像是在产房里播送。接着产房门又开了，看护小姐脸有喜色地出来，向两人招了招手，说道：

"好危险，若不是富医生手术快，恐怕母子都危险的了，现在母子平安，那真是幸运哪！"

可生、秋心听了这话，心中好像落了一块大石，全身都感到轻松了许多，于是满堆了笑容，一同走进产房。只见采苹躺在床上脸色淡白，一丝血气都没有。她见了两人，心头似乎得到了十分的安慰，浅浅的酒窝一掀，微微地笑了。在这笑的成分中，至少是包含了这一层意思：我是越过生命线了，我是做了孩子的母亲了。秋心走到床边，叫声妹妹，采苹欲开口说话，却被美国医生阻止了。这里可生和富医生用英语接谈之下，方知采苹流血过多，曾经一度昏厥，用氧气呼吸过来的。并且又说过几天需要接血，因为产妇亏血很厉害。可生点头说好，回头见采苹正望着自己笑，于是也报之以微笑，说道：

"富医生说你要接血，我想把我的血输给二姐吧。"

看护在旁边听了，笑道：

"密斯胡可是密斯脱蒋的夫人？否则接血是不中用的。"

可生原是忘其所以，被看护这么一提醒，方才记起了，不免红了脸说道：

"不，但是我们可以验验，也许都是 A 型的，那不是也可能的吗？"

看护笑道：

"不过蒋先生也不是强健的身子，只怕你受不了。中华慈善救济会原有专门输血的人，反正你们有钱，不是可以出一些代价吗？"

秋心也道：

"是的，出一些代价得了，弟弟这么的身子，如何还能抽血。"

采苹明眸脉脉地向可生凝望了一会儿，表示无限感激的意思，有气没力地说道：

"弟弟虽有这个存心，我也不忍心要的。"

这时天色已夜，秋心决定在这儿做伴，叫可生打个电话给一楼。一楼知道了，第二天也来瞧望采苹。过了一星期，采苹已经接过两次血，人的气色已好了许多，而且胃口也开。秋心每天烧了鸡肉、鱼等菜来给采苹补营养，因此乳水也很多。到满月出院的那一天，采苹和她的爱儿，两人真白胖得怪令人可爱的。这次采苹做产的费用一共用去两千多元，可生拿来八百元，其余都是秋心向一楼平日取的积蓄，所以采苹对于秋心、可生当然感激得仿佛是个重生父母一样了。

似水流光，不停地逝去，转眼之间又是草长莺飞、鸟语花香三月中旬的艳阳天了。采苹分娩至今，匆匆已有三月，在这三个月中，采苹睹儿思父，总觉十分伤心。可生虽有相爱之意，但采苹总不能把自己一妇人之身体，而再嫁与可生，所以两人在一块谈到后来，免不得又哭了一场。

这天，可生又到采苹的家里去，见采苹哄睡了孩子光辉，于是拉了采苹的手儿一同走到窗边，笑道：

"二姐，我真感到奇怪，你为什么不答应我的爱你？那么你难道预备终身不再嫁人了吗？你不见克强报上登的启事，此后男婚女嫁，听凭自由，各不相涉。从这一点看，可见克强一定已另娶了别个女子。那么二姐难道甘心为这个没情没义的人守一辈子吗？这似乎太不值得了，不但不值得，而且太傻了呀！"

采苹听他这么说，不禁又淌下泪水来，叹道：

"弟弟，以你待我的情分而言，我真应该一生来报答你才是，不过我们中国的女子被几千年来的旧礼教所束缚，好像一个女子

153

总似乎应该首重贞洁，这才是最光荣的美德。但是我的意思倒并不是为了我自己，我完全是为了你的前途着想，觉得我们总不应有结合的事实。你是一个很有希望的青年，若娶了我一个弃妇做妻子，这难免要被外界所笑，这样会影响你的名誉，所以我实在不忍心爱你。弟弟，我并非不爱你，我正因为爱你而不敢爱你，按诸实际，还不是真正爱你的缘故吗?"

可生听她这么说，猛可把她的身子抱住了，叫道:

"二姐，你这话错了，死了丈夫而再嫁的女子，这也不是一件不贞洁的事，何况你是被丈夫遗弃的呢? 贞洁与不贞洁，如何解说? 有丈夫的女子再和人家发生关系，这是不贞洁，若是正大光明地再嫁，这岂可以说是不贞洁呢? 女子倘使不能再嫁，那男子就不能续弦，至于娶妾一事，更属无理之至了。若说我的名誉和事业关系，那你愈加不必放在心上，只要我们的爱能够如愿以偿，无论外界怎么地指摘，我也是不闻不问的了。"

采苹道:

"那么，你父母是否有问题的?"

可生道:

"绝对没有问题，你放心好了。"

采苹沉吟了一会儿说道:

"那么给我再考虑几天回答你好吗?"

可生知道她已有一半答应，心里欢喜，遂情不自禁地低下头去，在她小嘴儿上接了一个甜蜜的长吻。采苹却红晕了两颊，逗给他一个妩媚的娇嗔。

这天可生回校，心里真有说不出的兴奋和甜蜜，他吹着口哨连蹦带跳地回到校中。在到校门口的时候，脚儿踢到了一本厚厚的书籍，拾起来一看，见书面上写着"沈爱娜"三个娟秀的钢笔字。可生知道一定是校中女同学遗落的，遂拿了进去，预备放到遗物箱中去。不料迎面匆匆走来一个很美丽的摩登女郎，向可生笑吟吟地道：

"对不起，你手中那本书可是沈爱娜的名字吗？这是我刚才遗落在校门口的。"

第五章 故媳纠纷重演旧剧

"沈爱娜"这三个字在阅者耳中听来，似乎还很熟悉，当然大家都知道她是张克强娶的新夫人，但是她怎么又会到上海来读书了呢？说起来其中少不得有个缘故。

大凡一个人在初次见面的时候，他或她的脾气都会改变得十分温情的，使对方只晓得他或她是一个温文的少年或者是一个多情的少女。然而日子一久，大家少不得就要拿出他或她的老脾气来了。尤其是男女两性结婚以后，彼此更会使性子、发脾气，因此婚前恩爱得像对亲家，而婚后又往往变成一对冤家似的。这在现代社会上，更是常可以发现的情形。所以男女两性的结合，非要经过久长时间的认识，那么才会有美满的家庭。在美国，有人提倡试婚制度，就是给男女两性实行夫妇同居的生活。不过诸位要明白，他们实行的是夫妇在家庭中共同合作的生活，对于性生活是绝对禁止的。这制度是给两性实地实验一下，假使婚后是否还是和婚前一样的恩爱和美满，所以我认为这是一个绝好的制度。然而这制度却不容易实行，正因为人是性的动物，男女俩已经同居在一室，还有谁能保持这样高尚的美德，而完全彼此地清白呢？所以制度虽好，却难以实行。

沈爱娜见到了克强之后，因为克强脸蛋儿是俊美的，身材是强健的，这样一个男子，自然容易博得女子的欢心，所以她是一心要爱上他，希望和克强结成一对永久的伴侣。在一心爱上克强的时候，爱娜的脾气当然格外显得温柔，手腕也运用得特别的妩媚。克强自从采苹出走之后，是过了半年多的孤独生活，假使没有结过婚的少年，就是过十年孤独生活，他也满不在乎。现在他每夜独拥绣衾的时候，想到往日和爱妻柔情绵绵的情景，他心中是感到多么的痛苦，被爱娜的热情这么一灌溉，因此他终于慢慢地答应了爱娜的要求。

两人结了婚，心中固然是快乐，就是张老太的心中也欢喜得不知如何是好。她认为现在是娶了一个有貌有才学的好媳妇了，所以她是无限满意。新婚后的三天，爱娜大早晨起来，必定先到张老太房中去问安、倒茶，张老太赞美她有规矩，逢人便说媳妇好，又聪明又美貌，真正叫人欢喜。隔壁邻居们听张老太居然说起媳妇好来，可见这媳妇是真正的好了。有爱抬城隍庙的邻居，总要说几句恭维的话，羡慕老太太真好福气，明年说不定就可以抱孙子了。老太太听了这句话，真是中在自己的心眼上，这就把那张瘪嘴笑得合不拢来了。

过了三天以后，爱娜就觉得天天早上要问安、倒茶，这究竟是一件太麻烦的事，所以她就叫随嫁丫鬟阿英代替了自己的职务。张老太起初还道是爱娜偶然不舒服，所以也不介意。后来天天都是阿英来倒茶，她方才知道爱娜是再也不会来端茶给自己吃了。在乡村那些老年人的心中，以为娶了媳妇之后，每天给自己倒一碗茶，这是最大的规矩。在自己的心中，也似乎是件最欢喜、最安慰的事情。现在爱娜只给自己倒了三早晨的茶，她心中当然是很生气，觉得和采苹比较，她更没有规矩。意欲向人家诉说媳妇的不好，但是前几天把媳妇好的话已经说了出去，这样反复无常的，未免太矛盾，而且被人家听了也觉得笑话。所以张老

157

太心中这个苦楚不但不能向外界宣布，就是克强的面前，也不好说一句。因为这段婚姻克强原竭力地反对，完全是自己给他一手包办的，而且还只管赞美爱娜如何有礼貌，如何有教养，只向克强说了一大套。现在一结婚后便要向儿子说媳妇的不是，这叫自己怎么能说得出来。在这一个情景之下，老太太真仿佛是哑子吃黄连，有苦没处诉。

爱娜本来是个放荡热情的姑娘，兼之家中已娇养惯，什么事情都需要享受。常言道：江山易改，秉性难移。所以不上半个月后，她的老脾气又拿出来了。婚后的几天，春冷实不亚于冬寒，所以爱娜每天早晨非九时敲过后不能起床。在往常，克强总有采苹服侍他起床漱洗，有时候还给他穿衣服、系皮鞋带，不过现在这个享受是没有的了。而且克强终比爱娜还起得早，因为他在九点之前是要到学校里教书去的，阿英端进早饭的时候，还需要克强去叫醒她一同吃饭。在这个情形下，克强心中少不得有个感触，这感触在未结婚之前，他原是早在意料之中的，所以他心中是非常怨恨。但他倒并非怨恨爱娜，因为爱娜是在这种环境里生长的，她当然是这样的脾气。他怨恨的还是母亲，母亲一定要拉成这头婚姻，他觉得母亲是害了他的终身了。因此张老太虽然对克强有怨爱娜不懂规矩的时候，他也绝对不会同情母亲，而且还要反冲撞她道：

"这个媳妇比采苹到底好得多了。"

张老太听了儿子这一句话的时候，她心里就会感到一阵痛苦，因此往往淌下泪来，但她还没有想到采苹的好处，也只会叹息着一个不如一个了。

克强虽然感到爱娜究竟不及采苹好得多，不过他到底也有温柔的收获。因为爱娜是热情的，所以克强有时候也会拜倒在她的旗袍脚下。爱娜见丈夫宠爱自己，于是更加撒痴撒娇，久而久之，倒变成了一个怕字了。但小夫妻间的怕，至少还带有些顽皮的成分，还不是真正的怕，完全是外表的怕。比方说，爱娜在早晨起来，她伸了一只脚，叫克强给她穿袜子，克强因为妻子具有一副媚人的脸蛋，他心中认为这举动是她可爱的地方，所以他甘心情愿地给爱娜穿袜子。不过在穿好袜子之后，他至少有个甜蜜的收获，不是抱了她吻个香，就是在她小嘴儿上接个吻。这情形倒并非是怕，实际上说，是闺房之中小夫妻调情的乐事。张敝所谓闺房之乐，有甚于画眉者，所以小夫妻在闺房中的一切，都算不了一回稀奇的事。

不料这情景有时候齐巧被张老太进来撞见了，她认为这是一件了不得的可耻的事情，所以在邻居那儿就告诉说，他儿子再不会有出息了，竟会给妻子穿袜子，过几天不是还可以给妻子倒便桶了吗？只是张老太不想想，自己清早就到儿媳妇房中去，这实在是件错了的事情，可是她不怨自己的不识趣，反怨儿子没有出息。被她这么一宣传，外界就当作笑话讲，这班妇女们又是挺爱管天下事的，而且还爱加些作料上去，穿袜子而误传了穿裤子，这一来真叫人笑痛了肚子。事有凑巧，爱娜这天到文娟家里去玩，听屋子里王家婶娘、李家大嫂正在大谈其张大哥给新嫂子早晨穿袜子的风流事，一见了爱娜，众人又都笑起来。文娟倒弄得好没意思的，忙站起向爱娜招呼。爱娜绯红了两颊，故作不听见的，还问道：

"你们在说什么事情，这样的好笑，也说给我听一听，让我笑一阵子。"

李家嫂嫂还以为她真的没有听见，因为她生平善于戏谑，这就笑道：

"张大嫂，我告诉你，西村有份人家，新婚才不久，两口子真恩爱得异乎寻常，叫人发噱的，连新嫂嫂袜子、裤子每天都是做丈夫穿的呢！你想不是好笑吗？"

　　人家听了又笑起来，只有文娟却没有笑，她已经瞧出爱娜的脸有些生气的样子，所以她忙说道：

　　"你们这班人最爱听别人家说的谣传，我想这一定是人家误会而起的，不会真有这么的事情吧。"

　　爱娜却冷笑了一笑，说道：

　　"你们到底是个没见识的乡村妇女，这有什么大惊小怪呢？就是真有这么的事情，那也算不得什么的，难道你们从前新婚的时候，就没有这些事情了吗？"

　　李家嫂是个最受不起话的人，她听爱娜板起面孔，骂她们是没知识的妇女，所以也非常的生气，冷笑道：

　　"张大嫂，你的袜子、裤子莫非也是叫你丈夫穿的吗？这就无怪算不得一回稀奇的事了。"

　　爱娜听了这些话，又气又羞，把耳根子都涨红了，正欲发作吵起来，齐巧高阿民回来了，所以大家也就散去。文娟生恐爱娜要嗔怪自己，所以送她到门口的时候还向她说道：

　　"张大嫂，你别和她们一般见识，这一班人就是爱无风三尺浪地起哄，真叫人讨厌的。"

　　爱娜口里虽不说什么，心中却在想：你和她们混在一起说我的丑话，你岂是个好人？其实文娟最不爱管人家的闲账，所以她实在是很冤枉的，只可惜爱娜心中并不谅解她，反而和她也结了怨。

　　且说爱娜回到家里，越想越气，越气越觉得委屈，于是便躺在床上哭起来。这时克强正从学校回来，一见爱娜躺在床上哭泣，心里倒是吃了一惊，急问：

"什么事情？"

爱娜却没有答应，只管伤心地哭泣着。克强见阿英端了点心进房中，遂问：

"少奶奶干吗伤心了？"

阿英把点心放在桌上，也很奇怪地说道：

"少奶奶刚才叫我去烧圆子吃，不是还高高兴兴的吗？为什么不如意了，我也没有知道呀！"

克强心想：这当然是和母亲吵了嘴，所以哭了。于是走到床边，正欲温和地安慰她的时候，谁知爱娜冷不防站起身子，一见克强站在床边，伸手就一把拉住了他的领带，乱撞乱颠地哭道：

"你这个不知羞耻的无赖，你把这些话也去告诉了旁人，叫人家来笑我、挖苦我，你以为是光荣的吗？"

克强被她这么一来，一时还弄得莫名其妙，怔住了一会儿，忙说道：

"爱娜，到底为了什么事情？你好歹也给我说一个明白呀！快放了手吧，我可被你扼死了。"

爱娜这才放了手，犹呜咽地哭道：

"你还装什么死人，你把我叫你穿袜子的话也告诉了二姑娘，叫二姑娘传开去，什么人都知道了，当作一件笑话讲，还说我连裤子都叫你穿的，这种放屁的话不是烂舌根说出去的吗？"

克强虽然是明白了，但他还是弄不清楚，奇怪地道：

"这是谁说出去的？我可没有发了神经病，会把这些事情告诉二姑娘。再说我是个男子，她是个女孩儿，我如何还向她说这种话呢？爱娜，你别误会吧。不过这很奇怪，我们是闺房里的事，谁会传出去？莫非是阿英嘴快吗？"

阿英本来是感到好笑，今被少爷一问，她便撇了撇嘴，冷笑了一声说道：

"我虽是个丫头，但我也爱脸皮的，一个女孩子家向谁说这些话？不是我说老太太，这话若不是老太太传出去的，什么东道我都请的。"

阿英一语提醒了爱娜，她鼓着小嘴，恨恨地道：

"对了对了，那天早晨她不是进来撞见过的吗？哼！真是个老糊涂！幸亏我是和他的儿子呢，假使我偷了人的话，她不是会拿了铜锣到满街去敲喊了吗？"

克强因为这些事传到外面去，对于自己的名誉也大有关系的，所以心中也有些怨恨母亲的不该。不料这时张老太却走进房来，问两口子为什么吵闹，新婚还不到两个月哩，给人家听了闹笑话。爱娜听她还像煞有介事地怨我们吵闹，这就冷笑了一声，秋波逗给她一个白眼，恨恨地说道：

"什么事情吵闹？问你呀，这才是笑话哩！把自己儿媳妇房中的事情都会传到外面去，你倒不会把我们行房事的话也说了出去，那才更好听了。哼！真正令人发笑，还像是个做长辈的人哩！"

张老太还以为是他们两口子吵闹，所以她进来原是劝他们的意思，万不料爱娜竟向自己说了这几句没有情理的话，一时气得全身发抖、两颊灰白，指着爱娜，口吃着道：

"你……你……是哪里来的野人，竟教训起婆婆来了？我不像是个长辈，那么照你说，我像个什么？克强是我偷来的吗？不是我养的吗？你怎么说我不像长辈？我和你到外面去评评理，谁家媳妇对待婆婆是这个样子？"

说到这里，把脸儿由灰白转变成血红的了。爱娜哪里会怕她，便也冷笑道：

"我做媳妇哪里待错了你们？丫鬟、阿妈，都是我从娘家带来的，什么事情享你们一些福？哼！你有做长辈的资格，你也不会把这些话说到外面去了。叫你儿子自己说一句话，这些事原是闹着玩的，你闹了开去，你儿子有威风吗？有面子吗？"

张老太见她比自己还凶，而且克强站在旁边一语不发地装木人，一时气得火星穿顶，她猛可把桌子上那碗圆子摔到地上去，连叫道：

"反了反了！你不是我家的媳妇，简直是我家的太婆了。什么横一句你儿子，竖一句你儿子，我试问你，你到底是个什么东西？家里有没有受过教训的？"

张老太说到这里，手脚发冷，她气得已经上气不接下气了。爱娜见她摔东西，照她脾气，早已赶上来要打架了，可是她到底是长辈，尤其在克强的面前，似乎终应该忍耐三分。不过她想，自己若不发一些性子，一口怨气固然难平，而且也涨了她的威风了。所以她回身一头撞到克强怀里，拉住了克强的领带，乱哭乱撞地说道：

"这碗和米粉，都是我爸爸给我的，不是你家的东西，你们敢敲碎？哼！哼！这是什么道理？你们母子虐待我吗？我立刻和你去见我的爸爸，你们不要当我爸爸是好欺负的。"

克强听她这么说，遂愁苦着脸儿说道：

"爱娜，你和我穷凶极恶做什么？我可不曾放过一声屁啊！况且你闹回家中去，被你们亲友知道了，也是怪不好意思的。你就瞧在我的脸上，忍耐些吧。"

爱娜听克强这些话是带了哀求的成分，因为自己拿他做出气洞，心中也不免有些可怜的意思，于是放了他领带，倒在床上号

163

嚎大哭起来。

张老太见儿子对于爱娜竟怕到这般地步，和从前对待采苹的手段完全不同了，一时在万分失望之余也哭泣起来说道：

"娶了一个媳妇，送掉一个儿子，我是十月怀胎、千辛万苦把你养得这么大的呀，你把娘就不要看了。常言道，吃奶不亲摸奶亲，想不到果然如此啊！千不好万不好，都是老头子死得太早，叫我吃这么许多的苦楚。"

说着拍手拍脚地大闹不止。克强听了这些话，未免有些不堪入耳，于是说道：

"母亲，你也原谅儿子一些，难道你喜欢再闹一个分离吗？爱娜也是你看中意的，现在你又叫我做这么的难人，老实说，我有些怕……"

克强说到这里，心中想着采苹，一阵悲酸，眼泪像泉水般地涌上来。不料张老太还未回答，爱娜又从床上跳起来，冷笑道：

"你们想像对待过去的那个媳妇来对待我吗？那你简直在做梦吧！我可没有这样容易，你不要触了我爸爸的怒，瞧你们过的太平日子。"

老太太听她仗了父亲的势力，凶得这个模样，她觉得这还了得，遂止住了哭泣说道：

"你不要以为有个爹爹就稀奇，你爸爸纵然是个吃人的人精，我凭了这条老命也和他拼拼，他养了这么一个好女儿，还有什么脸面说话吗？"

爱娜听了这话，又再度向克强拼命似的拉了身子，哭道：

"你听一听，我什么地方不好？是不是我偷了汉子，所以爸就没脸面了？你给我说一句话，年纪活到六十岁，说话可以这样随便的吗？"

克强在这情形之下，真没了法，身子被爱娜扯拉了一阵，却是说不出话来。倒是阿英见克强含泪的样子，把爱娜拉开了说道：

"少奶奶，你只管向少爷拼命干什么？只要少爷没有说你错，少奶奶也就罢了。"

一面又向张老太道：

"老太太，你是上了年纪的人，也想明白一些儿，多闹也没有什么意思。在你对少爷少奶奶是儿媳，他们是新婚夫妇，你的意思要把他们怎么样才好呢？我劝你老人家还是回房休息一会儿吧，家中闹得鸡犬不宁也不成个家庭的了。"

张老太再也想不到被一个才十六七岁的小姑娘教训了一顿，一时又气又伤心，便哭了起来。阿英却拉了她身子，送她回到房中去。张老太因为没有一个下场，而且又得不到一些面子，也只好顺水推舟地回到房中去哭了一场。

这里克强向爱娜说道：

"上了年纪的人就背晦得厉害，什么事情你就瞧在我的脸上，你拿我做出气洞，不是叫我太委屈一些了吗？"

爱娜听他这样说，方才收束泪痕，气才平了下来，白了他一眼说道：

"还不是瞧在你的脸上，所以才拿你做出气洞，否则我真不肯和她老不死的罢休哩！"

克强对于末了这一句话，听着虽然很不受用，可是却也不敢去指责她。这时阿英拿上脸水，给少奶奶洗面。克强到底是孝顺母亲的，他抽空又到上房里来，含泪对母亲说道：

"我并非是爱护她，老实说一句话，她没有一处不给我感到失望的。我不是早已考虑到像我们家庭，娶一个有钱人家娇养惯

165

的小姐是不和的，母亲偏不信，现在果然如此了。你怨我不骂她，你以为儿子的不孝，但你不知儿子心头的苦痛。她可不是像采苹那么的和善，我劝劝她，她总还肯听我的话。你瞧她刚才的情形，我还不曾说她一句，她就向我拼命了，我若再责她一句不好的话，这场风波不知要闹到什么时候才肯罢休哩。在这里也并非真怕她的爸，因为采苹的出走，已经使我刺激受得不浅，若再给我受一重刺激的话，我心里头实在太痛苦了。我是委曲求全下偷生着，其实我恨不得就死……"

克强说到这里，不禁泪如雨下。张老太听了，她良心有些发现了，她觉得采苹实在是贤孝得多，自己不该这么磨难她，她淌泪了，望着儿子道：

"孩子，我害了你。"

克强觉得母亲这一句"我害了你"，四个字中是包含了许多懊悔的话。因为母亲也会懊悔了，这在自己心中，当然更有说不出的悔恨。唉！不见高山，哪知地平线。我此刻如此的消极，谁料去年春天，竟会动手打采苹。要是不打她的话，单只骂她几句，我相信她还未必会出走呢。想到这里，母子两人又相对默泣了一会儿。

这天晚上，克强和爱娜躺在床上的时候，爱娜向克强便提出一个要求，说道：

"克强，老实对你说，这么的家庭，我可住不下去，你无论如何总要给我一个解决办法，否则我就让了她。反正你有这么一个好母亲，何必还再娶什么妻子呢？"

克强听了皱了眉尖，央求道：

"好妹妹，事情闹过算了，何必再想新鲜花样，你叫我还有什么解决办法？一个是亲生的娘，一个又是心爱的妻子，那叫我怎么办的好呢？"

爱娜撇了撇嘴，由不得笑道：

"心爱的妻子？谁要你心爱的？"

克强把她抱住了，笑道：

"你不叫我亲爱还叫谁亲爱呢？妹妹，你就忍耐一些吧！母亲年纪也老了，朝不保夕，难道你就这些都熬不住？"

爱娜在柔媚中又正色道：

"这实在受不了，她给我的气受，也不是今日第一天，我若再受下去，恐怕今年就活不过了。"

克强道：

"以后你们各管各的，岂不是好？"

爱娜道：

"我不要瞧她这一副死脸，假使你爱我的，你得跟我到外面组织小家庭去，否则我决定让她好了。"

克强忙道：

"何苦来又说让她的话，你这个要求我也并非不赞成，但是你也要为我做儿子立场而说的。母亲假使有两个儿子的话，那么我们组织小家庭去，这还说得过去。因为一个去了，终还留着一个。如今母亲只有一个儿子，叫我离开她，让她孤零零一个人住着，我做儿子的心中实有未忍，所以你应该要原谅我才好。妹妹，我和你夫妻的日子长，这些你千万要忍耐一下的。"

爱娜听了却不以为然，冷笑道：

"那么我爸爸也只有我一个女儿，他把我嫁了你，我怎么也丢他跟你来了？现在男女一律平等，我丢得了爸，你就丢不了妈吗？本来年老的人原可以死了，她不死，还要磨难人。现在我们让了她，看她再磨难什么人去，也好给她得个教训。"

克强听她理由说得十足，一时由不得叹了一口气，却默不作答。爱娜急道：

"干吗不回答我？"

克强道：

"你也太性急了，这事情给我考虑考虑，过几天回答你好不好？"

爱娜道：

"也好，时候不早了，我气也受够了，早些睡吧。"

于是夫妇两人也就睡去了。次日克强起身，爱娜还睡得香甜，待爱娜醒来，克强已到学校里去了，因问阿英道：

"少爷什么时候走的？"

阿英道：

"八点半。"

爱娜道：

"可曾和你说些什么？"

阿英摇摇头道：

"没有说什么。少奶奶，起来洗脸吧。"

爱娜在洗脸的时候，心中暗想：克强昨夜的话一定是敷衍我的意思，大概他是不肯到外面组织小家庭去，那么我何不如此如此呢？想定主意，遂理了几件日常穿的衣服，吃过早点之后，便对阿英说道：

"我回家去了，少爷问你，你说少奶奶回家去住几天。"

阿英答应。爱娜也不向张老太说知，就回娘家去了。

下午四时光景，克强回家，照例先到上房去见母亲。张老太叹道：

"你瞧瞧，这个世界益发是反的了，她回娘家去，也没有向我告诉一声，她简直不把我当作婆婆看待呢!"

克强暗想：已经彼此吵过嘴，这些话也不必再说的了。于是坐了一会儿，也就自管回房。阿英道：

"少奶奶回家住几天就回来的。"

克强点了点头，也不问什么，他坐到写字台旁去，自管改批学生的卷子了。

匆匆过了四天，克强见爱娜还不回来，心中就急了，于是在第二天星期日的时候，便到沈梅卿家中去陪伴爱娜回来。梅卿对克强倒很客气，没有一句相责的话，只说年老的人不免背了，反怪女儿太不知道一些做小辈的道理。克强听岳父这么说，所以也没有什么话，说道：

"我总劝爱娜忍耐一些，因为母亲今年五十九岁了，能再有几年活在世上。"

爱娜生气道：

"老实说，一年不死，就得受一年的气。我受不了，你要我回家，非得组织小家庭不可。"

克强搓了搓手，沉吟了一会儿，说道：

"那么你再忍耐了一次，假使下次再发生什么事情，我们就准定组织小家庭。岳父，你说我这话可合理?"

梅卿点头道：

"是的，你也有为难的地方。爱娜，既然克强这么说了，你就原谅了他吧。"

爱娜听爸这样说，她总算不再说什么了。这天，克强在岳父家吃了午饭，下午和爱娜进城去瞧了一场电影，两口子才欢欢喜喜地回到家里。婆媳两人见了面，大家都不叫应。在张老太的意思，当然是应该小辈先向长辈叫一声，现在爱娜见了自己，睬也不睬，视若无睹，心中自然十分气愤，所以免不得又独个唠叨了几句。爱娜也不管她，却我行我素的不把她当个人。可怜张老太方才感到采苹的贤孝，因此只有暗自地伤心了一会儿。

这晚爱娜躺在床上，还向克强再三叮嘱，说老太婆再要磨难人，她绝不再忍受了。克强点头说好，一面抱着她身子说：

"一切的委屈，我今夜总共给你赔个不是。"

爱娜啐他一口，嫣然地一笑，在这一笑中，两小口子早又和好如初的了。

如此又安安静静地过了二十多天。这日，隔壁徐大娘叫爱娜抹骨牌去，不料手风不好，待终局后，爱娜输了五十多元钱。因为女人家输了钱，总比男子格外会肉痛，而且也更会恼恨，所以她闷闷不乐地回到家中。谁知跨进院子，就见那个静空师太走了出来，她还向爱娜含笑叫声奶奶。不料爱娜见了静空师太，认为一份人家有了这班尼姑在走动，所以大不吉利，会累自己输了这许多的钱。这就把一股子输钱的怨气，要出到静空师太的头上去，遂板住了脸孔，冷笑了一声，说道：

"我关照你，我们是不相信一切鬼怪迷信的，你们这些尼姑是最下贱的东西，口里念念佛，暗中和和尚偷偷，这是多么的不要脸。不干不净的人，下次不许再进来，你下次来，莫怪我性子不好，老实不客气地要打出去的。"

静空师太听了这些话，真难为情得两颊像血喷狗头一般的红，忙也说道：

"新奶奶，你这人怎么吃生米饭似的，好好儿你对我有什么不舒服呀？我来这儿是奉了老太太的命令，你有权力赶我走吗？老太太出来了，大家就评评理吧。"

说到这里，她见张老太也出院来了，于是她又大了几分胆量，声音大了许多。爱娜听她胆敢骂自己吃生米饭，心中这一气，真不免跳起脚来，走上一步，伸手啪的一记就是一个耳光，犹大骂道：

"你仗了老太婆的势力来欺负我吗？这是我的家，我没有权力赶走你吗？放你娘的屁！"

骂到这里，又把她身子向院门外狠命地一推。说时迟那时快，静空师太原是五十多岁的人了，她哪里站脚得住，身子冲了几步，早已直跌出院子门外去了。诸位，静空师太为了自己骗几个钱，曾经胡说八道，说采苹是八败命，以致害得人家婆媳不睦、夫妻分离。今日这一跤跌下去也不轻，门牙落下了两颗，满嘴鲜血直流，总算也是一点小报应。

当时，张老太听她公然侮辱自己，觉得这实在太不成媳妇的样子，她气糊涂了，还以为爱娜和采苹一样可欺，她拿了拐杖走上来，向爱娜身上直敲了过去。爱娜见她动手打人，一时也气得粉脸转变了颜色，一面侧身避过，一面伸手把张老太身子一推。张老太是个跷足，经她一推，身子也仰天跌倒，这就大叫道：

"反了反了，你们大家来瞧瞧，谁家媳妇打起婆婆来了。"

爱娜被她一喊，知道事情闹大了，万一邻居们过来瞧瞧热闹，我是多么的坍台。于是她怒气冲冲地带着阿英和老妈子，又回到自己的爸爸那儿去了。这回她向梅卿哭诉得更厉害，说自己实在受不了，克强若再不答应组织小家庭，我情愿和他离婚了。梅卿见女儿这么狼狈，于是问阿英和阿妈两人究竟是怎么一回事？两人终究帮小姐的，所以也说张老太待小姐不好。梅卿到此才生气得很，劝爱娜不要伤心，明天克强来了，他自有道理。

再说静空师太虽然门牙跌落两颗，但见了张老太也被推在地上，于是忍痛起身来扶张老太。那时邻居们也闻声赶到，一听爱娜打了婆婆和师太，大家无不称奇。文娟也来了，听了这个消息，心中暗想：事情绝不是那么简单的，想来当然还有些缘故的了。于是把张老太扶进房中，一面安慰，一面又问新嫂子人呢？张老太见了文娟，像见了亲生女儿一般，因此叫道：

"二姑娘，真正气死我了。"

说完她便呜呜咽咽地哭起来。待克强回到家中，满街已是闹得风雨纷飞。一时他还莫名其妙，急问缘故。张老太躺在床上，一五一十地告诉，说爱娜打了她，还打静空师太，现在她带了阿英阿妈，大概回娘家去了。还说这样泼辣的女子她受不了，她还是让她的好。克强听了，起初很愤怒，后来仔细一想，公说公有理，婆说婆有理，我若见了爱娜，爱娜必定也有一番话和我说的。所以他也只好安慰了一会儿，心中真有说不出的烦恼，不免泣下泪来。倒是文娟在旁边，向他安慰了几句。克强见了文娟，更想起了采苹，这晚是独个哭泣了一夜。

次日，他匆匆到梅卿家中去，梅卿脸色很不好看，说克强母亲太混蛋，如何可以动手打媳妇，这还算是世代书香之家吗？克强暗想：果然不出我之所料，遂道：

"昨天的事情，因为我没有在家，所以根本莫名其妙。母亲告诉我是爱娜打了她，但爱娜告诉岳父又说母亲打了她，到底如何，我和岳父其实都不知道。但照我猜测，双方都有不是之处，岳父你说这话是不是？"

梅卿本来很愤怒，听了克强的话，一口气又平了下来，暗想：女儿一定也不会老实，因为她的脾气，我做爸的还有个不知道的吗？于是点了点头道：

"克强，过去的事，我们且不去说它，现在解决的是日后问题，照爱娜意思，若不是另组小家庭，她不再回去了。我想婆媳

172

这样不睦，一次两次，实在也难以合住下去，与其为难了你，倒不如答应她好。"

克强皱了皱眉，说道：

"岳父，我很感激你的意思，因为我知道岳父是很明亮的人，不过在我的处境实在也有为难的地方。因为母亲只有一个儿子，若就此离开了她，她必定要闷闷成病而亡。虽然我也不信任'天下无不是的父母'这一句话，不过母亲这样老的年纪，常言道，'养儿防老，积谷防饥'，她对我究竟有了二十年的养育之恩，如今我翅膀长成，就这么远走高飞，这叫我做儿子的如何说得过去呢？所以还得请岳父向爱娜劝劝才好。"

梅卿听了克强这篇委婉的话，倒反觉得这孩子有本心，唯这么的少年，才可说是个至性人，于是点头道：

"我何尝不劝她，无奈爱娜这姑娘也是很固执，偏劝不醒她呢！"

克强道：

"爱娜人在哪儿？我自己去劝劝她。"

梅卿说在房中，克强遂走进里面去。爱娜原知克强已来，她躺在床上不肯起来。此刻见克强进房中，遂索性哭泣不止。克强走到床边，劝慰她道：

"爱娜，万事都瞧在我面上，你别伤心了。"

爱娜淌泪道：

"我生长了二十年，谁打过我一记？她竟拿拐杖打我，我是你家童养媳吗？"

克强到此，方知母亲先动手，她一定把爱娜当作采苹看待了，于是道：

"母亲说你也打了她，这些也别谈了，现在我求你可怜我，

173

就再忍耐一次吧。"

爱娜听了这话，猛可从床上坐起，娇嗔满面说道：

"一次，两次，三次，叫我再忍耐到什么时候去？老实说，今天你不给我一个解决明白，我决计不再回去的了。"

克强叹了一口气，望着她薄怒娇嗔的样子愕住了一会儿，忽然有个主意，遂忙说道：

"爱娜，你快息怒，我有个办法了，你且在这住几天，我在那边找了房子，再给你回话好不好？"

爱娜明知他是缓兵之计，遂冷笑了一声说道：

"谁还信得过你这些话？现在我有个主意，你依得就罢，你不依我们就分手。"

克强苦笑道：

"何必说分手的话，你且告诉我是个什么主意。"

爱娜道：

"爸爸城里原开有好多家绸庄，有一家经理生了病，尚少此人才，所以我要求爸爸给你去干吧。同时我们也一同住到城里去，只要每个月寄些钱给老太婆，也就是了。这是为了你前途着想，克强，比干那些粉笔生涯好得多了。"

克强听了，当初心儿倒是一动，但仔细想来，他良心又被天性所激动了，觉得这是太对不住母亲。而且你待我母亲如此不好，也等于待我不好一样。我靠了妻子的力，纵然做了经理，又有什么光荣？于是他故作沉思的样子说道：

"你这主意当然很好，不过我总要待这个学期结束才好，所以你且在这里多住几天，心中的气平一平，我过几天再答复你，好吗？"

爱娜生气道：

"你不必推三阻四地欺骗我，三天之内若没有回答，这事情就决定的了。"

克强没有办法，只好答应如此办，于是匆匆回家。谁知张老太上了年纪的人，自一跌之后，兼之气恼、伤心，她竟病了起来。克强因为家中没有人，所以请医、撮药、服侍，在床边一个人忙碌着，因此把三天之内答复的话也就忘记了。克强只等过了十天张老太病稍愈，方才匆匆到岳父家中去见爱娜。不料梅卿告诉：

"爱娜因你三天不来，心中赌气，便决定到上海大学里继续求学去了。"

这消息听到克强的耳中，真不免弄得啼笑皆非了。

第六章　因恨背夫欲结新欢

爱娜在家里住了三天，见克强没有到来，一颗芳心又恨又气，暗想：我这一份情意对待你，不料你只有母亲，没有妻子，这样不懂情义的人，我还对你依恋什么？于是向父亲恳求要到上海去继续求学，将来在社会上能够自立。梅卿苦劝不住，他只好写了一封信给青光大学的教务主任，因为那教务主任是梅卿的好友，以便给爱娜做个插班生。如此爱娜便到上海求学去了。

话说可生很快乐地回到校中，走到校门口的时候，却拾到了一本书籍，上书"沈爱娜"三字。知道是女同学失落的，方欲拿到遗物箱中去安放，不料迎面来了一个摩登女郎，向自己笑盈盈地问。当时可生听了，遂加快了两步，把手中那本书递了过去，笑道：

"不错，是我在校门口拾到的，沈小姐，你也是青光的学生吗？怎么我们不常见面的？"

爱娜一面伸手接过，一面把俏眼儿向他脉脉地瞟，芳心暗想，想不到竟有这么的一个美男子。于是忙说道：

"谢谢你，因为我是才到校不多几天的插班生，那当然很少有见面的时候，请问贵姓大号是？"

可生道：

"我叫蒋可生。沈小姐几年级？"

176

爱娜很不好意思地笑了一笑，说道：

"才一年级。蒋先生呢?"

可生道：

"我三年级了。沈小姐府上在上海吗?"

爱娜道：

"不，在杭州，所以我是住宿在校里的。"

可生笑道：

"我家倒是住在上海的，因为我要自由一些，所以还是住在校中的好。沈小姐，你现在可以到校来做插班生，想来和校中有些关系的了，否则那不是很困难的吗?"

爱娜点头道：

"是的，教务主任是我爸爸的好朋友。"

两人说到这里，爱娜已到东室女宿舍里了，于是和他含笑一点头，身子便姗姗地走进去了。可生望着她婀娜多姿的娇躯在眼帘下消失了后，他倒是呆若木鸡地出了一会儿神，心里免不得有个感触：天下真不知有多少美丽的姑娘，为什么我竟要去迷恋一个已有孩子的妇人呢？采苹再三不肯接受我的爱，仔细想来，确实因为是她真心爱我的缘故，那么我实不该去破坏她的贞节。因为她已给丈夫生育了孩子，当然在她心中，还希望和她丈夫有团圆的一天。况且我纵然爱上了她，要把孩子也给带进了门，这对于我的爸妈是断断不允许的；若把孩子抛了吧，采苹固然舍不得，就是我也觉得太无人道了，那么我俩的结合，是难成事实的。况且我听母亲说，好像我自小有个未婚妻名叫文娟的，因为她们现在家境不好，爸妈有赖婚的意思。我因为这是盲目的婚姻，和文娟根本谈不上感情两字，当然对于赖婚一事，也很赞同。在我初意，一心欲娶采苹，不过如今细细地想，又觉得错

177

误。不过这错误的由来，当然还是为了瞧见爱娜后的缘故。他想，爱娜是个多么美丽的姑娘，而且和我又是同学，将来情意相投的话，岂不是一头美满而纯洁的好姻缘吗？

可生心中既有了这么一个念头，他把爱采苹的心终于又慢慢地冷了下来，他静静地等待着机会，预备和爱娜表示亲近。大凡男女两个人的爱，同心的当然容易热烈，若有一个人没意思，就要用功夫去追求，那就感到困难了。现在可生对爱娜有心，而爱娜对可生也未免有情，因此不上几天的会面，两人已经非常的亲热，咖啡馆、电影院差不多常常有他们两人的足迹了。

这天是星期六的早晨，两人在校园里碰面了，可生笑道：

"沈小姐，下午你预备上哪儿去玩？"

爱娜道：

"电影也瞧嫌了，公园更没有意思，所以也想不出什么地方可以玩。"

可生听她这么说，沉吟了一会儿，笑道：

"我倒有个好玩的地方，只怕是沈小姐不高兴去。"

爱娜秋波斜乜了他一眼，笑道：

"是什么地方？你怎么知道我是不高兴去的？"

可生道：

"跳舞厅里去听音乐也很好玩的，不知你高兴去吗？因为我知道一般女子总恨这般场所的。"

爱娜笑道：

"不过逢场作戏，那倒也无所谓的。只怕一人入了迷这就容易堕落了。听音乐我很赞成，不过跳舞此道我是不会的。"

可生道：

"那么下午我们准定去听音乐好吗？"

爱娜含笑频频地点了点头，问到什么舞厅去玩，可生道：

"下午两点半，我在金星舞厅门口等着你，你瞧好不好？"

爱娜点头答应，因时已不早，两人遂各自回教室中去。中午吃过饭，可生匆匆地先到采苹家里，因为他已有四五天不曾来了。采苹抱了光辉坐在床边，正给他哺乳，见了可生，忙把衣服向胸前遮盖了一下，招呼道：

"弟弟，你用过饭了吗？"

说着便起来倒茶，但光辉的小嘴儿因为脱出了乳头，所以便哇的一声哭了起来。可生忙道：

"二姐，你别忙，我不要吃茶，快给孩子哺乳，倒又累他哭起来了。"采苹已倒了一杯茶，一面拍着光辉的身子，一面把明眸向可生逗了一瞥柔和的目光，说道：

"弟弟，你坐下，我和你说话。"

可生听了，遂也坐到床边去，望着采苹的粉脸出神，心中暗想：不见二姐倒也罢了，一见了她之后，觉得她的容貌实在较爱娜更美了一倍。他有些神往，他几乎又欲爱起采苹来了。采苹徐徐地道：

"弟弟，那天你走了之后，我就考虑了两三天，觉得你我之间的爱，是只有到姐弟那个阶段为止了。因为我是个有了孩子的母亲，我若和你结了婚，那孩子把他怎么安排？若带到你家里去，你爸妈一定要不答应。假使叫我把孩子抛了，我心头又不忍。所以再三细想，弟弟还是不娶我的好，我想你是个有貌又有才学的青年，将来会得不到一个美而贤的夫人吗？"

可生听她也这么说，可见和自己心中所忧虑的丝毫不错，于是沉吟了一会儿，点了点头，低低地道：

"姐姐，我明白你心中的意思，你是一个有孩子的母亲了，弟弟虽然爱你，但到底也是有些不忍爱你了。我想爱的范围是多么的大，正如姐姐所说，两性的爱为什么一定要进至于肉欲上去呢？所以我们虽不能结成夫妇，但我始终还是爱你的，所以我非打听一下，在可能的范围中，我总希望你们夫妇有团圆的一天。"

采苹以为可生听了自己的话，必定又要缠绕了，可是出人意外的，他竟很顺服地听从了。不过回味他这几句话中的意思，显然还是包含了一万分爱我的成分，所以采苹的芳心是感动得了不得，泪水展现在她芙蓉花朵般的颊上，说道：

"弟弟，你真仿佛是我的同胞手足一样，我今生说不出拿什么来报答你才好，我只有待来生补报你吧。"

可生见她粉脸如带雨海棠，说不出的妩媚可爱，遂在袋中抽出一方帕儿交到她的手中，低声儿道：

"姐姐，你别说这些话，就算我们是同胞手足吧，那么是更应该互相帮助的了。"

采苹听了，愈加感动到心头，遂拭眼泪，一面又道：

"弟弟爱吃些什么，叫阿妈去买些儿来。"

可生一瞧手表，已经两点零五分了，于是摇了摇头，说道：

"不，饭还在喉咙口，我不想吃什么，两点半还有事情，所以我坐一会儿就要走的。"

采苹听他这么说，秋波凝望了他一会儿，微笑道：

"今天星期六，两点半大概有什么约会吧？"

可生想不到她一句话就说到自己的心眼儿里去，这就脸儿微微地一红，笑道：

"没有什么约会，一个朋友请我在大光明去看电影。"

采苹见他脸红，知道其中至少有些原因的，遂正经地柔和地劝道：

"和朋友看看电影很好，弟弟，你以后舞厅还是少走为妙，你听了我这话，觉得我有些矛盾吗？因为在我本身也是一个曾经做舞女的人。不过我细细地想，正在求学时代的青年，到底不该走这一条路去作为消遣的场所，假使你要在舞场里去找真爱，那是根本不会实现的。老实说一句话，好人家的女儿，绝不会去做舞女，做舞女的人大都是在万不得已之下而干的。譬如拿我来说，假使不是为了负气出走，被生活所迫，如何肯把一个女孩儿的清白的身子，去干那作千万人搂抱的舞女生涯。所以拆穿了说，舞女认识的是花花钞票，不是你的人，钞票花得多，感情自然会增加的。在舞女方面着想，她们既然是为生活而干的，当然也怪不得她如此。不过为你们舞客着想，尤其是你们这班年轻的、还在求学时代的青年着想，似乎觉得很不值得。一方面固然分去了你们求学的心，而另一方面，金钱的确太伤了。我再说一句，比方弟弟认识了我，在我身上的钞票实在花了不少，但到现在，你又得到了一些什么好处？而且还伤了你的心。所以我在万分羞惭之余，良心上真有说不出的抱歉，唉，女子到底是社会上的一个祸水。"

可生听她絮絮地说出这一篇话，心里自然也非常感动，遂微笑道：

"姐姐，你这话也不是那么说的，这是所谓色不迷人人自迷，舞客对于舞女的目的，虽然一样，可是也有大同小异的。有的舞客家中原有妻子，他多了几张钞票，不免饱暖思淫欲。于是他在舞女身上花的钱，完全是看中舞女的身子。不过这是暂时的，在目的达到之后，当然又成陌路人了，这便是拿钱去买人家的身子。像我这班舞客，因为没有一个妻子，而且又没有一个对象，所以倒有一股子痴心，想在舞女中找个永久的伴侣，那么我们花

181

的钱却是想去买舞女的心。比方我对于姐姐，在初意确实有和你结婚的希望，不过现在听了姐姐的话，使我明白过来了，我要成全姐姐一番苦心，所以我再不敢有此妄想。你说我花了许多钱，还是得不到一些好处，这话是错了，我的好处不是已经得到一个姐姐了吗？花了金钱去得一个知心的妻子固然不容易，然花了金钱去得一个知心的姐姐，又岂是个容易的事？大多数舞客和舞女认识，任你们怎的好，甚至发生了肉欲上的爱，但他们还是暂时的，不是永久的。只有我和姐姐的认识，虽然不能成为夫妇，然而我们是永久的，任它隔别了十年、二十年以后，假使我们在路上遇见时，决不会像陌路人一样。因为我们不是外表面的认识，完全是内心的认识。现在我帮助了姐姐的困难，因为我们是永久地认识，所以将来姐姐少不得也有帮助我的地方，姐姐何必要说这些抱歉的话，这叫我听了，不是反而感到难受吗？"

采苹听他这样说，可见他确实已认我当作自己亲姐姐一样了，一时反而感激得说不出一句话来，望着可生俊美的脸庞儿，倒是愕住了一会儿。可生笑道：

"姐姐，你以为我这话对吗？"

采苹眼角旁又展现了一颗泪水，点了点头说道：

"弟弟，你待我太好了，我觉得你真不愧是个博爱之人。"

可生听了，很是得意，遂又问大姐可曾来过。谈了一会儿，因时已两点二十分了，于是站起身子，匆匆告别走了。

可生急急地赶到金星舞厅门口，时已两点半过三分，他有些焦急，生恐爱娜已经先到，她不是要埋怨自己架子太大吗？幸亏可生还只付去车钱，后面爱娜的人力车也到门口了。可生一见，心中大喜，立刻迎上去给她付去车资。爱娜笑道：

"你等候好一会儿了吧？"

可生知道她没有理会自己也只有刚到，所以瞅她一眼，故意笑道：

"你好大的架子，人家在门口站立半个多钟点了。"

爱娜听了，脸上不免显示有些抱歉，可是口里也笑道：

"你自己说两点半，现在不是刚正两点半吗？怎么倒怨起我架子大？你自己太性急呀！"

可生听了，倒是好笑起来，于是和她一同步进舞厅里去。有侍者招待入座，泡了两壶菊花茶。茶室两时开始，所以此刻舞客已经很多，在舞池里红男绿女，互相依偎，互相搂抱，婆娑作舞，在绯红的霓虹灯下笼映着，自然格外觉得旖旎有趣了。可生见她目不转睛地望着舞池出神，遂拉了她一下手，笑道：

"沈小姐，我不相信，你真的不会跳舞吗？"

爱娜这才回眸斜乜了他一眼笑道：

"真的不会，我到舞厅里还只有第一次哩，所以你听了别见笑。"

可生道：

"那么沈小姐喜欢学会了吗？我可以教你的。"

爱娜粉脸笼罩了一层娇红的色彩，好像有些难为情的样子，笑道：

"只怕学不会，那就怪不好意思的了。"

可生道：

"跳舞这一门娱乐，岂有学不会的道理？我想像沈小姐这么聪敏的姑娘，恐怕跳不了三四次，就会了呢！初学的人，该学四步的交际舞，沈小姐，你瞧着，比方这是男女的两足，这么这么……一、二、三并上去第四步就行了。"

可生说到这里，又把自己的两手指当作了脚在桌子上行动给爱娜看，爱娜一面留神地细瞧，一面抿了小嘴，不禁哧的一声笑出来了。待这一回音乐奏起，可生拉了爱娜的手，便到舞池里去了。爱娜因为已经和克强实行过夫妇的生活，所以她的脸儿比较厚一些，胆子也大一些，对于可生的搂住她细腰，自然也不会十分的害羞了。经过了三四次的拖拉之后，爱娜的步伐居然也纯熟起来。因为是初次学的缘故，爱娜感到了无限的兴趣。可生明白她的意思，和她在茶室散场之后，他们接连地又跳茶舞了。从而可知这一种灯红酒绿的场所，无论哪一个青年男女，一入其境，没有一个不流连忘返的了。在茶舞散后，时已七点，可生笑道：

"沈小姐，你假使还有兴趣的话，我们在舞厅里喊两客西餐吃，接连再可以跳夜舞呢。"

爱娜笑道：

"你瞧大家都走完了，我们还坐着干吗，被侍者瞧了也发笑。"

可生笑着，于是和爱娜携手出了舞厅，只见外面街上已经是万家灯火的了。可生道：

"沈小姐，那么你爱上哪儿吃晚饭去？广式馆子还是四川馆子？"

爱娜道：

"我们是杭州人，当然吃杭州馆子，怎么你说的都是外地的呢？"

可生笑道：

"杭州馆子比较有名的是天香楼，那么我们就上天香楼去好吗？"

爱娜点头说好，于是两人坐车到天香楼入座点菜，可生道：

"酒喝什么？"

爱娜道：

"有一种健身露的，喝了活络血脉，倒很好的。"

侍者点头道：

"有的，喝健身露怎么样？"

可生、爱娜点头，侍者遂匆匆下去了。不多一会儿，酒菜端上，可生给她杯中倒一杯，然后在自己杯中倒满了，向她举了一举，笑道：

"沈小姐，请喝。"

爱娜微微一笑，遂把杯子凑到嘴边喝了一口，可生先说道：

"这好像和糖露似的。"

爱娜笑道：

"你不要看轻了它，回头也会使你脸红的呢。"

两人且谈且饮，相形甚欢，可生道：

"明天是星期日，沈小姐有空到我家来玩玩吗？"

爱娜道：

"你府上什么路？只怕冒昧得很，很不好意思。"

可生忙道：

"那有什么关系，爸妈是挺和善的，他们若知道沈小姐是我的同学，他们一定待你非常客气，表示欢迎的。我想沈小姐的家既不在上海，每星期日当然很冷清，那么你尽管到我家去玩好了。我也没有一个姐妹兄弟，父母也很需要有沈小姐那么的姑娘和我做伴哩。"

爱娜听他后面这一句话，心里有些儿荡漾，可是她颊上也盖了一层娇红，笑道：

"既这么说，那我就去拜望拜望他们老人家。"

可生很兴奋地道：

"沈小姐，明天你就来我家吃中午饭，我等着你，请你别失约。"

爱娜笑道：

"第一次就吃饭，那可不好意思，下午来吧。"

可生道：

"你又闹这一套了，我们是同学，说得亲热一些，好像是姐弟一样，那还有什么不好意思的吗？"

爱娜噗地笑道：

"那么我是你的姐姐，你是我的弟弟了。"

可生听了，也不禁微红了粉脸，笑道：

"真的，我还没知沈小姐今年几岁？"

爱娜道：

"二十岁了，你呢？十八岁吧？"

可生笑道：

"我比你大一岁，怎么瞧我十八岁？难道我真的还是这么嫩脸吗？"

爱娜笑道：

"我就觉得你像我的弟弟。"

可生笑道：

"我有福气给你做弟弟，我也情愿的，那么我以后就称呼你姐姐了。姐姐，快喝酒，酒喝了我们跳晚舞去。"

爱娜道：

"你既然叫我到你府上去玩，可是却不肯告诉我地址，那叫我到什么地方去找好呢？"

可生忙道：

"如何说不肯告诉你呢？"

爱娜斜乜了他一眼，笑道：

"刚才我不是早问了你，你没有回答我吗？"

可生笑道：

"同浮路长安坊三号，你乘十五路公共汽车可以直达门口的。"

两人一面说，一面吃喝，不多一会儿，匆匆饭毕，这回却是爱娜付去了账的。两人出了天香楼，时已九点相近，爱娜道：

"我们还是早些回去，因为玩了一整天，也觉得累了。"

可生点头，一面给她讨车，一面叮嘱她明天别失约。爱娜含笑答应，于是匆匆分手，各自回去。

爱娜到了校中，走进宿舍，见同学曼萍尚没有回来，于是亮了电灯。只见桌子上放着一封快信，拿来一瞧，认得是克强的笔迹。想不到克强会写信来了，可见他已到我爸那儿去过了。因为自己和可生这几星期内已经打得火热，所以对于克强这一封信，倒存了一些讨厌的意思，恨恨地把信在桌子上一丢，自管坐到床边去，低头不禁沉吟了一会儿。暗想：克强的容貌，不及可生风流动人，家境也不及可生富裕，两相比较，当然是可生好得多，反正这老太婆这么凶恶，我还认识他们什么？想到这里，她便决心预备和克强破裂了。于是她坐到桌边去，立刻又把信儿拆开念道：

爱娜贤妻妆次：

　　这次你和母亲的争吵，我实在是莫名其妙，不过母亲纵然不好，你总也得瞧在我的面上，因为我们到底是恩爱的夫妇啊！你的意思，要我离开母亲，一同到城里去组织小家庭，这我也未始没有不答应你，但是终也得慢慢地实行才是。虽然你原限我三天之内给你一个回答，谁知我回家后，母亲卧病在床，一时延医撮药，忙得分不开身。直过了十天之后，母亲才好了一些。不料我到你家一问，你已经愤然到上海求学去了。我得此消息，真觉啼笑皆非，求学读书固然是一件好事情，不过你是个有夫之妇，且因负气而出外去求学，这在我做丈夫的心中，能够一刻安吗？现在我和你分别已有月余，母亲之病，犹日见沉重，我在家独个既挂念着在上海的你，又担忧着在床上的母亲，心中实在太痛苦了。我瞧母亲风前残烛之年，一旦有病，恐怕危在旦夕，所以望贤妻见字后随即火速回家，以慰吾心，不胜感盼，专此顺问近好。

克强书于四月十二日夜

爱娜瞧完了这一封信，不觉冷笑了一声，愤愤地道：

"断命老太婆也有今天这一日了吗？真是该死的东西！愈早死愈痛快。我回来做什么？去送她的终吗？只怕她没有这样好的福气吧。反正你只有母亲、没有妻子的人，此刻老太婆死了，倒又来叫我了，那可没有这么容易的事情。"

说到这里，遂抽过一纸信笺，立刻写了一封回信，大意你是孝顺的儿子，把你娘拉得牢一些，我恐怕再没有福气做她的贤媳了。她这一封信中，根本和克强有决裂之意。她想克强也是一个心气高傲的人，他见了这封信，自然会忘记了我，那么我们无形中也就等于脱离夫妇关系了。所以爱娜很欢喜，连夜把信寄出，她是一心一意要去爱上可生的了。

到了第二天，爱娜打扮得天仙化人似的，坐车到可生家里去。可生见了爱娜，早已含笑迎接，握手问好。爱娜见是幢二楼二底的房子，客堂里全部紫檀木家生，古色古香，十分考究。随有仆妇端上香茗，小丫头拿上四盆水果。可生请她桌边坐下，说爸爸有事情出去了，妈妈一会儿就会出来招待你的。爱娜笑道：

"你把我当作上客看待，那反叫我感到不好意思了。"

可生笑道：

"你第一次到来，免不得总要客气一些，以后你来玩的时候，我们就像自己人一样的了。"

爱娜听他这一句自己人的话，至少是包含了一些神秘的作用，一颗芳心在无限羞涩中，又掺和了无限的喜悦，俏眼儿逗了他一瞥，却又抿嘴嫣然地笑起来了。正在这时，厢房里面走出一个五十岁左右的妇人来，可生站起笑道：

"这就是我的妈妈，这位是我同学沈爱娜小姐。"

爱娜一见，忙也站起身子，向蒋老太盈盈地鞠了一个躬，叫声：

"伯母，我来得十分孟浪，还请原谅才好。"

蒋老太见爱娜雍容华贵，柳眉杏眼，十分美貌，心中已是七分欢喜，遂立刻把手一摆，这是请她坐下的意思，笑道：

"沈小姐，你快不要这么说，同学们不是应该走动着玩玩吗？请坐吧。"

于是三人就在桌旁坐下，蒋老太望着爱娜的粉脸儿，只管问长问短的，说个不停。可生拿了一柄亮闪闪的小刀，却坐在一旁削生梨的皮，他削好了一个就拿到爱娜的面前。爱娜含笑转送到蒋老太的面前，说道：

"伯母吃吧。"

蒋老太见她极其有礼貌，心中更加欢喜，遂向可生嗔怪道：

"你这孩子，就不懂事，切也不切一切，叫人家囫囵吞下去吗？"

可生笑着望了爱娜一眼，爱娜也微微地笑了，可生于是把生梨又拿刀切了数片，一面吩咐小丫头拿牙签来，戳在梨片上可以拿着吃。蒋老太这才笑道：

"沈小姐，别客气，吃一些儿。"

爱娜于是不再做客，遂吃了一片。不多一会儿，仆妇又送上三碗银耳茶，爱娜见他们真把自己当作贵客看待，这就哟了一声，笑道：

"伯母，你这么客气，倒叫我下次不好意思再来了。"

蒋老太道：

"这是家里现成的东西，那又不是特地为沈小姐去买来的，只怕不好吃。"

爱娜听她这么说，当然明白是表示他们常吃银耳的意思，遂也不再说什么了。吃午饭的时候，可生的爸蒋大诚回来了，他见了爱娜，少不得又闲谈了一会儿。这时仆妇已摆上银台面，菜是馆子里叫的。可生请爱娜入座，吃饭原只有四个人，一面吃，一面谈，大家都很高兴。下午蒋老太请客，在沪滨舞台买了戏票，大家去瞧程砚秋的《三娘教子》。

这天，爱娜回到校中，已是晚上十时敲过了。可生回家后问蒋老太的意思，说沈小姐的人才怎么样。蒋老太笑道：

"这么人才还是个不好的吗？那么她对你是否有意思的？"

可生赧赧然地一笑，说道：

"当然有意思的，她若不爱我的话，她今天也不会来我家了。"

大诚听了，在旁边插嘴道：

190

"你们母子倒也说得称心如意的，那么高家这头婚姻怎么办？我和阿民是老朋友，若真的赖了婚，那究竟说不过去吧？"

可生听了，把嘴一鼓道：

"这种自小订的婚姻，我可不赞成，反正你们又没有什么媒人，也没有订婚证书，那有什么要紧。爸爸若怕难为情，你说是我不喜欢好了，我今年二十一岁，已是到了法令年龄，婚姻有自主权，对于从小的盲目婚姻，当然废去的了。"

大诚道：

"虽然没有什么证据，不过自己良心上歉疚罢了。高家文娟小的时候也很可爱，我想大了也不会错，假使乐意不赖婚的话，终究是履行前约的好。"

蒋老太道：

"孩子的终身问题，终要孩子自己喜欢才是。对于高家婚姻，我原也不大赞成，都是你这老头子怕没有媳妇的，老早就问他们订下了。"

大诚道：

"你这话也无非嫌高家现在贫穷一些罢了，我倒说沈小姐太摩登一些，在我们家庭中似乎也不十分的合。"

可生一听这话，便恨恨地走出房去了，走到房门口的时候，那皮鞋后跟在地板上更蹬得响一些，表示这一份儿生气的样子。蒋老太笑着努了努嘴，说道：

"不是我帮着他，他自己这个模样，孩子年纪大了，做父母的还能做得了主意吗？"

大诚叹了一口气，说道：

"罢了，罢了，也由你们去吧。"

其实可生没有走远，在房门口偷听，今听爸爸说这么两句话，他心里这一欢喜，遂匆匆地回房去安睡了。次日，可生到学校去，遇见了爱娜，便向她招手，两人一同到校园里去踱步，爱娜笑道：

"昨天在你家吵了一整天，真不好意思的。"

可生笑道：

"那有什么不好意思？爸和妈他们都很欢喜你，昨夜回家，我听他们偷偷地在谈话。"

爱娜走到那个池塘旁停住了步，回眸望了他一眼，笑道：

"他们老人家在谈些什么话呢？"

可生憨笑了一会儿，俏皮地道：

"是关于沈小姐的事情……"

爱娜芳心怦然一跳，急忙又问道：

"是说我丑话吗？"

可生笑道：

"哪里是说你的丑话，他们赞美你还来不及呢。"

爱娜笑道：

"我又有什么可以值得赞美的地方呢？你别开我玩笑了。"

可生笑道：

"谁和你开玩笑，妈说沈小姐性情好，模样好，才学又好，有此三好还不是值得人家的赞美吗？"

爱娜听了这话，脸儿微微地一红，噘了噘小嘴儿，屁了他一声，秋波却逗给他一个妩媚的娇嗔。可生感到她的可爱，遂又笑道：

"妈还向爸说了这一层意思……"

说到这里，故意又停了一停。爱娜听他不说下去，于是忍不住又开口问道：

"说哪一层意思呢?"

可生沉吟了一会儿,摇头道:

"我不敢说出来。"

爱娜奇怪道:

"既然赞美我,为什么你却又不敢说?"

可生道:

"我说给你听,你可别见怪。"

爱娜因为不解何故,遂说道:

"你只管告诉我,我决不见怪的。"

可生笑道:

"妈对爸说,沈小姐这么的人才,她有看中你做媳妇儿的意思。"

爱娜这才恍然了,她的粉脸立刻飞上了两朵玫瑰的花瓣,啐他一口,笑嗔道:

"谁信你胡说。"

可生见她虽然娇嗔,不过嘴角旁犹含了浅浅笑意,可知她没有恼怒的意思。这就大胆地走上去,握住了她的纤手,诚恳地叫道:

"爱娜,恕我冒昧呼你一声名字。我妈这一份的意思,不知也能博得你的同情吗?"

爱娜听他这么说,那是明明地在问自己求爱了,这就羞红了脸,沉吟了一会儿,反问他道:

"我先问你,这是你妈的意思,但你听了心中怎么感觉呢?"

可生笑道:

"那还用说的,妈的意思正说到我的心坎儿里去呢。"

爱娜见他涎皮笑脸的神气,一时又恨、又爱、又喜、又羞,伸手打了他一记，却低了头儿哧哧地笑。可生却抬着她的下巴，追问道：

"姐姐，不，妹妹，你回答我呀，到底怎么啦？"

爱娜这时把克强完全已忘记得一干二净了，她向可生媚笑了一会儿，低低地道：

"只要你心中认为你妈的意思是对的，我也终没有反对的道理。"

可生听了这话，他乐得心花儿都朵朵地开了，猛可把她手儿凑到自己的嘴边，不禁连连地闻了两个香。

从此以后，可生除每星期到采苹家里去瞧望一次外，其余的日子，差不多天天和爱娜在一块儿玩。在他们的心中，都认为将来总是对夫妻的了。虽然爱娜心中尚愁着克强要和自己打官司，不过自从一封回信去后，几个月来却不见克强再有什么信札到来。所以她希望克强会恼怒自己，因此和自己无形中破裂了。

光阴不觉又金风送凉、篱外菊绽的秋的季节了，爱娜在暑期里也没有回乡，她住在可生的家中。梅卿因为克强曾经向他提出警告，谓爱娜若再不回来，他俩将断绝夫妇关系。所以梅卿曾来函问爱娜到底存的什么意思？爱娜的答复只有决裂。梅卿没有法想，也只好向克强实告。这时，蒋老太已向可生言明，预备在冬至夜里那天，给他们举行一个订婚礼。可生、爱娜听了，当然是非常的快乐，巴望冬至快些到来，可以使他们得到愿望。

这天离冬至只有三天了，可生从家里匆匆地出来，因为今天是星期日，他和爱娜原约在大华舞厅游玩，所以他是赴约会去的。不料才拉开大门，就见门外站着一个朴素的姑娘，似乎正欲敲门的样子。她一见了可生，便红晕了两颊，好像有些难为情的神气，酒窝儿一掀，转着乌圆的眸珠，含笑问道：

"这位先生，请问这儿有一位蒋阿猫先生的？"

可生再也想不到她会叫出自己小时候的乳名来，一时望着她倒怔怔地愕住了。

第七章　丧怙失恃一样伤心人

　　张克强在十天之后，匆匆到岳父家里，满想把爱娜一同劝回家去，彼此不是也完了事情吗？因为爱娜原是和母亲闹了意见，我们夫妇根本很恩爱的，经我柔软地向她温存一回，大概她心中的气也可以消下去了的。克强在未到岳父家之前是想得好好的，不料到了岳父家一问，梅卿告诉他爱娜已到上海去了。当时克强听了，真有些哭笑不得，问在什么学校念书，梅卿说到青光大学去考的，并且又问道：

　　"爱娜和你约定三天内听答复，为什么你到十天后才来，对于这一点，你实在也有不是之处。"

　　克强愁苦了脸儿，叹道：

　　"话虽这么说，不过我也有不得已的苦衷。因为我那天回家，母亲就病得很厉害，我一时分不开身，所以迟到今天才来，不是也没有办法的事情吗？岳父对于爱娜动身到上海去求学，你老人家为什么也不劝阻她呢？"

　　梅卿道：

　　"我何尝不劝阻过她，无奈这孩子的性子就是个固执得了不得，她说已嫁人的女儿，也不好意思常住在娘家，他既不来陪伴我，我索性不回家了，将来读成了书，在社会上有自立的能力，还用再靠男子了吗？所以她决计要到上海投考大学去了。"

张克强道：

"这是她误会了我，我明天写封信去劝劝她，向她赔个不是，也许她会回家的。"

梅卿道：

"这样很好，不是我不肯管事，对于这个孩子，我真没法去管她，还是你们自己去办理的好。"

克强因为记挂着母亲，所以也就匆匆地回家。到了上房，见母亲咳得厉害，高二姑娘却在倒茶服侍她喝。张老太见了克强，遂叫声孩子，说道：

"爱娜回来了没有？"

克强生恐母亲听了要生气，更加重她的病体，遂说道：

"她家里有事情，还要住两天回来。"

张老太道：

"她听了我病了，还不肯回家吗？唉，这么狠心的媳妇，真不是人养的了，刚才要不是二姑娘来服侍我喝茶，我真要咳死了呢。"

克强叹了一口气，一面又向文娟点头，低低地道：

"多谢二妹常来照顾我的妈，真叫我心中感激呢！"

文娟秋波瞟了他一眼，也低低地回答道：

"大哥，你别说这么的话，我们是多年的邻居，老太太待我很好，我又没个妈，所以对于老太太理应照顾一些的。我想大哥每天要上学校去教书，大嫂又不回家，留着老太太有病的一个人在家里，那也不是一个道理。最好雇用一个老妈子给她做伴，因为我也不能每日长伴在这儿的，所以我感到担忧。"

克强道：

"可不是，但老妈子一时又到什么地方去找？所以还是二妹给我向邻居们留心留心的了。"

文娟点头道：

"也好，王婶娘的表妹好像要帮人家，我回头就去问问她。"

张老太在床上叹息着道：

"唉，我假使有二姑娘那么一个好媳妇，我虽死也安慰的了。"

文娟被她这么一说，因为克强站在旁边，所以她感到万分的难为情，两颊浮上了两瓣玫瑰的娇红，却是垂下头儿来了。张克强听了母亲的话，望着文娟，也由不得想起采苹来。他觉得自己两个妻子都是母亲赶走的，前者当然更冤枉一些，而且生死未卜，假使真的已死了的话，母亲今日被爱娜气跌成了病，这似乎也是冥冥之中的报应了。想到这里，为采苹由不得暗暗地伤心。大家默不说话，室中空气自然显得沉寂，这时候张老太又道：

"爱娜家里到底有什么事情，难道你叫她回来她都不听吗？"

克强支吾了一会儿，却答不出什么来好，良久，方才说道：

"母亲，我告诉了你，你别生气，她已到上海读大学去了。"

张老太听了这话，不由得全身气得发抖，冷笑道：

"她这算什么意思？你倒不会问问她爸，要脱离也没有这么容易呀！这次结婚，我们是花了多少钱把她讨来的，她却借名义逃到上海去了。一个女人家，孤单单到上海去，那还会干出什么好事情来吗？"

克强听了这话，虽然对于爱娜的行为感到可恶，不过对于母亲的话，也有个反应，心想：那么采苹的走，还不是你硬生生逼她的吗？而且还偷偷地登了这一份离婚启事的报，冤枉她卷逃，这似乎也太容易、太惨无人道的了。这么想着，所以他也并不发表什么意见，低了头不作声。文娟心中也在想，原来爱娜已到上海去读书了，这话不知是真是假，可见有娘家的媳妇，到底不大吃亏，张老太虽然厉害，这次也气得生病了。张老太的热度本来已是退去了，经此一气之后，她的热度又虚浮上来。文娟见她两颊发烧，遂向她劝道：

"老太太，事到如此，你生气也没有用，自己身子保重些要紧。"

克强也道：

"妈，二妹这话是对的，这种人当她已经死去了也就罢了。"

张老太道：

"死去了倒也有个名目，现在她逃到上海去，明明干不要脸的事，那不是败我家的门风吗？老实说，她爸是个有钱的财主，我们得叫他赔偿这次婚姻的损失。"

文娟听了，暗想：张老太一生厉害，到生病的时候，还是这么的阴险。一时觉得张老太这次的病，恐怕是凶多吉少的了。克强似乎和文娟有同样的感觉，叹了一口气说道：

"我就是穷得粥也没得吃了的话，我也不犯着去拿他这一笔作孽钱。"

说到这里不免感触，又连声地叹气。张老太道：

"这是很名正言顺的，这也不算敲诈他们，难道你就随她这么在外面胡闹吗？"

张克强心中的意思，却以为母亲的话太侮辱了爱娜一些，把爱娜人格似乎估计得太低了。因为爱娜此次的出走，照梅卿告诉情形，这是对的。因为她怨我三天之后还不去看她，以为我变了心，所以她欲求深造，以便养成自立的才能。对于烂腐、胡闹这些名字，当然太过分一些了。所以克强还很同情爱娜，他觉得母亲已在病中，就不该有此愤激思想了。因为她至死都不认自己有三分的错，他感到母亲的可怜，他觉得母亲也许是不久于人世的了。于是向她劝道：

"妈，这些事情你也别去管了，终是保养自己的身子要紧。"

文娟也劝道：

"老太太也想明白一些儿，只要自己身子了复原，脚轻手健也就是的了。你此刻饿了没有？时候也不早，我给你煮些稀粥润润喉咙好吗？"

张老太叹了一口气，说道：

"我也不想吃，这次的病完全是被爱娜推一跤的起因，我真想不到就会丧在她的手中。"

文娟不作答，望了克强一眼说道：

"老太太此刻不想吃，烧起来也就差不多。"

说着，便走到房外去。克强嘱母亲静养一会儿，他也悄悄地跟到院子外来。见文娟蹲了身子在拢旺炭炉子，于是说道：

"炉子熄了吗？二妹，真辛苦了你，这些事都不是你应该做的，真叫我心中不知怎么感激你才好。"

文娟听他这么说，当然在他意思，这些都是应该大嫂干的，现在我常来尽了这个义务了。她感到有些羞涩，眸珠一转，微笑道：

"大哥，这也不是那么说的，譬如我给老太太做了干女儿，那我不是也应该尽一些责任的吗？"

克强点点头说道：

"二妹真是个热心仗义的姑娘，我感到敬佩。"

文娟这回却没有作答，自管匆匆地做事。待她拢旺了炉子，搁上了饭锅子后，回头去望克强，不料他兀是呆住着出神，这就好笑道：

"大哥，干吗发怔，想嫂子吗？"

克强摇头道：

"犯不着想她，她和母亲吵嘴，可没有和我闹意见，所以她是不该离开我的。她会忍心离开我，可见她对我也是没有什么真情爱的了。"

文娟听了，站在自己的地位，很难说话，既不好说爱娜的无情义，又不能说老太太的不好，所以她不免愕住了一会儿。克强接着又叹道：

"我因为第一次打了采苹，已经觉得错误，所以对待爱娜已经好到二十四分的了。假使爱娜换作了采苹的话，她能够有我这么安慰她，她是决不会离开我到上海去的。"

说到这里，想起了采苹，不免落下泪来。文娟知道他是怀念采苹的意思，一时也不免暗暗地感伤，但表面上也只好向他安慰了一回。因时已不早，生恐爸爸又找她，遂作别匆匆回去。

光阴很快地过去，一转眼之间，不觉又是二十多天。克强见母亲的病日见沉重，觉得是很危险的了。他想万一不幸的话，终也该有个媳妇哭哭才是，爱娜如何可以不去喊她回来？于是他便写了一封信给爱娜，他在信中的意思，还带有些母亲是快脱离人世间了，你只管回家，以后再不会有人来磨难你的。谁知爱娜这时正和可生热恋着，所以她已无意再做张家之人，遂回复了一封很不情的信给克强。克强接到那封信的时候，齐巧文娟也在，所以叫她一同来看，只见上面写了短短几行字：

克强先生台鉴：

　　来函收悉，知足下母亲已病入膏肓，不久将脱离人世，嘱我火速回家。我聆悉之下，代君颇为忧伤。盖君

201

乃一纯孝之人，知有母而不知有妻。今母病笃，君当割骨疗亲，拉牢她不做泉下之鬼才是，嘱我如此不孝不贤之人回家，又有何用？故我不能遵命回来，盖我已无缘再做君母之媳妇也。专此奉复，即颂台安！

　　　　　　沈爱娜敬上　四月十三日夜

　　克强念完了这一封信之后，他气得脸儿转变了颜色，全身瑟瑟地发抖，半晌说不出一句话儿来了。文娟也觉得爱娜心肠狠辣，她竟和克强决裂了。这时克强把脚一顿，把那封信撕得粉碎，冷笑道：

　　"好个无情无义的女子，她竟愿意和我分手了。"

　　文娟呆了一会儿，方才说道：

　　"大哥，你把信撕了做什么？不是也好做个证据吗？"

　　克强愤愤地道：

　　"做什么证据，反正我们分手罢了。她说无缘做我母亲之媳妇，换言之，即无缘做我妻子。好个不知廉耻的女子，负心得好，她真爱上别人去了。唉，母亲害了我，害了我……"

　　说到这里，因为神经受了过度的刺激，他不禁掩着脸儿哭起来了。文娟被他哭得辛酸，眼皮儿也红了起来，因向他说道：

　　"大哥，你别伤心呀！她既然无情若此，那你当然更不值得为她伤心的了。快不要哭了，让老太太听见难受。"

　　克强收束了眼泪，说道：

　　"我倒并非为爱娜负心而哭，我实在想起了采苹而哭的。唉，采苹可怜，采苹太委屈她了。"

　　说到这里，又不禁泪下如雨。文娟听了这两句话，也忍不住泪像泉水一般地涌上来，遂忍泪又道：

"知人知面不知心，这话真是不错，我想不到爱娜会这么心硬，倒也出人意外的。大哥，事到如此，伤心也没有用了，所以你还是达观一些吧。"

克强在文娟的面前，也不好意思作过分的伤心，所以点了点头，收束了泪痕，两人一同到上房里去瞧母亲。不料这时张老太神色剧变，见了克强，便凄凉地道：

"孩子，常言道，鸟之将死，其鸣亦哀；人之将死，其言也善。我这病怕不中用的了，这两天一合上眼，就瞧见采苹这个可怜的孩子，我知道采苹一定已经委屈地死了，这是我害了她。我太没有情感了，我觉得懊悔。唉，见了狠毒的媳妇，才知道采苹的好，否则任你怎么的贤孝，做婆婆总有许多的不满意。这是人心的不知足呢，还是千百年来婆婆对媳妇都要磨难的呢？唉，采苹可怜，我对不住她，同时我也对不住你。克强，你为了我这个母亲，累你内心是感到太痛苦一些了吧？"

克强听母亲这么说，一时也又伤心起来，不禁含了眼泪哽咽道：

"母亲，你别这么说吧，采苹是没有死去，这是你心理作用的缘故。你只要静静地修养，你这病是会好起来的。大夫不是跟你说过吗，叫你不要胡思乱想。"

张老太摇了摇头，低低地道：

"大夫只能医病，可是他却不能医命，我自知难以好了。我死之后，最好能够把采苹去找回来，因为她实在没有错呀。我怨她八败命，我怨她白虎星，这都是冤枉的。唉，我错认爱娜是好媳妇，到如今她还远走高飞，竟不顾念你们夫妇之情，虽然一半是我的不是，但爱娜也太忍心一些了……"

说到这里，已经是上气不接下气，话声是特别的低沉。克强的泪水已在颊上展现了，他摇了摇头，哽咽着叫道：

"母亲，我听从你的话，一定把采苹去找回来的，至于爱娜这个女子，她已不是母亲的媳妇了，你再不用提她了。"

张老太听了这话，暗弱的目光在克强脸上淡然地逗了一瞥，微微地点了点头，她把眼皮已是慢慢地合上去了。文娟瞧她这神色不对，遂悄悄地拉了克强一下衣袖，含泪低低地道：

"大哥，我看老太太的眼珠已散了神，只怕这两天有些变化，不是我说句心酸的话，有些后事该早预备起来了。"

克强听了这句话，泪如雨下。他心中在想爱娜信中这一句话，"今母病笃，君当割骨疗亲……"在爱娜，无非是讽刺我的意思，不过我……难道就真的不能了吗？想到这里，他便毅然走到院子外去了。文娟见他并不回答，反把身子走出房外去，一时不知什么缘故，遂也跟着出来。只见克强跪在院子里，撩着臂膀，正用一把剪刀在割一块臂上的肉。文娟这才明白了，她觉得克强真不愧是一个孝子，一时又喜悦又肉疼，急急地奔去，拿了一只碗去盛他割下来的那一块肉。只见鲜血淋淋，尚在跳跃。然在这时，克强脸不改色，拿衬衫撕破，紧扎伤处。文娟急急地煎了一碗汤，两人到房中给张老太喝的时候，不料张老太牙关已紧，口不能言。克强跌足哭道：

"啊呀！母亲，你竟去得这么快呀！这叫儿子太心痛了一些。"

说到这里，张老太喉间霍的一声，她眼皮一合真的死了。克强、文娟连喊母亲、老太太，也早已放声大哭起来了。

自从张老太死后，克强是更感到孤独了。他因为在梅卿那儿知道爱娜是真的负了心，所以他也索性死了这条心，不再记挂爱娜这个人，立志为教育尽职，培植那些小国民能够得到一些良好的知识。可是他独对孤灯的时候，又不免想起了采苹，因此由不得暗暗地淌了一回泪。在这一个冷清孤苦的环境里，也只有高家的文娟是他唯一的安慰者了。以两人的情谊而说，他们就仿佛是一对夫妇般地爱护着，在两人心中也未始不希望能够有成功一对的事实。然而为了旧礼教的束缚，使两人依然保持着固有的清白。

　　光阴不停地逝去，早又秋凉天气未寒时了。这天，克强从学校回家，经过文娟的家门口，想到有好多天不曾和文娟见面了，于是他就走了进去。谁知直到草堂，却不见一个人影子，这就低低呼了两声二妹。经这两声叫喊之后，只见文娟从屋子里悄悄地走出来了，看她的意态，若有无限忧郁难受的样子。她颦锁了翠眉，秋波脉脉含情地望了克强一眼，悄声儿告诉道：

　　"大哥，我爸病着已有好多天了。"

　　克强听了，心头倒是一跳，走上两步，忙道：

　　"患的什么病症？那么大夫可曾瞧过了没有？"

　　文娟叹了一口气，说道：

　　"怎的没有瞧，可是也不见有什么大的效力。真也奇怪，爸爸对于这次的病，自己却非常担忧，因为他怕死，他爱做人。我想，病人有这个现象，实在是不大好的。"

　　文娟说到这里，眼皮一红，泪水已在眼帘下展现了。克强伸手把她纤手握住了，柔和地安慰她道：

　　"年老的人，小病小痛，终是免不了。二妹，你别去想到这一层，何苦来自寻烦恼。老人家现在睡熟了没有？让我进去望望他。"

　　文娟拭去了泪水，说道：

"没有睡熟，你进来吧。"

两人说着话，又放了手儿，一前一后地步进房中去。文娟走到床边，微含笑意地叫道：

"爸，张大哥来望你了。"

高阿民略抬眼皮，向床前的克强望了一眼，点了点头表示感谢他的意思。克强在骤睹之下，也由不得吓了一跳。你道为什么？原来和高阿民四五天不见，他的人儿已瘦得一副骨头了，于是低声叫道：

"大叔，听说你已病了好多天了，不知什么地方不舒服？想吃些儿吗？"

阿民摇了摇头，说道：

"我也不想吃什么，只是胸口闷得难受罢了。"

克强听他说话的声音已十分微弱低沉，好像在喉咙里发出来似的，他心中这才也开始难受起来。暗想：已病得这个模样，还能久长了吗？想到这里，泪水几乎也夺眶而出。但他到底又竭力镇静了态度，向他柔和地说道：

"大叔胸口难受，要不叫二妹给你揉摸一会儿。"

文娟道：

"我是时常在给爸爸揉摸的。"

说着，她坐到床沿边去，手儿在他胸口轻轻地抚擦着。阿民似乎很懒怠，闭了眼皮，默默地喘气。克强觉得，这神情终也不能久长的了，他想和文娟商量阿民的后事，可是他又怕文娟伤心，所以这些话也就始终没有勇气说出来。不过他还相信，不见得就会在今明这两天，时间少不得还要延长一些的，所以他坐了一会儿，也就告别回去了。

这天夜里，文娟伴在床边呆坐，那盏油灯显得分外的暗淡，

206

爸爸似乎睡着了，四周静悄悄的，好像死过去一样的冷清。寂寞在她心头激起了无限的悲哀，她有些凄凉，身子抖动了一下，似乎感到有阵冷意的侵袭。就在这时候突然阿民哎了一声叫道：

"素琴！素琴！"

文娟听爸爸喊的是妈妈的名字，因为妈已是个亡故的人，她一阵冷意砭骨，只觉有阵莫名的害怕渗入了她处女脆弱的心灵。于是望着阿民叫道：

"爸爸！爸爸！"

阿民被她叫醒，睁眸来瞧见了床边的文娟，遂低声地问道：

"孩子，什么时候了？"

文娟道：

"十一点三刻，爸爸，你要喝一口茶吗？"

阿民摇了摇头，把他已失了神的目光，凝望着文娟的粉脸说道：

"孩子，爸恐怕是不久将和你永远分别了……"

说到这里已是哽住了，再也说不下去。文娟听了这话，芳心欲碎，早已失声哭道：

"爸爸，你怎么说出这些的话来呢？"

阿民被她一哭，他的颊上也不免老泪纵横了，颤抖地说道：

"刚才你妈已经来望过我了，我想她一定很关怀我的生死，大概我已有和她亲近的日子，所以她来望我了。"

文娟摇头道：

"不，这全是爸爸心里在想的缘故，我想妈是绝不忍心你老人家离开她苦命的女儿。"

说着又哭，阿民听了亦哭，其悲惨之情，令人酸鼻。过了一会儿，阿民方才含泪说道：

"孩子，人生百年，原等于白驹过隙，早死迟死无非是时间问题。常言道：人生五十非为夭。我今年五十有五，当然也很满足的了。不过我心中所遗憾的就是你的婚姻问题尚在悬宕之中，所以我觉不安罢了。我死之后，你一个人孤零零地住在乡下，也终究不是一个道理。所以我在未死之前，得写封信去给蒋家，希望他们能够把你早日娶了回去，这在我也可说死无遗恨的了。孩子，你把笔墨取来给我写信吧。"

　　文娟听爸这么说，心中一时悲痛极顶，除了悲苦哭之外，如何还会去拿笔墨给他。因此伏在床边，只管呜咽。阿民急道：

　　"孩子，你为什么不听从我的话？"

　　文娟这才停了哭泣，说道：

　　"爸爸，病得这个模样儿，还会写字吗？我以为这些事，爸爸也不用放在心头的了。"

　　阿民不依道：

　　"你别管我，让我试试。"

　　文娟拗他不过，只好把笔纸递给阿民。阿民拿了笔杆，却只是瑟瑟地发抖，笔尖画在纸上，却像画花样写不成字，于是掷笔叹道：

　　"死将至矣。"

　　文娟拾起笔杆，忍不住又哭起来。此时已深夜了，阿民因嘱文娟回房休息，说今夜尚不至于会脱离人世的。文娟苦痛若割，这晚她不肯回房睡，在阿民床边陪伴了一夜。第二天早晨，文娟见父亲神色愈加不好，而且一些儿东西都吃不进去，她知道父亲果然也不中用的了。正欲去喊克强，不料克强亦已到来了，问道：

　　"二妹，大叔怎么样了？"

文娟听问，早已呜咽啜泣起来，说道：

"恐怕是不中用的了……"

说到这里，想起往后的身世，不禁痛断肝肠，泪如泉涌。克强见了悲酸，遂叹了一口气，安慰她道：

"二妹，事到如此，你也不要伤心了，我们还是料理大叔的后事要紧，现在大叔的人儿怎么样？我到房中去瞧瞧他。"

说着，身子已步到阿民的房中去了。走到床边，见阿民只是喘气，正是气息奄奄，十分的危险。他见了阿民的临终神情，使他更想起母亲的死时光景，所以他非常难受，眼泪早已也掉下来，低低叫道：

"大叔！大叔！克强来望你了。"

阿民听了呼声，回眸望了他一眼，微微地点了点头，仿佛也招呼他的意思。克强见他眼角旁也沾有了泪水，嘴唇一掀一掀，似欲说话的神气，遂又忍泪问道：

"大叔，你有什么话，你只管跟我说吧，假使我有能力可以尽义务的话，我决不会使你老人家失望的。"

高阿民这才强挣出几句话道：

"我死后，请大哥把文娟送到上海蒋家去，我心中感激着你是了。"

说到这里，再也说不下去。克强忙答应道：

"大叔，你可放心，这一些儿小事，我一定照办是了。"

阿民听了这句话，他心中仿佛得到了无上的安慰，脸上浮现了一丝浅浅的苦笑。在这一丝苦笑中，他的眼皮已经合上，一缕孤洁的幽魂，也就永远脱离这个浑浊的世界了。克强急急叫了两声大叔，文娟伏在阿民的尸身上也痛哭起来了。

阿民死后的一切都由克强负责料理，经济上也帮了她许多的忙，文娟在万分悲痛之余，自然也非常的感激。过了终七之期，差不多时届深秋，克强想起阿民临终的托付，那天便向文娟说道：

"二妹，大叔的终七已过，我的意思，我送你到上海蒋家去。因为你一个女孩儿家，孤零零的住在乡下，也很不方便，而且也不是一个终究的办法。大叔既这么地嘱托过我，我当然要尽我的责任才是。"

文娟对于蒋家那头婚姻，也有些淡然，不放在心头，听克强这么说，便锁了翠眉，低低地道：

"大哥，我跟你说句老实话，爸爸在日的时候就疑心到蒋家有赖婚之意，我想他们是个有钱人家的少爷，我也犯不着再寻上门去，惹他们的讨厌。反正没有什么证书，所以彼此还是无形中解除了婚约的好。想我是个孤苦无依的姑娘，与其将来受他们的苦，还不如在家里过些清寒的生活好。"

克强道：

"这话可不是那么说的，对于他们赖婚之意，也不过是你们心想罢了，这是作不得准的。因为疑的一个字，能够引起彼此的误会，所以你且先去过了再作道理。假使他们果有赖婚的意思，那时候分手也不迟哩。二妹，你以为这话可对吗？"

文娟听完，沉吟了一会儿，觉得他这话当然很有道理，遂道：

"那么也待大哥这学期终结后再伴我到上海去，否则误了大哥的正事，叫我心中怎么说得过去。"

克强道：

"二妹，你不知道，我已向学校辞了职，因为我觉得死守家园，终也不是一个青年人的出路，现在我很想到外面去活动活动。唉，这一年来真使我内心感到太痛苦了。"

说到这里，忍不住深长地叹了一口气。文娟当然是很表同情，然而自己却不能够给他现实的安慰，虽然她明白克强心中也未始没有不爱她的意思，但彼此的热情却被外界束缚得太痛苦了。她哀怨地逗了他一瞥柔情的目光，没有回答什么话，也深长地叹了一口气，良久方说道：

"也好，那么大哥预备何日动身？我倒希望他们能够不承认我这个人哩！"

克强听她后面的一句话，至少是包含了一些深刻的作用。他明白二姑娘和自己的情意已好到一百二十分，他心中是感动得很厉害，虽然他心中也有这么的一个希望，但他到底又觉得不忍，遂说道：

"说走就走，我的意思，二妹把衣服收拾收拾，我们明天就得动身了。"

文娟点头道：

"好吧，我们就明天动身。"

经过两人这一度商量之下，于是由长蛇般的火车载着他们到繁华的都市里去了。

第八章　鸟语花香两对神仙眷

克强伴文娟到了上海，先在一家旅馆里暂时住下，然后送文娟到同福路长安坊三号门口，他便先回旅馆去了。

话说蒋可生开门走出，突然见门外站着一个身穿素服的姑娘，向自己问蒋阿猫先生可在家。因为阿猫是自己的小名，所以心中正奇怪，不免望着她，怔怔地愕住了一会儿。只见那姑娘虽然乱头尘服，带着些村姑的风味，不过蛾眉凤目、樱口雪齿，秀丽之气，和采苹、爱娜相较，另有一股子妩媚的风韵。这就忙也含笑问道：

"请问小姐贵姓芳名？不知和蒋阿猫是什么亲戚关系？"

文娟暗想：什么关系？在一个年轻的男子面前，当然是不好意思说出来。于是只告诉自己的姓名道：

"我姓高名叫文娟，是从杭州才出来望他的。"

高文娟这三个字突然触送到可生的耳鼓，他那颗心灵这就像小鹿般地乱撞起来了。他想：这是我的未婚妻啊，不料她竟到上海来找我了。本来在可生的心中，对于文娟这个人，是根本存了讨厌的意思，认为文娟一定是个庸俗的村姑。谁知今日在见面之下，方才知道文娟是个这么秀丽的姑娘，一时心中由不得起了一阵爱怜之意，觉得自己遗忘了她，实在很不应该。所以他良心有些感愧，两颊就慢慢地绯红起来，情不自禁地说道：

"哦，原来你就是高文娟小姐，在下正是蒋阿猫，不过那是我乳名，现在我叫可生。"

文娟也想不到这一个风流翩翩的美少年，就是自己的未婚夫，一时满心眼儿的哀怨都消失了。她在无限羞涩中又感到无限的喜悦，粉脸儿已经红得像朵四月里的蔷薇，秋波脉脉地逗了他一瞥柔情的媚眼，说道：

"我只记得你的小名，因为我们分别的日子太长久了，所以我竟认不得你了。"

可生在她说这几句话的表情上看，觉得有种说不出的妩媚可爱，他心里动摇了，遂也笑道：

"可不是？差不多近十多年了吧。高小姐，你请里面坐吧。"

说着把手一摆，表示请她进内的意思。文娟见他十分温文，对待自己很有情的样子，一颗芳心这才得到了一些安慰，遂跟他步入屋子。可生关上了门，又向文娟说道：

"爸爸出去了，妈也被李公馆叫去打牌了。高小姐，你到我书房里坐吧。"

文娟含笑点点头，虽然她芳心是跳跃得很剧烈，可是她的态度还显得特别镇静。可生的书房布置得很优雅，窗明几净，十分清洁，在靠窗旁，尚放有几个盆景，点缀得书房中更有些诗情的风味了。可生道：

"请坐吧。"

他一面说，一面走到写字台旁，亲自到热水壶里去斟茶。文娟在沙发上坐下，坐下之后，她明眸瞧到了壁上有许多可生的小照，配着金边的镜框，里面的姿势和表情都拍得很可爱。芳心里这就又喜悦、又担忧，喜悦的是夫婿这么风流俊美，而担忧的是既然这么风流俊美，只怕他在上海也另有爱人的了。就在这当

213

儿，可生已把那杯热气腾腾的玫瑰茶送到文娟的面前。文娟见了，由不得又站起身子，说了一声多谢。可生笑道：

"你坐着，别客气。"

于是两人在隔了一张茶几的沙发上，都又坐下。文娟把茶杯放在茶几上，向可生瞟了一眼，可生先开口问道：

"高小姐，你一个人出来的吗？伯伯好？你身上穿的谁孝呀？"

文娟听他这么问，遂微蹙了翠眉，叹了一口气说道：

"我爸爸死了已近两个月了。"

说到这里，眼皮儿一红，几乎欲淌下眼泪来。可生哟了一声，说道：

"伯伯已过世两个月了吗？那你为什么不早些写信来告诉我们呀？"

文娟听他这么说，觉得可生尚有良心，遂叹道：

"原想写信告诉你们，但料理爸爸的后事，也忙糊涂了。爸爸临终的时候对我说，我在幼时已配给蒋家做媳妇了，虽然彼此是没什么订婚的证据，不过当时也办了好多桌的酒筵，给我们算为订婚的仪式。现在这十多年来，和蒋家的信息已不大通，也不知他们存的是什么意思。不过我死之后，你就成了一个孤零零的孩子，归根结底，终得去找蒋家寻个解决才好。我听了爸爸的话，所以不顾羞耻地前来投奔，现在遇到了你自己，我觉得当然是更好一些。不怕你心中生气的话，我向你老实地说一句，因为我们这婚姻是年幼时由父母做主的，如今彼此长大了，其中隔开了这许多年，在你一个大学生的环境里，少不得有许多的变化。假使你认为这一头婚姻是不满意的，那么我当然也不能勉强你，因为我不希望两性的结合内中有勉强的成分。蒋先生，最好请你

214

立刻给我一个答复。"

可生想不到她会说出这几句话来，一时觉得文娟绝不是个普通的乡村姑娘可比。他心中有些惭愧，因为在他心中，确实有遗忘她的意思。不过此刻见了文娟之后，他却再也没有勇气有遗忘文娟的意思了。他涨红了脸儿，大胆地把文娟手儿去握了握，说道：

"文娟，你不该称我先生，同时你也不该说这些话，难道你以为我爸没有和你爸通信，是有赖婚之意不成？这个你请放心吧。"

文娟见他这个模样，又听他这么说，一颗芳心这才感到了深深的安慰，遂向他微微地一笑，含了歉意斜瞟了他一眼，说道：

"因为你称我高小姐，我就不得不还称你蒋先生。现在承蒙你这样的深情义厚，我当然是非常感激，不过你爸妈的心中怎么样呢？"

可生笑道：

"爸妈更不用谈了，既然是他们干的事情，岂还有反悔的吗？文娟，你真可人，我叫你高小姐，你就呼我蒋先生，其实是因为初次见你，不好意思叫你罢了。如今这么说，那我就叫你一声妹妹，你不是也该叫我一声哥哥了吗？"

可生望着她的娇容，感到她生得可爱，于是说到后面，也不免带有一些顽皮的成分。文娟听他这么说，粉脸儿益发红晕起来，秋波逗给他一个娇嗔，却是抿嘴嫣然地笑了。可生这时把爱娜的约会已完全忘记，他觉得文娟比爱娜更可爱得多，所以他又问道：

"娟妹，你几岁了？瞧我这人，怪糊涂的。"

文娟见他真叫自己妹妹了，心里真觉甜蜜无比，遂低低地道：

"你自然忘记了，我倒记得，你比我大三年。"

可生觉得，在她这两句话中，至少包含了一些怨恨的意思，遂向她望着笑了一会儿，说道：

"娟妹，我在外面读书，又没有回乡的机会，因此我们隔膜得像陌路人了，其实这也怨不了我的。"

文娟斜乜了他一眼，笑道：

"谁怨你？我在家只是想，凡事都有一个缘，有缘的何必愁，没有缘的愁了也没用。反正你假使爱了别人，至多我孤独一生罢了。"

可生听了这话，良心有些隐隐作痛，暗想：我有这么一个好妻子，偏还要东追求西追求，这不是太傻了吗？于是把她的手握得紧紧的，低声地道：

"娟妹，你别那么说，叫我听了心中难受。现在你就安心在我家住下吧。其实我的家也就是你的家，明年春天里，我要求爸爸，也许给我们有团圆的日子。"

文娟听他这样柔情蜜意地安慰自己，芳心自然十分的喜悦，望着他俊美的脸庞，频频地点了点头，却没有回答什么。可生把她手儿抚摸了一会儿，站起身子说道：

"我叫人买点心去，娟妹，你坐一会儿。"

文娟道：

"我没有饿，你别忙吧。"

可生道：

"买一些不会饱的东西吃，总可以的。"

说着，身子已向房外去了。文娟遂也不用再客气，站起身子，向室中走了一圈。走到写字台旁的时候，突然瞥见桌子上一个小小的镜框子，里面嵌了一张女子的小照，文娟奇怪，拿来细瞧。这就咦了一声，齐巧可生走进来，文娟便回眸问道：

"这女子不是叫沈爱娜吗？难道和你也有亲戚关系不成？"

可生脸儿红了红，也奇怪地问道：

"妹妹怎么也认识她的？"

文娟笑道：

"她是张大哥的新嫂子，如何就不认识。"

可生吃惊道：

"什么？她是已经结过婚了的人吗？"

文娟听他这么惊讶的神气，忽然想到了爱娜在青光大学念书的一回事。于是她有些明白过来了，忍不住微微一笑，说道：

"我知道了，她一定是你同学，而且也是你的爱人，但可惜人家已经是有夫之妇了。"

可生心头别别乱跳着，他奇怪着文娟竟有些像成仙般的，遂忙说道：

"娟妹，你别胡说，那确实是我青光大学里的同学，同学们送一张照片，原也是常有的事，算不了什么稀奇的，不料你就喝醋了。"

文娟也红晕了两颊，逗了他一瞥娇嗔，屁了他一声，笑道：

"我真犯不着跟你喝……"

说到这里却再也说不下去，放了那张照片，却微微地笑。可生走上一步，握了她柔软的玉手，笑道：

"我也知道妹妹不是那么好妒的女子，但我觉得很奇怪，爱娜说她根本是个姑娘，怎么你说她是张大哥的新嫂子？那么张大哥又是谁呢？妹妹请你详细地告诉我好吗？"

文娟叹了一口气，说道：

217

"这样说，可见爱娜是爱上了你，所以她才写了这一封不情不义的信给张大哥，这女子真是心狠的。"

可生急道：

"娟妹，你不要自说自话了，快告诉我，到底是怎么的一回事呀？"

文娟这才说道：

"张大哥是我的邻居，他和爱娜结婚没到三个月，因了婆媳的不睦，使夫妇间也闹了意见，所以爱娜就愤然到上海来求学了。不过张大哥很爱她，后来张老太病了，张大哥写信叫爱娜回家，爱娜却给张大哥一封决裂的信，把张大哥气得一个半死。现在张老太死了，这次我到上海也全亏张大哥伴送我来的呢。"

可生听了，这才有个恍然大悟，情不自禁地说道：

"原来如此，那我可险些上了她的当。"

文娟听了，撇了撇小嘴儿，瞟他一眼，笑道：

"这是你自己不打自招，不是我冤枉你的了。"

可生方知失言，遂红了脸儿笑道：

"你不是又喝醋了？妹妹，过去的别提了，从此我便一心向着你，若负心了你，决没有好的结果。"

文娟听他念了重誓，这就逗了他一瞥哀怨的目光，说道：

"只要你有这个心，也就是了，何必还念什么咒语呢？"

可生道：

"也无非向妹妹表明我的心迹罢了，那么这个张大哥现在什么地方？他既伴你到此，为何不请他一同进来坐坐呢？"

文娟道：

"他伴我到这里，便先回吴宫旅馆去。因为我们在上海都没有亲戚，所以他先在旅馆暂住。张大哥是很热心的，这次爹爹的

218

事也全亏了他帮了我忙，所以明天我原要给你们介绍介绍，你也得代我谢谢他哩。"

可生点点头，沉吟了一会儿说道：

"我倒有个报答他的办法了，明天我把爱娜叫来给他们夫妇言归于好、重圆破镜，岂非是好？"

文娟听了，笑了一笑，忽又摇头道：

"不过大哥也许已不承认的了，因为爱娜信中已向张大哥表明不再做张家的人了，你想叫张大哥如何还能收留她？不过张大哥还有一个前妻叫作胡采苹的，真不知她现在生死如何，如果还在人间的话，我们便要使他们夫妇重圆。"

可生听了胡采苹这三个字，这就哟了一声，急问道：

"那张大哥莫非就是名叫张克强的吗？"

文娟也奇怪得目瞪口呆的，反问道：

"你如何知道他叫克强的。"

可生笑道：

"我们有报答他的机会了，娟妹，你说的胡采苹，她和我已认作亲姐弟了呢。"

文娟听了这话，顿时惊喜欲狂，笑道：

"真的吗？真的吗？苹姐住在哪儿？快叫她出来给我见见吧，可怜她把我真想死了。"

可生笑道：

"不想你和她竟好到这一分吗？但她没有住在我家，回头我带你去见她吧。"

文娟既得到了这个消息，如何还能够挨得下去，于是忙道：

"你此刻就伴我去见她吧，她家住在哪儿呢？"

可生笑道：

"我已叫阿香在买点心吃，吃了点心去也不迟，何必这么性急。"

文娟道：

"点心回来也可以吃，再说我原没有饿哩。"

说着话，把可生已拉着向门外走。可生没有办法再阻留她，于是只好和她走出了大门，但又说道：

"既然要去，我们得喊张大哥也一同去，这不是很有意思吗？"

文娟点了点头笑道：

"这话不错，那么我们此刻坐车到吴宫旅馆去吧。"

于是两人坐车到吴宫旅馆，找到三百十四号房间，文娟先推门进去。克强坐在沙发上正出神，见了文娟，遂站起身子问道：

"二妹，你怎么就回来了？"

文娟向后一招手，笑道：

"大哥，给你介绍，这是蒋可生，这位就是张克强大哥了。"

克强抬头望去，见门外尚走进一个俊美的少年，方知此人就是文娟的未婚夫。一时又欢喜又奇怪，欢喜的是文娟有了这么一个风流夫婿，奇怪的是他们做什么来？但可生已抢步上前，和克强握了一阵手，笑叫道：

"大哥，这次文娟爹爹的后事，全仗大哥帮忙，叫我心中很是感激。现在我报告一个好消息给你听，你的夫人胡采苹，我知道她住在什么地方，你不是很想念她吗？"

克强起初还连连地说别客气，只是听到后面不禁欢喜得失声叫起来，笑道：

"蒋先生，你真知道采苹的住处吗？那是好极了，烦你陪我走一趟了。但是很奇怪，你们怎么认识的？"

可生听了，遂向他从实把认识的经过告诉一遍，并且说道：

"现在表姐秋心已嫁了方一楼做妻室了，你夫人也给你养了个孩子。"

说到这里，又想到了一件事，忙问道：

"张大哥，你在报上登载脱离启事，冤枉你夫人卷逃，这到底是怎么的一回事？可怜你夫人得知消息，哭得昏了过去呢。"

克强听了，顿足叹道：

"唉，这启事哪里是我登载的，原是我母亲偷偷地着人登载的，想不到却被采苹瞧到，这真是不幸极了。"

文娟在旁边笑道：

"大哥，你现在也不用懊悔，我还得告诉你一件笑话。爱娜到上海后，齐巧和可生同校读书，因此她便爱上可生了。今天要不是我赶到上海，恐怕可生又要娶爱娜做夫人呢。"

可生不等她说完，红了脸忙道：

"娟妹又胡说了，事情是这样的，她和我同学，彼此很说得来，所以平日常在一块玩玩。她当然不肯承认是个有夫之妇，就是我也瞧她不出是个妇人，不过她很有嫁我的意思。我说句不欺骗良心的话，娟妹假使再不到上海来找我，我以后的变化，当然是难以猜测的。想不到她竟是张大哥的夫人，真是叫人做梦也想不到的事情。"

克强听了这话，心里真是非常愤怒，跳脚冷笑道：

"这真是一个水性杨花的女子，可杀之至，我没有待错她，照理她不该对我这样心狠呀！"

文娟又笑道：

"大哥，你现在不是已得到苹姐的消息了吗？那你还再去生气爱娜做什么？记得老太太临终的时候，她曾经向你这么说，希

221

望你能找到苹姐，使你们夫妇重圆。现在果然应了这句话，那是多么的叫人欢喜呀！"

克强听了这些话，真的把满心眼的气愤都消去了，点头笑道：

"二妹，这话真说的是，我再生她的气，那我不是成了傻子吗？蒋先生，对不起，那么此刻就请你伴我去见见采苹好吗？"

可生笑道：

"我们原是来伴你去见苹姐的，那么我们走吧。"

于是，三个人出了吴宫旅馆，坐车到采苹家里，文娟笑道：

"大哥且先进去，我们在门外站一会儿，也好叫苹姐心中感到意外的惊喜呢！"

克强不依，赖着不肯进去，可生认为文娟这话不错，遂把克强身子推了进去。克强原是为了怕难为情，如今见两人这样成全，当然是感激不尽，遂独个先走进房中去。只见采苹坐在沙发上，正在接绒线活儿，于是低低叫道：

"采苹，采苹。"

采苹回眸，突然见到克强，这真是感到意外的惊奇，她不相信这是事实，她几乎疑置身在梦中了。不过在这青天白日之下，哪里是做梦，她揉了揉眼睛向前望，这还不是克强吗？采苹瞧到了克强之后，她猛可地站起身子，顿时脸儿转变了颜色，不禁柳眉倒竖，杏眼圆睁，全身有些发抖，冷笑道：

"咦！你不是已经登报和我脱离了吗？你还要做什么来？我真已跟人卷逃了，你，你……瞧吧！这是什么呀？"

说到这里，转身把抽屉内一张报纸取出，掷到克强的面前。克强瞧她这么愤激的神情，他是表示非常同情，他一步一步地走上来，眼泪已展现在颊上了，低声地道：

222

"妹妹，你且不要发怒吧，这报纸上的启事不是我去登载的，是母亲瞒着我干的。妹妹，你可怜我，你就饶了我吧！"

采苹听他这么说，心中已软了一半，此刻又见他满颊是泪的情景，益发伤心起来，满面的怒容消失了，她的眼泪也像雨一般地滚下来。克强这时已情不自禁走上来把她抱住，采苹也就投入丈夫的怀抱，不禁呜咽地哭了起来。克强叫道：

"采苹，你太可怜了，我真对不住你，现在母亲也想明白过来，不过她老人家也早离人世了。"

采苹听了这话，哟了一声，又哭道：

"婆婆竟已死了吗？唉，我真是个不孝的人……但你又怎么知道我是住在这儿的呢？"

克强还没有回答，不料一阵笑声，早见可生和文娟走进房来，说道：

"你们夫妇今日重圆，真是欢喜还来不及，怎么偏又哭起来，那可不是没有意思吗？"

张克强听了这话，慌忙放开了采苹的身子。采苹这时见了文娟和可生两个人，一颗芳心真奇怪得目瞪口呆，半晌说不出话来。文娟早已奔到她面前，拉了采苹的手，一面亲热地叫，一面絮絮地告诉着曲折的情景。采苹这才恍然大悟，暗想：原来可生就是文娟的未婚夫，幸亏我抱定主意没有答应他，否则叫我固然对不住克强，而且叫我如何对得住文娟呢？同时又想：怪不得可生肯放弃我，原来在这时期，他一定是遇到爱娜的了，谁料爱娜竟是克强的第二个妻子。张老太今日被爱娜气病而亡，这恐怕也是一些报应吧。于是也不禁破涕为笑，因为自己吃了这么许多的苦楚，今天才算是吐了一口怨气。遂又向文娟问：

"大叔患的什么病？如何死得这么快？"

两人说着，少不得又落了一回眼泪。这时可生笑道：

　　"二姐也不用再难受，娟妹也不必再伤心了，事到今日，真可谓苦尽甜来的时候到了。好吧，时候不早了，我和娟妹先回家了，大哥和二姐也该好好叙一叙这一年来的衷情了。"

　　文娟听了，向两人一笑，遂和可生真的告别回家去。这里就只剩了克强和采苹两个人，夫妇坐在沙发上，喁喁地说着话。一会儿叹息，一会儿淌泪，一会儿哭泣，一会儿安慰，直到天已黑了，阿妈开上饭，两人才停止说话，收束泪痕。吃晚饭的时候，采苹向克强又问道：

　　"我和表姐到上海后，被生活相逼，所以做舞女了，那也是我不得已的事情。不过我现在的生活确实全靠表姐和可生弟的帮助，所以你的对文娟和可生的对我都是一样热心，也可说是冥冥中的各人报答各人了。"

　　克强听了，点了点头，方欲说句什么，忽听孩子光辉醒了。采苹于是去抱了来，并向光辉笑叫道：

　　"孩子，你别哭啊，你瞧，你的爸爸来了。"

　　说着抱到克强怀中，笑道：

　　"你瞧瞧，像不像你？"

　　克强被她这么一说，遂向孩子望了一回，问道：

　　"你代他取什么名字？有几个月了？"

　　采苹道：

　　"这是可生弟取的，叫他光辉，他是正月二十日生的，算来也有十个月的了。"

　　克强点点头，把孩子依然交给采苹抱了去吃饭，心中却在暗想：我和她分手差不多已经两年了，对于这个孩子究竟是否我养的，觉得其中还有一个问题。听她的话中，对于可生好像特别的密切，可生负担了她的生活，又取了孩子的名字，种种事实看来，总觉得可疑。克强经这么一想，他如何还吃得下饭？因此放下筷子，站起身子来了。采苹见他一忽儿又显出不快乐的神气，芳心好生猜疑，于是悄悄地问道：

"克强，干吗不吃饭了？"

可强摸出烟卷，吸了一支，说道：

"我心里闷得厉害，吃不下饭了。"

采苹信以为真，遂站起身子说道：

"这里有佛手干，你要不要一碗茶喝？"

克强回过身子，喷了一口烟，望着采苹，摇了摇头说道：

"不，我的心闷是有缘故的。采苹，我觉得很奇怪，我和你分别已近两年了，哪里这孩子还会是我养的呢？你倒给我说出一个理由来。"

采苹听他这么问，方才有个恍然，一时好气又好笑，便笑起来了，说道：

"那么照你说，是不是我给你做了个乌龟了？"

说到这里，却叹了一口气，接着又道：

"去年三月里出走的，你终还记得那一天夜里……现在这孩子是今年正月里养的，算一算日子，可曾错了丝毫？假使你不相信我的话，明天把表姐叫来问一问她，假使你再不相信，那么你就自便，反正我是被你已经休了的妻子，那算得了什么？你还是和沈爱娜去重温旧梦的好。老实跟你说一句，你无非疑心我和可生有暧昧的事情罢了。不过你也把人家的人格估计得太低了，你不得以小人之心度君子之腹，要知道我和可生的纯洁无愧于青天，你若疑心我和可生有什么，那么人家难道就不会疑心你和文娟吗？"

克强被她这么一说，细细地一推算，也觉得事情是冤枉她了，不过听了末一句的话，他也急了起来，说道：

"我和文娟有没有苟且的行为，这在他们新婚的夜里就可以分晓的。"

采苹听了这话，就很生气地道：

"你只信任自己，你就不信任我吗？也好，你既不信任我，我就死给你看。总算我给你养了一个孩子，你还要我一条命，这也是和你前生结的冤孽了。"

采苹说到这里，把孩子放在床上，她便回身向桌子拿剪刀的神气。克强这就奔上去，把她身子抱住了，故意笑道：

"我和你原闹着玩的，你认什么真？"

采苹被他这么一说，芳心愈加悲酸，不觉泪如泉涌，冷笑了一声，说道：

"什么事情全可以闹着玩，这些事也能闹着玩的吗？我为了你，受了多少的苦楚，今日见到了你，安慰尚未得，却又受了这么一个侮辱的冤枉。我做人还有什么趣味？倒不如早死了干净。"

说到这里，不由痛哭起来。克强到此，懊悔不及，因此抱着她身子也泪如雨下，哀求着道：

"妹妹，我错了，我该死，我不应该疑心你。唉！妹妹，你饶了我这一遭吧！"

采苹哭道：

"叫我有什么可以饶你，请你饶了我一条性命才是呀！我被你打出、赶出，又被你登报声明卷逃脱离，我在万分委屈和痛苦下偷生，已经是多么的痛苦！不料你寻上门来，还要一定叫我死。唉，天哪！我不死还有什么办法了吗？"

说到这里，不禁以手击头，捶胸大哭。克强见了她发狂般的情景，悔恨已极，遂向她扑地跪了下去，也淌泪泣道：

"妹妹，快不要这个神气啊！你别死，你若要死，我就先死在你的跟前。妹妹，你不肯原谅我，我今夜再不起来。"

采苹见他跪下求饶，一时也只好收束了泪痕，停止了哭泣，把他扶起身子，叹道：

"唉，冤家，我前世不知作过什么孽，所以今生才会受到你那么的磨难。"

克强见爱妻到底是个多情的女子，他在悲伤之余又感到甜蜜，遂捧着她粉脸，破涕为笑，说道：

"不是冤家不聚头，这是一句俗话，也是一句千古不灭的实话。妹妹，从今以后，再没有什么人来磨难你了。至于我，本来原深深爱你的，就说那年的打你，也无非为母亲的缘故。当时我见了你那封绝命书之后，我认为你已经死了，我是多么的伤心，我曾经为你痛哭，为你生病，这不是讨好你的话。至于和爱娜结婚，也是非常勉强，完全被母亲强迫的。谁知母亲认为是个好媳妇的爱娜，反把她气得断送了一条命。所以母亲临终的时候，才会想到你的好处，她是对你很抱歉、很记挂，她说假使采苹还活在人间的话，希望我们能够重圆。可见母亲已知道你是个好媳妇了。母亲临终又恨没有一个媳妇和孙子送她上山头，但她如何知道，你真已给她添了一个孙子了呢？唉，母亲！假使你魂而有知的话，当然亦可含笑九泉了。"

克强说到这里，不免又声泪俱下了。采苹因为自从进了张家的门，从来没有听到老人家赞美过一句好的话，今日在老太太临终的时候，居然也会说出自己的好。虽然自己没有亲耳听见，不过她知道这是事实，心中说不出是甜酸苦辣的滋味，也说不出是悲哀和喜悦的意思，那晶莹的眼泪，也会大颗地滚落了下来。夫妇相抱泣了一会儿，克强把嘴吮吻她颊上的泪水，低低地道：

“妹妹，你别伤心了，一切总是我的错了，以后我决不敢再得罪你，你叫我怎么样，我就怎么样，决不敢哼一声儿的。”

采苹听了这两句话，把手在他颊上划了一下羞他，撇了撇嘴，掀着笑窝儿，也由不得破涕为笑了。在这一笑之后，夫妇两人当然少不得又恩爱得似胶似漆，个中温柔的滋味又岂是局外人所知道的呢？

次日上午十时左右，两人已起身吃过早点，忽见秋心匆匆来了。她一见克强，也在心中大奇特奇，急问缘故。采苹含羞带喜地一一告诉，秋心这才恍然，遂向克强唠叨地埋怨了一会儿，把个克强说得连连点头，却不敢哼一声不是。采苹笑道：

“我们今天到可生家里瞧二妹去，好吗？”

克强赞成，秋心说自己不认识，很不好意思去。采苹笑道：

“可生难道你还不认识吗？”

秋心于是含笑点头答应了。三人坐车到可生的家里，可生文娟见了好不喜欢，于是含笑迎接，殷勤招待。可生向三人告诉，爸妈已知道爱娜有丈夫这一回事情，所以把早有订婚的意思打消了。秋心和采苹却怒责可生，既然早和文娟订婚，还要追求他人，实属不情之至。可生对于这两位姐姐的责骂，是不敢回一句嘴的，回眸瞧文娟却哧哧地笑，好像很痛快的样子，于是笑道：

“我被大姐二姐骂了，你可乐了？”

文娟噘了小嘴，啐了一口说道：

“要如你被打了，我就更乐了。”

这两句话，倒说得众人都大笑起来。谈了一会儿，可生请大家到大东茶室吃茶。因为今天是星期日，大东茶室里有热水汀，有无线电，坐着谈天，颇为逍遥自在的。当下五个人披了大衣，一同走出大门，谁知在弄堂口却遇到了一个摩登女郎。原来不是别人，正是沈爱娜小姐。爱娜昨日因为可生失约，所以今天匆匆前来问罪，不料竟遇到了她的冤家了。当时克强见了爱娜，心中早已明白，遂含笑上前招呼道：

"沈小姐，好久不见了，你一向可得意？我给你介绍，这位是蒋可生先生，这位是高文娟小姐，大概你还认识的吧？可惜得很，他们原来在幼年时就订好婚了，你沈小姐对待蒋先生这一份的深情厚义，恐怕是要辜负你的了。其实对于我都不成问题，因为在你心中不是已和我声明过，不愿再做张家的媳妇了吗？"

爱娜骤然见到克强和可生在一块儿，已经感到万分局促，如今听他说出这些话来，她觉得是惶恐到了极点，同时也悔恨到了极点。因为自己的秘密完全拆穿了，她再也没有脸儿站下去了，于是红着两颊，一个转身便向后匆匆地逃走了。

秋心、文娟见她逃走，都抿嘴觉得好笑。克强犹冷笑道：

"这不要脸的女子，倒也会怕难为情吗？"

只有可生一个人心中难受，因为他想到了和爱娜同玩舞厅时的热情，他觉得心中是多刻画了一条痕迹。

第二天，可生到学校里去上课，听同学们议论纷纷，说密斯沈爱娜，不知为了什么自杀了，有的说失恋，有的说别有苦衷。可生大吃了一惊，连忙向人打听，方知爱娜昨夜十二时后，服毒自杀，经同学发觉，送往大华医院救治，因时间已久，内部已坏，虽经医师竭力抢救，生命仍然危险。可生知道还没有气绝，遂悄悄打个电话给克强。克强听此消息，想起数月夫妻之情，也不免哀怜起来，遂向采苹要求给他去和爱娜见最后一面。采苹原是慈爱的女子，还连催他快去。克强于是赶到医院，见爱娜已气息奄奄，她见克强尚来看她，遂拉了他的手，淌泪微笑道：

"克强，你真有情义，我想不到你还会来看我，我虽死无恨矣。"

克强抚摸着她纤手，也不禁泪如雨下。良久，方说得一句话：

"你何苦出此下策？"

爱娜听了这话，并见他泪下情形，觉得自己若不死，也许克强尚有饶恕她的余地。一时摇了摇头，更加惨痛，不禁呜咽哭泣。一会儿，她才止了哭，望着克强道：

"克强，最后希望你能给我一些安慰，我仍旧是你的吧？"

克强也泣道：

"妹妹，虽然你是太无情一些，但多半还是旧礼教害了你，我可怜你，我同情你，你是终究属于我的。"

爱娜很感激地点了点头，她粉脸上含了一丝苦笑，于是她一缕芳魂，也就永远脱离人间了。待可生赶到，爱娜业已气绝。可生想着往日的情意绵绵，由不得失声痛哭，连叫"爱娜，我害了你了"。一个是丈夫，一个是情人，把爱娜痛哭了一场，这一幕人间的惨剧，终于在雨雪纷飞中，被寒冷的冬天悄悄地带走了。

流光如矢，一年容易，不知不觉已是鸟语花香、草长莺飞的艳阳天气了。这时，上海兆丰花园里的一角，池塘的旁边，柳絮飞舞的下面，站着两对少年夫妇，另一个少妇怀中还抱着一个孩子。大家满脸春风、得意扬扬，笑吟吟地瞧望着前面。原来离他们十余步外的草地上，站着一个花信年华的妇人，手里拿了一只快镜，正在给他们摄影呢。这几个人到底是什么人呢？聪敏如读者，当然早已明白，亦不必再需作书的来赘言了。

《鸟语花香》一书到此便告一个结束，希望天下有情人都能成眷属，永远在幸福的乐园中，度着甜蜜的生活。

附　　　录

从鸳鸯蝴蝶派谈到冯玉奇小说

裴效维

　　《民国通俗小说典藏文库·冯玉奇卷》将收录冯玉奇的百余种小说作品，此举极其不易。现在，我愿以这篇文章给出版者呐喊助威。尽管我人微言轻，但我毕竟是一个中国文学的研究者，为鸳鸯蝴蝶派说些公道话是我的责任。

　　冯玉奇是一位鸳鸯蝴蝶派作家，因此我们要想了解冯玉奇，必须首先厘清有关鸳鸯蝴蝶派的一些问题。

一、何谓鸳鸯蝴蝶派

　　鸳鸯蝴蝶派作家平襟亚在《关于鸳鸯蝴蝶派》（署名宁远）一文中对鸳鸯蝴蝶派的来历说得很清楚：

　　　　鸳鸯蝴蝶派的名称是由群众起出来的，因为那些作品中常写爱情故事，离不开"卅六鸳鸯同命鸟，一双蝴蝶可怜虫"的范围，因而公赠了这个佳名。

　　　　　　　　　　——载香港《大公报》1960 年 7 月 20 日

233

可见鸳鸯蝴蝶派并不是一个有组织有宗旨的小说流派，而是因为当时流行的言情小说多写一对对恋人或夫妻如同鸳鸯蝴蝶般相亲相爱，形影不离，因而民间用鸳鸯蝴蝶小说来比喻这种言情小说，那么这种言情小说的作家群当然也就是鸳鸯蝴蝶派了。这种说法应该是可信的，因为民间常用鸳鸯和蝴蝶来比喻恋人或夫妻，很多民间文学作品中不乏其例。这一比喻非常形象生动，但并无褒贬之意，因此不胫而走。

　　传到新文学家那里，便加以利用，并赋予贬义，作为贬低对手的武器。但新文学家对鸳鸯蝴蝶派的界定并不一致，大致有两种看法。

　　一种看法认同民间的比喻说法，即将鸳鸯蝴蝶派小说局限为通俗小说中的言情小说，将鸳鸯蝴蝶派局限为言情小说作家群。鲁迅是这种看法的代表，他在 1922 年所写的《所谓"国学"》一文中说："洋场上的文豪又作了几篇鸳鸯蝴蝶派体小说出版"，其内容无非是"'卿卿我我''蝴蝶鸳鸯'"（载《晨报副刊》1922年 10 月 4 日）。又于 1931 年 8 月 12 日在社会科学研究会做了《上海文艺之一瞥》的长篇演讲，其中对鸳鸯蝴蝶派小说更做了形象而精辟的概括：

　　　　这时新的才子＋佳人小说便又流行起来，但佳人已是良家女子了，和才子相悦相恋，分拆不开，柳阴花下，像一对蝴蝶、一双鸳鸯一样。

　　　　　　　　　　　　——连载于《文艺新闻》第 20、21 期

　　此外，周作人、钱玄同也持这种看法。周作人于 1918 年 4 月

19 日在北京大学文科研究所小说研究会做《日本近三十年小说之发达》的演讲中，就说现代中国小说"还有《玉梨魂》派的鸳鸯蝴蝶体"（载《新青年》第 5 卷第 1 号）。次年 2 月，周作人又发表《中国小说里的男女问题》（署名仲密）一文，认为"近时流行的《玉梨魂》，虽文章很是肉麻，（却）为鸳鸯蝴蝶派小说的鼻祖"（载《每周评论》第 5 卷第 7 号）。与周作人差不多同时，钱玄同在 1919 年 1 月 9 日所写的《"黑幕"书》一文中也说："人人皆知'黑幕'书为一种不正当之书籍，其实与'黑幕'同类之书籍正复不少，如《艳情尺牍》《香闺韵语》及'鸳鸯蝴蝶派小说'等等皆是。"（载《新青年》第 6 卷第 1 号）这种看法后来被人称之为"狭义的鸳鸯蝴蝶派"看法。

另一种看法却将鸳鸯蝴蝶派无限扩大，认为民国年间新文学派之外的所有通俗小说作家都是鸳鸯蝴蝶派，他们的所有通俗小说都是鸳鸯蝴蝶派小说。这种看法的代表人物是瞿秋白和茅盾。瞿秋白从小说的内容方面来扩大鸳鸯蝴蝶派小说的范围，他在《财神还是反财神》一文中说，"什么武侠，什么神怪，什么侦探，什么言情，什么历史，什么家庭"小说，都是鸳鸯蝴蝶派小说（见人民文学出版社 1953 年 10 月版《瞿秋白文集》）。茅盾则从小说的形式方面来扩大鸳鸯蝴蝶派小说的范围，他在《自然主义与中国现代小说》一文中认定鸳鸯蝴蝶派小说包括"旧式章回体的长篇小说""不分章回的旧式小说""中西合璧的旧式小说""文言白话都有"的短篇小说（载 1922 年 7 月《小说月报》第 13 卷第 7 号）。这种看法后来被人称之为"广义的鸳鸯蝴蝶派"看法，而且逐渐成为主流看法，以致后来的文学研究者都接受了这种看法。

新文学家不仅在鸳鸯蝴蝶派的界定问题上分成了两派，而且在鸳鸯蝴蝶派的名称上也花样百出。如罗家伦因为徐枕亚等人好用四六句的文言写小说，便称其为"滥调四六派"（见署名志希的《今日中国之小说界》，载1919年《新潮》第1卷第1号），但无人响应。郑振铎因为《礼拜六》杂志为鸳鸯蝴蝶派的主要刊物之一，便称其为"礼拜六派"（见署名西谛的《新文学观的建设》一文，载1922年5月21日《文学旬刊》第38号）。这一说法得到了周作人、茅盾、瞿秋白、朱自清、阿英、冯至、楼适夷等人的响应，纷纷采用，以致使用频率越来越高，知名度越来越大，终于成为鸳鸯蝴蝶派的别称了。于是"鸳鸯蝴蝶派"和"礼拜六派"两个名称便被新文学家所滥用。如郑振铎在《新文学观的建设》一文中称"礼拜六派"，而在《〈文学论争集〉导言》一文中却称"鸳鸯蝴蝶派"（见上海良友图书公司1935年10月出版的《新文学大系·文学论争集》卷首）。还有人在同一篇文章里既称鸳鸯蝴蝶派，又称礼拜六派。如阿英在1932年所写的《上海事变与鸳鸯蝴蝶派文艺》一文中说：张恨水的所谓"国难小说"，与"礼拜六派的作品一样，是鸳鸯蝴蝶派的一体"，"充分地说明了鸳鸯蝴蝶派的作家的本色而已"（见上海合众书店1933年6月出版的《现代中国文学论》）。

茅盾在20世纪70年代觉得统称鸳鸯蝴蝶派或礼拜六派都不合适，于是提出了一个折中的看法，他在《紧张而复杂的生活、学习与斗争（上）——回忆录（四）》中说：

> 我以为在"五四"以前，"鸳鸯蝴蝶派"这名称对这一派人是适用的。……但在"五四"以后，这一派中有不少人也来"赶潮流"了，他们不再老是某生某女，而居然写家庭冲突，甚至写劳动人民的悲惨生活了，因

此，如果用他们那一派最老的刊物《礼拜六》来称呼他们，较为合式。

——载 1979 年 8 月《新文学史料》第 4 辑

事实是该派在"五四"前后没有根本变化，都是既写言情小说，又写其他小说，将其人为地腰斩为两段，既显得武断，又无法掩盖当时的混乱看法。

这些混乱的看法导致后来的文学研究者无所适从：或沿用"鸳鸯蝴蝶派"的说法（如北大本《中国文学史》和《中国小说史稿》、复旦本《中国文学史》和《中国近代文学史稿》等）；或沿用"礼拜六派"的说法（如山东师院本《中国现代文学史》等）；或干脆别出心裁地称之为"鸳鸯蝴蝶—礼拜六派"（见汤哲声《鸳鸯蝴蝶—礼拜六小说观念的价值取向及其评价》，载《苏州大学学报》1992 年第 2 期）。这可真算是中国小说史上的一出有趣的滑稽戏了。

二、如何评价鸳鸯蝴蝶派

鸳鸯蝴蝶派的开山作品是 1900 年陈蝶仙的言情小说《泪珠缘》，因此鸳鸯蝴蝶派应该是指言情小说派，这也就是后来的所谓"狭义的鸳鸯蝴蝶派"，但被新文学家扩大为"广义的鸳鸯蝴蝶派"，实际上也就是民国通俗小说派。

鸳鸯蝴蝶派与同时期的"南社"不同，既没有组织，也没有纲领，而是一个在思想倾向和艺术风格上大体相同或相近的小说流派，连"鸳鸯蝴蝶派"这一招牌也是别人强加给它的。然而客观地说，鸳鸯蝴蝶派确实是一个产生过巨大影响的小说流派。在"五四"以前的近二十年间，它几乎独占了中国文坛；在"五四"以后的三十年间，虽然产生了新文学，但新文学只是表面上风光，而鸳鸯蝴蝶派却一派兴旺发达景象。我对"广义的鸳鸯蝴蝶派"做过不完全的统计：该派作家达数百人，较著名者有一百余人，所办刊物、小报和大报副刊仅在上海就有三百四十种，所著中长篇小说两千多种，至于短篇小说、笔记等更难以计数。在此前的中国文学史上，还没有哪个文学流派有过如此宏大的规模，产生过如此巨大的影响。

鸳鸯蝴蝶派由于规模宏大，又处在历史的一个巨变时期，其成员的确鱼龙混杂，其作品也良莠不齐，但总体来说，它形象地记录了中国二十世纪前五十年的历史，为中国读者提供了丰富的精神食粮，对中国小说的传承起过积极作用，因此应该给予充分的肯定。

鸳鸯蝴蝶派小说已经不是中国传统通俗小说的复制，而是一种改良的通俗小说。在形式方面，它既采用章回体，也采用非章回体，甚至采用了西洋小说的日记体、书信体等，至于侦探小说则更是完全模仿自西洋小说。在艺术手法方面，受西洋小说的影响非常明显，如增加了人物形象和景物描写，结构与叙事方式也趋于多样化，单线和复线结构并用，第三人称和第一人称叙述法兼施，还采用了倒叙法和补叙法。在内容方面，鸳鸯蝴蝶派小说已经扩大了描写范围，反映了当时社会生活的各个方面，甚至已经紧跟时事，及时反映当前的社会现实，被称为"时事小说"。如李涵秋的《广陵潮》描写辛亥革命，而他的《战地莺花录》则描写五四运动，这种及时反映当时发生的重大政治事件的小说，与多写历史故事的古代小说完全不同，显然是一大进步。鸳鸯蝴蝶派的言情小说，也不同于古代的才子佳人小说，而是一种新才子佳人小说。古代的才子佳人小说因面对森严的封建礼教，只能写才子与佳人偶尔一见钟情，以眉目传情或诗书传情的方式进行交流，最后皆是有情人终成眷属的大团圆结局。而这种大团圆结局完全是人为的：或出于巧合，或由于才子金榜题名，皇帝御赐完婚，这就完全回避了封建包办婚姻的问题。而民国年间的封建礼教已经在一定程度上松绑，尤其像上海、北京等大城市得风气之先，恋爱自由和婚姻自主思想已经渐入人心。因此有些鸳鸯蝴蝶派的言情小说也突破了古代才子佳人小说的窠臼，才子佳人已经敢于"相悦相恋，分拆不开，柳阴花下，像一对蝴蝶、一双鸳鸯一样"。其结局也不再全是有情人终成眷属的大团圆，而是"有时因为严亲，或者因为薄命，也竟至于偶见悲剧的结局……这实在不能不说是一个大进步"（鲁迅《上海文艺之一瞥》，连载于1931年7月27日、8月3日《文艺新闻》第20、21期）。言情小说由大团圆结局到悲剧结局的确是一个大进步，因为前者是回避封建包办婚姻礼制，而后者是控诉封建包办婚姻礼制。而这一进步的开创者是曹雪芹和高鹗，他们在《红楼梦》里所写的婚姻差不多都是悲剧。因此胡适称赞《红楼梦》不仅把一个个人物"都写作悲剧的下场"，而且最后"作一个大悲剧的结束，打破了中国小说的团圆迷信"（《〈红楼梦〉考证》，见1923年亚东图书馆版《胡适文存》）。可见鸳鸯蝴蝶派的言情小说在一定程度上继承了《红楼梦》开创的爱情婚姻悲剧模式，因而具有相当的反封建意义。我们可以徐枕亚的《玉梨魂》为例加以说明，因为该小说被新文学家指为鸳鸯蝴蝶派的代表性作品。

《玉梨魂》的故事很简单——清末宣统年间，小学教员何梦霞与年轻寡妇白梨影相爱，但两人均认为他们的这种行为是不道德的。为了得到感情的解脱，白梨影想出个"移花接木"的办法，即撮合何梦霞与自己的小姑崔筠倩订了婚。然而何梦霞既不能移情于崔筠倩，白梨影也无法忘情于何梦霞，结果造成了一连串的悲剧——白梨影在爱情与道德的激烈冲突下郁郁而死；崔筠倩因得不到何梦霞之爱而离开了人世；白梨影的公公因感伤女儿、儿媳之死而一病身亡；白梨影的十岁儿子鹏郎成了孤儿。何梦霞为排遣苦闷，先赴日本留学，继又回国参加了辛亥武昌起义（即辛亥革命），壮烈牺牲。

《玉梨魂》不仅描写了一个爱情婚姻悲剧，而且不同于一般的爱情婚姻悲剧。一般的爱情婚姻悲剧都是由封建势力造成的，即由包办婚姻造成的；而《玉梨魂》所写的爱情婚姻悲剧，其原因却是何梦霞和白梨影自身的封建道德。他们既渴望获得恋爱自由和婚姻自主的权利，又不能摆脱封建道德和封建礼教的束缚，两者激烈冲突，造成三死一孤的惨剧。从而揭露了封建道德和封建礼教的影响力是多么巨大，它已深入人们的骨髓，使其不能自拔。因此，它的反封建意义比一般的爱情婚姻悲剧更为深刻。

其实，新文学阵营也不是铁板一块，虽然大多数新文学家对鸳鸯蝴蝶派全盘否定，但也有少数新文学家态度比较客观，他们对鸳鸯蝴蝶派也给予一定的肯定。鲁迅是其中最突出的一位，他不仅认为某些鸳鸯蝴蝶派的悲剧言情小说是"一大进步"，而且不同意某些新文学家对鸳鸯蝴蝶派消极影响的夸大其词。他说：

> 至于说他流毒中国的青年，那似乎是过虑。倘有人能为这类小说所害，则即使没有这类东西也还是废物，无从挽救的。与社会，尤其不相干，气类相同的鼓词和唱本，国内非常多，品格也相像，所以这些作品也再不

能"火上添油"，使中国人堕落得更厉害了。

——《关于〈小说世界〉》，载《晨报副刊》

1923 年 1 月 15 日

这种客观的观点与前述周作人无限夸大鸳鸯蝴蝶派作品能使国民生活陷入"完全动物的状态"乃至"非动物的状态"的观点形成了鲜明对比。当抗日战争爆发后，鲁迅更提倡文学界的抗日统一战线，主张团结鸳鸯蝴蝶派一起抗日。他说：

　　我以为文艺家在抗日问题上的联合是无条件的，只要他不是汉奸，愿意或赞成抗日，则不论叫哥哥妹妹，之乎者也，或鸳鸯蝴蝶都无妨。但在文学问题上我们仍可以互相批判。

——《答徐懋庸并关于抗日统一战线问题》，

载《作家》月刊第 1 卷第 5 期

鲁迅不仅提倡团结鸳鸯蝴蝶派一起抗日，而且主张新文学派与鸳鸯蝴蝶派在文学问题上"互相批判"，这种平等对待鸳鸯蝴蝶派的度量，也与那些视鸳鸯蝴蝶派如寇仇，必欲置诸死地而后快的新文学家形成了鲜明对比。

对鸳鸯蝴蝶派给予肯定的不只鲁迅，还有朱自清和茅盾。朱自清认为供人娱乐是中国传统小说的特点，因此不赞成将"消遣"作为罪状来批判鸳鸯蝴蝶派小说。他说：

在中国文学的传统里，小说……更是小道中的小道，就因为是消遣的，不严肃。不严肃也就是不正经，小说通常称为"闲书"，不是正经书。……鸳鸯蝴蝶派的小说意在供人们茶余酒后的消遣，倒是中国小说的正宗。

——《论严肃》，载《中国作家》创刊号

茅盾也承认鸳鸯蝴蝶派小说也"写家庭冲突，甚至写劳动人民的悲惨生活"。他还从艺术性方面对鸳鸯蝴蝶派小说给予一定肯定。他认为鸳鸯蝴蝶派的有些长篇小说"采用西洋小说的布局法"，如倒叙法、补叙法，以及人物出场免去套语、故事叙述"戛然收住"等等，这一切是对"旧章回体小说布局法的革命"。还认为鸳鸯蝴蝶派的有些短篇小说学习了西洋短篇小说"截取一段人生来描写，而人生的全体因之以见"的方法："叙述一段人事，可以无头无尾；出场一个人物，可以不细叙家世；书中人物可以只有一人；书中情节可以简至只是一段回忆。……能够学到这一层的，比起一头死钻在旧章回体小说的圈子里的人，自然要高出几倍。"（《自然主义与中国现代小说》，载 1922 年 7 月 10 日《小说月报》第 13 卷第 7 号）

鲁迅、朱自清、茅盾毕竟属于新文学派，因此他们对鸳鸯蝴蝶派的肯定是有限的。我们应该摆脱成见与束缚，从中国文学史的角度，对鸳鸯蝴蝶派做出客观公正的评价。

三、如何看待冯玉奇的小说

我们澄清了以上有关鸳鸯蝴蝶派的三个问题，等于为介绍冯玉奇的小说提供了一个坐标，也等于为读者提供了一把参照标尺。读者用这把标尺，就可自行评判冯玉奇的小说了。

冯玉奇于 1918 年左右生于浙江慈溪，笔名左明生、海上先觉楼、先觉楼，曾署名慈水冯玉奇、四明冯玉奇、海上冯玉奇。据说他毕业于浙江大学（一说复旦大学）。1937 年九一八事变后寄居上海，感山河破碎，国事蜩螗，开始写作小说以抒怀。其处女作为《解语花》，由上海春明书店出版。出版后旋即由东方书场改编为同名话剧，演出后轰动一时。那时他才十九岁。由此一发而不可收，至 1949 年 7 月《花落谁家》出版，在短短十来年时间里，他创作的小说竟达一百九十多种，平均每年近二十种，总篇幅应该不少于三千万字，只能用"神速"来形容。这时他只有三十一岁。近现代文学史料专家魏绍昌先生（已去世）所编《鸳鸯蝴蝶派研究资料（史料部分）》（上海文艺出版社 1962 年 10 月出版）开列的《冯玉奇作品》目录只有一百七十二种，也有遗珠之憾。不过我们从这一目录中仍可确定冯玉奇是一位以写言情小说为主的通俗小说作家，因为在一百七十二种小说中，言情小说占有一百二十二种，其他小说只有五十种：社会小说三十四种、武侠小说十四种、侦探小说两种。

冯玉奇不仅是一位写作神速且极为多产的通俗小说作家，还是一位热心的剧作家和剧务工作者。早在他二十六岁（1944 年）时，就担任了越剧名伶袁雪芬的雪声剧团的剧务，并为之创作了《雁南归》《红粉金戈》《太平天国》《有情人》《孝女复仇》五大剧本，演出效果全都甚佳。在他二十七到二十八岁（1945～1946）时，又与他人合作，前后为全香剧团和天红剧团编导了《小妹妹》《遗产恨》《飘零泪》《义薄云天》《流亡曲》等二十多个剧本，演出效果同样甚佳。可见冯玉奇至少写过十几个剧本。

　　冯玉奇一生所写的小说和剧本总计不下两百五十种，总篇幅可能达到四千万字以上，是名副其实的"著作等身"，是当之无愧的中国最多产的作家，号称多产的同派小说家张恨水也难望其项背。当时的文学作品已是一种特殊商品，冯玉奇的小说如此畅销，其剧本演出又如此轰动，这足可以证明其受人欢迎，这就是读者和观众对冯玉奇的评价，它比专家的评价更为准确，也更为重要。遗憾的是，我们无法看到他的剧作和三十岁以后的作品，也不知其晚景如何，卒于何年。

　　从冯玉奇的生活年代和创作时段来看，他显然是鸳鸯蝴蝶派的后起之秀，所以尽管他作品如此之多，影响如此之大，而同派的老前辈却很少提到他，这也是"文人相轻"的表现之一。

　　按说要介绍冯玉奇的小说，应该将其全部小说阅读一遍，但我没有这么多时间，也没有这么大精力，因而只向中国文史出版社借阅了《舞宫春艳》《小红楼》《百合花开》三种，全都是言情小说。因此我只能以这三种言情小说为例加以介绍，这可能会犯以偏概全的错误，因此只能供读者参考。

　　《舞宫春艳》写了两个纠缠在一起的爱情婚姻悲剧故事：苏州富家子秦可玉自幼与邻居豆腐坊之女李慧娟相恋，由于门第悬殊，秦可玉被其父禁锢，二人难圆成婚之梦。不幸李慧娟生下了一个私生女鹃儿，只好遗弃，自己则郁郁而死。鹃儿被无赖李三子收养，长大后卖到上海做伴舞女郎，改名卷耳。中学生唐小棣先是爱上了姑夫秦可玉家的婢女叶小红，不料叶小红失踪，于是移情于卷耳，但无钱为卷耳赎身，两人感到婚姻无望，于是双双吞鸦片自尽。

　　《小红楼》的故事紧接《舞宫春艳》：曾经被唐小棣爱过的叶

小红的失踪，原来也是被无赖李三子拐卖为伴舞女郎，小棣、卷耳自杀后，小红才被救了回来，并被秦可玉认为义女。经苏雨田介绍，与辛石秋相识相恋而订婚。同时石秋的姨表妹巢爱吾也爱石秋，但石秋既与小红订婚在先，便毅然与小红结婚。爱吾为了摆脱难堪的地位，离家出走，下落不明。石秋奉父命赴北平探望二哥雁秋，在火车站被人诬陷私带军火，被军人押到司令部。可巧爱吾此时已成为张司令的干女儿兼秘书，便设法救了石秋一命。但张司令强迫石秋与爱吾结婚，二人既不敢违命，又固守道德，便以假夫妻应付。后来石秋回到家里，终于与小红团聚。

《百合花开》写了两个紧密相关的爱情婚姻故事：二十岁的寡妇花如兰同时被四十二岁的教育家盖季常和十八岁的革命青年盖雨龙叔侄俩所爱，而盖季常的十六岁侄女盖云仙又同时被三十六岁的银行家杨如仁和十九岁的革命青年杨梦花父子俩所爱。经过许多曲折后，终于两位长辈让步，盖雨龙与花如兰、杨梦花与盖云仙同场结婚。

由以上简单介绍可知，冯玉奇的这三种小说共写了五个爱情婚姻故事，其中两个是悲剧结局，三个是有情人终成眷属。这正如鲁迅所说："有时因为严亲，或者因为薄命，也竟至于偶见悲剧的结局……这实在不能不说是一个大进步。"其次，这三种小说的五个爱情婚姻故事，倒有四个是三角爱情婚姻故事，但它们的情况并不雷同。唐小棣、叶小红、卷耳的三角恋是一男爱二女，辛石秋、叶小红、巢爱吾的三角恋是两女爱一男，而盖季常、盖雨龙、花如兰和杨如仁、杨梦花、盖云仙的三角恋更为异想天开，竟然都是两辈嫡亲男人（叔侄、父子）同爱一个女子。可见冯玉奇极有编故事的才能，从而使作品更具吸引力和娱乐性。又次，这三种言情小说的描写极为干净，没有任何色情描写。除了秦可玉与李慧娟有私生女外，其他人都非礼勿言，非礼勿行。如辛石秋与叶小红因婚礼当天石秋之母去世，为了守孝，新婚夫妻在百日之内没有圆房。而辛石秋与姨表妹巢爱吾为了对得起叶小红，虽被张司令强迫成亲，却只做了几天假夫妻。

从表现形式和艺术手法来看，我觉得冯玉奇的小说与当时新文学的新小说都受了西洋小说的影响，基本相同。譬如：两者都突破了传统小说书名的套路，不拘一格，尤其采用了一字书名和二字书名，如冯玉奇有《罪》《孽》《恨》《血》和《歧途》《逃婚》《情奔》等；而巴金有《家》《春》《秋》，茅盾有《幻灭》《动摇》《追求》。两者的对话方式也突破了传统小说的套路，灵活自如：对话既可置于说话者之后，也可置于说话者之前，还可将说话者夹在两句或两段话之间。至于小说的结构法、叙述法与描写法，更是差不多的。譬如人物描写不再是"沉鱼落雁""闭月羞花""倾国倾城"之类的千人一面，景物描写也不再是"落红满地""绿柳成荫""玉兔东升"之类的千篇一律，而加以具体描绘。这里随便举一个例子：

> 小红坐在窗旁，手托香腮，望着窗外院子里放有一缸残荷，风吹枯叶，瑟瑟作响。墙角旁几株梧桐，巍然而立。下面花坞上满种着秋海棠，正在发花，绿叶红筋，临风生姿，可惜艳而无香，但点缀秋色，也颇令人爱而忘倦。

这是《小红楼》对莲花庵一角的景物描绘，虽然算不上十分精彩，但作者通过小红的眼睛描绘了院中的三样东西——风吹作响的"枯荷"、巍然挺立的"梧桐"、正在开花的"海棠"，从而衬托出莲花庵幽静的环境，曲折地表明了时在秋季。频繁使用巧合手法是冯玉奇小说的显著特点，可以说把所谓"无巧不成书"用到了极致。巧合手法有助于编织故事，缩短篇幅，增加作品的吸引力等，但使用过多则时有破绽，有损于作品的真实性。冯玉奇的某些小说也采用了章回体，但只是标题用"第×回"和对偶句，"却说""且听下回分解"之类的套语已不再经常出现，因此并非章回体的完全照搬。况且章回体并非劣等小说的标志，它在我国小说史上发挥过巨大作用，产生过杰出的四大古典小说。因此用章回体来贬低冯玉奇的小说，也是毫无道理的。

冯玉奇的小说也有明显的缺点。它们与其他鸳鸯蝴蝶派小说一样，主要注重小说的娱乐性，而忽视小说的社会性和艺术性，因此没有产生杰出的作品。他是南方人而小说采用北方话，加之写作速度太快，无暇深思熟虑，导致语言不够流畅，用词不够准确，还有许多错别字和语病。还有使用"巧合"法太多，有时破绽明显，这里不再举例。

总而言之，冯玉奇既不是"黄色"和"反动"小说家，也不是杰出小说家，而是一位勤奋多产、有益无害的通俗小说家，他应在中国小说史尤其是中国现代小说中占有一席之地。

2017 年 6 月 4 日于北京蜗居

图书在版编目 (CIP) 数据

鸟语花香／冯玉奇著. — 北京：中国文史出版社，
2018.3

（民国通俗小说典藏文库·冯玉奇卷）

ISBN 978 - 7 - 5205 - 0046 - 3

Ⅰ. ①鸟… Ⅱ. ①冯… Ⅲ. ①长篇小说 – 中国 – 现代
Ⅳ. ①I246.5

中国版本图书馆 CIP 数据核字（2018）第 009876 号

点　　　校：曹誉峰
责任编辑：蔡晓欧

出版发行：中国文史出版社
社　　　址：北京市西城区太平桥大街 23 号　　邮编：100811
电　　　话：010 - 66173572　66168268　66192736（发行部）
传　　　真：010 - 66192703
印　　　装：廊坊市海涛印刷有限公司
经　　　销：全国新华书店
开　　　本：720 × 1020　1/16
印　　　张：16　　　　　　字数：180 千字
版　　　次：2018 年 6 月第 1 版
印　　　次：2018 年 6 月第 1 次印刷
定　　　价：48.00 元